JOHANNA MARQUARDT

Dancing TOWARDS YOU

© Inga Dörge

Johanna Marquardt wurde im April 1997 geboren, sie lebt und schreibt in Hannover. Seit ihrer Kindheit ist das Schreiben ein wesentlicher Bestandteil ihrer Persönlichkeit, der nicht mehr wegzudenken ist. Wörter, die wie der Mond und das Meer aufeinandertreffen, verzaubern sie. Sie liebt verregnete Tage im Sommer, gemütliche Cafés und die Hansestadt Hamburg.
Instagram: @johannamar.autorin

Für Ida.
In Licht und in Dunkelheit.
Immer.

Kapitel 1

Karlo

»Du bist der beste Tanzlehrer Hamburgs. Ich bezahle dir, was immer du willst, wenn du Judy beibringst, sich halbwegs anständig zu bewegen.«

»Wozu? Taugt sie dir beim Vögeln nicht?«

Aleksander Skrypczak bleckt die Zähne und lässt sich mit einer Antwort Zeit. Ein letztes Mal kreist er den Holzspieß in der klaren Flüssigkeit, bevor die martinigetränkte Olive dem Verderben geweiht ist und in seinem Rachen verschwindet.

Ich verabscheue Skrypczak. Und seine falschen Gesichter. Er gehört zu den reichsten Männern der Stadt, hält sich für den nächsten Leonardo DiCaprio und suhlt sich im Geld.

»Das interessantere Vögeln, wenn sie ihren Körper endlich vernünftig einsetzen kann, wäre ein netter Nebeneffekt.« Skrypczak lacht verächtlich auf und richtet seine Armbanduhr, die mehrere Tausender wiegen muss. »Aber machen wir uns nichts vor – der eigentliche Grund ist mein Ansehen. Ich habe alles versucht und schaffe es einfach nicht, ihr Rhythmus und Taktgefühl beizubringen. Judy ist eine schöne Frau, doch wie sieht ein Mann, der sein Geld durch den geschmeidigen Körpereinsatz verdient, neben einer Litfaßsäule aus?«

Harte Worte dafür, dass Judy und Aleksander sich kürzlich – ganz zum Entsetzen vieler anderer Frauen und einiger Männer, die auf den *einzigartigen* Schauspieler abfahren – verlobt haben. »Mir steht eine Hochzeit bevor. Die Öffentlichkeit wird alle Augen auf uns, das neue Traumehepaar, richten. Judy *muss* einfach tanzen können!« Skrypczaks Hand ballt sich energisch zur Faust, zeitgleich stellen sich mir bei so viel Selbstverherrlichung die Haare auf und ein Würgereiz bahnt sich an. »Was habe ich damit zu tun?«

»Karlo, ich werde dir kein weiteres Mal Honig ums Maul schmieren. Liege ich in der Annahme richtig, dass dir ein netter Nebenverdienst sehr entgegenkäme?«

Und wie ich ihn hasse.

Meine verdrießliche Miene deutet er als Zustimmung.

»Mir war klar, dass wir uns einigen. Alte Freunde lassen sich nun einmal nicht hängen ... Hey, Sexy! Noch mal zwei davon.« Skrypczak deutet auf seinen Martini, um den letzten Schluck vor den Augen der Kellnerin hinunterzustürzen.

Was aus dem Munde eines Normalbürgers als aufdringlich bewertet werden würde, lässt die junge Frau selbstzufrieden in Aleksanders Richtung grinsen. Sie streicht mit angehobenem Kinn durch ihren Pferdeschwanz und widmet sich stolz den Oliven.

»Ich bin teuer«, sage ich mit hartem Tonfall, hasse es, mich dabei wie ein Prostituierter zu fühlen, der sich an ein aufgeblasenes Arschloch verkauft.

»Und *ich* bin reich.«

Aleksander wendet sich mir zu. Seine graublauen Augen funkeln auf eine Weise, die mir die Gänsehaut über den Körper jagt.

»Offensichtlich wird es da also keine Probleme geben. Du wirst Judy bis zur Hochzeit mindestens zweimal wöchentlich unterrichten. Schaffst du es öfter, wird sich das selbstverständlich positiv auf deinen Lohn auswirken. Ich erwarte, dass ihr hart trainiert und du das Beste aus ihr rausholst ... Auch wenn die Hoffnung erbärmlich gering ist.«

»Weiß sie davon?«

Ohne die Kellnerin noch eines Blickes zu würdigen, nimmt Skrypczak die zwei Gläser entgegen und schiebt eines in meine Richtung. Ich hasse Martini. Und unter diesen Umständen auch Oliven. Bestimmt schiebe ich das Getränk aus meinem Sichtfeld.

»Sie wird es erfahren. Und mir danken. Welche Frau blamiert sich schon gern?«

Judy

»Du weißt selbst, wie unsinnig das Ganze ist.« Meine Gedanken überschlagen sich und ich lehne mich mit verschränkten Armen an die Kochinsel. Holz und Sandstein geben mir Rückhalt. Bewahren mich vor dem sich ausbreitenden Schwindel, was wesentlich mehr romantisches Flair entfacht als diese Konversation mit meinem Freund.

»Einen Versuch ist es wert. Ich hoffe, du wirst dich anstrengen.« Er knöpft sein weißes Hemd auf und öffnet das Band seiner Uhr, die kurz darauf mit einem dumpfen Klacken auf dem Esstisch landet.

Ich wünschte, er würde mich ansehen. »Aleks?«

Ein genervter Ausdruck, nur ein minimales Zucken, huscht über sein Gesicht. Vielleicht belanglos, aber trotzdem ausreichend, um mir mittels unsichtbarer Schlinge die Kehle zuzuschnüren.

»Was denn, *Laleczko*? Es ist doch alles gesagt.«

»Was hast du da?« Erst als ich mich ihm langsam nähere, hebt er seinen Blick. »Halt still!« Mit einer Hand ziehe ich ihn am Nacken zu mir herunter, mit der anderen zupfe ich etwas Undefinierbares aus seinem vollen blonden Haar, bis ich es kurz darauf in die Höhe halte. Und prusten muss.

»Scheiße!« Aleks reißt mir den Gegenstand aus den Fingern, der verdächtig nach einem Spieß aus seinem geliebten Martini aussieht. »Wenn er nicht noch hilfreich sein könnte, würde ich Karlo auf direktem Wege in die Hölle schicken!«

Obwohl ich es wirklich versuche, kann ich das Kichern für einen kurzen Moment nicht aufhalten und beobachte, wie Aleks den Holzstab zwischen Daumen und Zeigefinger entzweibricht.

»Sei nicht so hart. Ihr habt euch schon eine Kindergartengruppe geteilt.« Sanft streichle ich über sein ernstes Gesicht und die geschwungenen Lippen, die mir so vertraut sind. Kann für eine Millisekunde sogar ein Lächeln darauf erahnen. Ich sehe es viel zu selten.

»Dein schlaues Köpfchen vergisst auch nichts, oder?«

»Wie sollte es?« Aleks' Haut unter meinen Handflächen fühlt sich trocken und strapaziert an. Manchmal glaube ich, dass das Maskenbildnerteam und die Foodstylisten am Ende des Drehtages einfach all ihre Produkte zusammenwürfeln und sie liebevoll miteinander mischen. »Ich weiß auch, dass eure Erzieherin Dana hieß und Jette dich mal stundenlang in der Ritterburg gefangen hielt.«

Er schnaubt und endlich schaffe ich es, seinen Blick aufzufangen.

»Wie schwach von mir«, flüstert er. Und während er sich auf meine Augen konzentriert, offenbar in ihnen zerfließt, legt sich für einige Atemzüge Weichheit über seine Miene.

Von diesen Zeiträumen lebe ich. Sie zeigen mir, dass er noch nicht gänzlich an seinem Erfolg zerbrochen ist und dass irgendwo unter all den Schichten aus Ehrgeiz, Druck und Robustheit die Seele liegt, in die ich mich damals verliebt habe.

»Schwäche ist menschlich«, erwidere ich. Beobachte jede seiner Regungen, um abzusehen, in welche Richtung sich seine Laune entwickelt.

»Ich will dich im Bett sehen«, haucht Aleks nach einer Weile. »Wenn wir uns beeilen, schaffen wir noch einen Quickie, bevor mein neuestes Interview im TV ausgestrahlt wird. Und einen Joint.«

***

»Ist nicht dein Ernst. Ich kenne wirklich keinen Typen, der seine Verlobte – auch noch für Geld – an einen anderen Mann weiterreicht. Macht man solche Kurse nicht normalerweise gemeinsam als Paar?« Viola schüttelt ungläubig den Kopf und lässt den Zigarettenqualm zwischen ihren vollen Lippen entweichen.

»Vi, wir tanzen nur.«

»*Nur tanzen?*« Ein übertriebenes Prusten hält meine beste Freundin von einem weiteren Zug ab und weil ich keinen Schimmer habe, was so lustig ist, errichtet schlagartig ein Kloß sein Quartier in meiner Kehle. Kaum etwas fühlt sich beschissener und verzweifelter an, als auf dem Schlauch zu stehen. Außer natürlich in einer Gruppe, bestehend aus fremden Menschen, auf dem Schlauch zu stehen. Wenn alle anderen den Witz verstanden haben und man sich trotz grenzenlosen Unverständnisses um ein überschwängliches Lachen bemüht, das sich am Ende so falsch anfühlt wie das kurzzeitige Verhältnis zwischen Jenny Humphrey und Chuck Bass.

»Du weißt schon, wie Karlo aussieht?«, fragt Viola, als sie sich endlich beruhigt hat.

»Nein. Woher sollte ich das wissen?«

Sie hebt die linke Augenbraue und zieht an der Zigarette, ohne mich aus dem Blick zu lassen. Die Lucky Strike vermischt sich mit Hamburgs klarer, warmer Nachtluft, die uns hier oben auf dem Balkon um die Nasen weht. Produziert einen herben, vertrauten Duft.

Viola raucht seit acht Jahren. Seit sie neunzehn ist und ihr Vater bei einer Exkursion sein Leben ließ. Nur noch entfernt entsinne ich mich, dass es davor Zeiten gab, in denen sie ohne ihre Luckys auskam. Fast, als würde ich ein Gemälde aus dem Mittelalter betrachten und mir sehr mühevoll vorstellen, dass die Welt tatsächlich mal so ausgesehen hat. Kutsche statt Porsche, lange gedeckte Tafeln mit gebratenen Schweinen in Lebensgröße statt angesagter Veggie-Bowls to go.

Mit ihrer ersten Zigarette war auch mein altes Lebensgefühl verglüht. Aleks wurde an der besten Schauspielakademie Deutschlands angenommen und schmiss dafür in einer Nacht-und-Nebel-Aktion sein Jurastudium, das von Anfang an nur als Alibi vor seiner Familie gegolten hatte. Während Herr und Frau Skrypczak der halben Stadt erzählten, ihr einziger Sohn erklimme jetzt die ganz hohe Karriereleiter, schrieb er Bewerbungen, besuchte heimliche Übungsgruppen und unterzeichnete erste Verträge für kleine Rollen. Ihren Wutausbrüchen und Vorwürfen nach dem großen Knall entkam er schließlich auf der Sternschanze. Genauer: in Violas und meiner allerersten WG, wo sich *übergangsweise* zu *dauerhaft* transformierte. Und in einer Zeit, in der Aleks niemanden mehr hatte, unterstützte ich ihn mit aller Kraft, ermutigte ihn und merkte erst spät, dass unserer gewöhnlichen Freundschaft ein jähes Ende gesetzt war. Es existierte jetzt ein *Wir*. Aleks und Judy – das Dreamteam – bekam so leicht niemand klein. Bis heute sind wir in der Lage, an Träumen, in diesem Fall seinen, festzuhalten und allen Widerständen zu trotzen.

Zwar hat unsere Girls-WG unter der stürmischen Art und Weise des Neubeginns nachgegeben, bis sie verblasste wie ein Polaroid, das in der Mittagssonne vergessen wurde, doch die Freundschaft zwischen Viola und mir zerrüttete sich keinen Millimeter. Sie ist mein Fels in der Brandung, mein Ankerpunkt in einer überwiegend illoyalen Welt.

»Hallo, Erde an Judy?«, unterbricht sie meine Gedanken-Achterbahn und knipst die warmweiße Lichterkette an, die sie einst um das metallene Geländer gewunden hat. »Er ist heiß! Man munkelt, dass er gern mal mit seinen Schülerinnen in die Kiste springt. Und ... glaub mir, das ist kein Wunder!«

»Wer ist heiß?«

Ihr theatralisches Augenrollen hilft mir auf die Sprünge.

»Vi, der kann machen, was er will. Ich hoffe, er kriegt meine zwei linken Füße in den Griff, und dann bin ich mit ihm fertig.«

Viola schmunzelt. Legt keinen Wert darauf, die hochgezogene Augenbraue wieder zu senken. »Dumm ...«, meint sie und drückt die Zigarette aus. »Aleksander Skrypczak ist dümmer, als ich es ihm zugetraut habe.«

Kapitel 2

Karlo

Es regnet in Strömen, als Skrypczaks nagelneuer Benz vor meinem Studio hält und er seine Freundin absetzt, als wäre sie ein unliebsamer Welpe.

Kurz kommt mir der Gedanke, die Tür zu öffnen und ihr mit einem Regenschirm auszuhelfen, doch die Vorstellung an eine durchweichte Elite amüsiert mich viel zu sehr. Von meinem Platz am Tresen kann ich hervorragend beobachten, wie sie sich im letzten Moment die Handtasche aus dem Fußraum greift und die Tür zuschlägt, bevor Aleksander mit prolligem Reifenquietschen das Weite sucht.

Dass er ein dermaßen schäbiger Partner ist, vertuscht er offensichtlich regelmäßig mit seinem Geld. Frauen, die sich in dieser Fake-Masche suhlen, kann ich grundsätzlich nicht ausstehen.

Es klopft. Sie schaut durch das bodentiefe Fenster und macht ungehaltene Armbewegungen. Ich lasse mir Zeit, mich vom Barhocker zu erheben. Beiße noch einmal entspannt in den Apfel, den ich mir als kleinen Snack organisiert habe. Ihre Anwesenheit provoziert mich, ehe ich sie überhaupt reingelassen habe, und kurz denke ich darüber nach, ob Skrypczaks finanzielle Mittel diesen ganzen Zirkus jemals aufwiegen können.

Als mir die alten Boxen, die durchaus mal ein Upgrade gebrauchen könnten, ins Auge fallen, öffne ich entschlossen die Tür.

Aleksanders Verlobte, deren Name mir entfallen ist, zögert nicht lange und tritt ein. Die Spur aus Wasser, die sie mit jedem Schritt auf meinem teuren Tanzboden verteilt, macht schmerzhaft deutlich, dass ich die Intensität des Schauers unterschätzt habe. Hektisch schnappe ich mir das Handtuch von der Fensterbank, das ich sowieso zum Waschen mit nach Hause nehmen will, und wische hinter ihr her. Zentimeter für Zentimeter, bis ihre Fußspitzen in meinem Sichtfeld auftauchen.

Beim Aufblicken empfangen mich zwei tobende Seen und drohen, mich zu ertränken.

»Danke für den herzlichen Empfang.« Ihre Stimme erinnert an eine exzellent geschärfte Schwertklinge, während wir jetzt Angesicht zu Angesicht stehen.

Ungehalten durchdringt mich das Silberblau ihrer Augen weiter und jagt mir eine Gänsehaut über den gesamten Körper.

»Danke, dass du meinen hochwertigen Fußboden demolierst«, erwidere ich nüchtern und bemühe mich um meinen kühlsten Gesichtsausdruck. Obwohl sie mindestens eineinhalb Köpfe kleiner ist als ich, besitzt sie eine beängstigende Aura. Durch das klitschnasse Haar hängt der süßliche Himbeerduft ihres Shampoos zwischen uns und die wirren Locken sind das maximale Gegenteil zu Skrypczaks gestriegeltem Look. Insgesamt hat der Regen sie anscheinend von der Maske befreit, die sie in der Klatschpresse so konsequent trägt.

»Wenn du mir rechtzeitig geöffnet hättest, wäre es nicht dazu gekommen!« Sie zuckt mit den Schultern und besitzt die Frechheit, mich ebenfalls böse anzufunkeln.

Kurz presse ich die Kiefer zusammen. »Hat man in euren Kreisen noch nie etwas von einer Höflichkeitsetikette gegenüber Lehrkörpern gehört?« Ich spüre, wie mir das Blut in den Ohren rauscht, und werde das Gefühl nicht los, dass sie mich absichtlich auf die Palme bringt. Am liebsten würde ich diese Frau sofort wieder aus meinem Areal bugsieren.

»Ist das dein Ernst?« Sie beugt sich noch ein Stückchen vor, als wollte sie mich bedrohen. »Was man sät, das erntet man! Schon mal davon gehört?«

Die wenigen Zentimeter zwischen uns sind mit pulsierender Energie aufgeladen. Wir atmen die gleiche Luft, während sich unsere Augen bekämpfen. Die Fronten sind geklärt.

Mein Körper reagiert mit schwerfälliger Atmung und es fuckt mich ab, dass sich plötzlich eine Härte anbahnt, die meine Shorts zu eng werden lässt.

Ich hasse abgehobene Weiber.

Ich hasse Skrypczak.

Und ich werde unter keinen Umständen die Frau attraktiv finden, die mit diesem aufgeblasenen Arschloch ihr Leben teilen will!

Judy

Viola hat nicht übertrieben.

Mister Grumpy alias Karlo Sander hat widerspenstiges dunkles Haar und einen scharfen, durchdringenden Blick. Das Olivgrün seiner Augen schießt Pfeile in meine Brust, die mich unangenehm durchzucken, und einzig zwei Grübchen, die auf seinen Wangen auftauchen, sobald die Mundwinkel sich heben, verleihen ihm zumindest einen kleinen Hauch von Sympathie.

Klitzeklein. So klein, dass es das abschätzige Grinsen dahinter keinesfalls wettmachen kann und in meinem Kopf Leuchtplakate und Schilder aufploppen, die mich darauf hinweisen, dass mit dieser Person Vorsicht geboten ist.

Achtung. Danger. Betreten auf eigene Gefahr.

»Warum bist du hier?«, fragt er mit rauer Stimme, pfeffert das durchweichte Handtuch von sich und trifft einen der hohen Pflanzentöpfe, die den Raum zieren. Er wackelt verdächtig, doch Karlo schenkt ihm keine Beachtung. Obwohl ich gar nicht will, mustere ich sein dunkelgrünes Hemd – vermutlich Lyocell – und stelle beeindruckt fest, dass seine Chino im exakt gleichen Ton wie sein Haar gehalten ist.

»Aleks hat bereits mit dir gesprochen.«

»Das ist mir egal. Ich frage *dich*.« Er streckt einen Arm nach mir aus, weshalb ich erwarte, dass er mich gleich zur Unterstreichung seiner Worte anstupst, doch kurz vorher hält sein Finger inne. »Warum bist du hier?«

Die Pfeile prasseln ununterbrochen weiter auf mich ein und bringen mein Herz zum Flackern. Karlo rückt nicht eine Millisekunde mit seinem Blick von mir ab, was mich nervös werden lässt. Er ist sauer und ich hätte wissen können, dass diese Aktion in einer von Aleks' Schnapsideen wurzelt, die grundsätzlich zum Scheitern verurteilt sind.

»Weil ich nicht tanzen kann.«

»Und es ist dein Wunsch, tanzen zu können?«

Wie durchtrieben. Was wird das hier? Karlos Tonfall ist erschreckend klar und erwartungsvoll.

»Es ist mehr Aleks' Wunsch.«

Kaum ist das ausgesprochen, schüttelt er den Kopf und durchquert mit energischen, ungehaltenen Schritten den Saal. Lichtdurchflutet, von beigefarbenen Wänden und geschmackvollen bodentiefen Gardinen umsäumt, ist dieser viel einladender und harmonischer als sein Inhaber, der nun die Tür aufhält. Ein Schwall an sturmgepeitschten Regentropfen sucht sich erneut seinen Weg auf den Tanzboden.

»Dann hat es keinen Sinn, sorry. Du kannst gehen.«

Lange habe ich mich nicht so ausgeladen und fehl am Platz gefühlt wie in diesem Moment. Das Angebot, einfach wegzulaufen und nie wieder an diesen Ort zurückzukehren, klingt wahnsinnig verlockend, und dennoch rühre ich mich keinen Zentimeter.

»Ich bleibe.«

Trotz der Entfernung kann ich sehen, wie Karlo gereizt seine Schultern anspannt. Er umfasst die Klinke so fest, dass die Hand regelrecht verkrampft, und es dauert einige Atemzüge, bis die Tür wieder ins Schloss knallt. Ich habe es kommen sehen und zucke dennoch vor Schreck zusammen.

Jap. Der Name *Mister Grumpy* könnte sich definitiv etablieren.

Als Karlo das durchweichte Tuch erneut aufhebt und es auf den klatschnassen Boden schmeißt, muss ich mir eine Hand auf den Mund pressen, um nicht loszukichern.

»So eine Scheiße!«, flucht er und stellt meine Selbstkontrolle durch sein grundlos aggressives Verhalten auf den Prüfstand. Er sieht aus wie ein wild gewordener Stier und fuchtelt mit dem nassen Stofffetzen auf dem Fußboden herum.

Erst als er sich kurzerhand sein Hemd auszieht, um es zweckentfremdend in die Pfütze zu werfen, bleibt mir das Lachen schlagartig in der Kehle stecken. Karlos Oberkörper schimmert in einem sonnengeküssten Farbton. Gibt unmissverständlich zu verstehen, dass ihm sein Beruf bereits in Fleisch und Blut übergegangen ist. Unter der glatten Haut zeichnen sich einzelne definierte Muskeln ab ... Wie es wohl aussieht, wenn er so halb nackt seine Moves ausübt?

Ohne Zweifel ist er rein kräftetechnisch imstande, seine Partnerinnen wie ein Alphatier über die Tanzfläche zu führen, und wäre er dabei mit einem freundlicheren Charakter ausgestattet, kämen einige von ihnen sicher auf den ein oder anderen unanständigen Gedanken.

Definitiv zu spät sickert die Erkenntnis in mein Bewusstsein, dass ich ihn anstarre. Nämlich *nachdem* er schon fertig mit dem Aufwischen ist und mich mit einem schiefen Grinsen mustert. Da wird mir klar, dass ich mich aufführe, als gehörte ich ebenfalls zu seinen potenziellen Anbeterinnen. So, als wäre er der gelb-, blau- und pinkfarbene Himmel in der Silvesternacht oder ein kleines Kind, das mit seinem glockenhellen Lachen ein gesamtes Café berührt.

Doch er ist nichts von beidem. Nicht mal etwas Artverwandtes.

Er ist nur Karlo. Mister Grumpy. Niemand, der mein Starren auch nur ansatzweise verdient hätte.

Gerade noch registriere ich, dass die Härte aus seinem Ausdruck verschwunden ist, ehe ich blitzartig einen anderen Punkt im Tanzstudio fixiere.

Karlo

»Welche Musik macht dich an?«

»Bitte?«

»Bei welcher Musik kannst du locker werden, weil sie dich völlig mitreißt und dich wild durch den Raum tanzen lässt?«

»Ich tanze niemals wild durch den Raum.«

Diese Frau hat ein Verhältnis mit Skrypczak. Ihre langweilige Art sollte mich um Himmels willen nicht wundern, aber dennoch zermartert sie meine Geduld. Als ich entnervt durchatme, rümpft Judy nur die Nase und verschränkt die Arme unter ihrer Brust, die von einer engen, hochgeschnittenen schwarzen Bluse auch ohne diese Geste schon stark betont wird.

»Es gibt Menschen, die keine Zeit für solchen Firlefanz haben.«

»Stimmt, diese Menschen verbringen ihre Zeit lieber mit Theaterspielchen. Das ist natürlich wesentlich geistreicher.«

»Schauspiel, meinst du. Karlo, ich habe keine Ahnung, was genau dein Problem mit Aleks ist. Aber ich bin nicht er.« Während sie die linke Hand zur Faust ballt, fällt mein Blick zum ersten Mal auf den roségoldenen Verlobungsring und ich kann ein verächtliches Schnauben nicht unterdrücken. Immerhin gelingt es mir, mir in letzter Sekunde auf die Zunge zu beißen und einige unverfrorene Worte hinunterzuschlucken, die die feine Lady und ihren Prinzen zur Schnecke machen würden.

Musik. Ich brauche Musik.

»Wir fangen mit einem einfachen Discofox an, damit ich ein Bild davon kriege, wo du stehst«, bestimme ich, ohne sie eines weiteren Blickes zu würdigen. Dieses Mal ist es Judy, die verächtlich schnaubt, doch ihre Missgunst perlt von mir ab. »Hast du vernünftige Schuhe dabei?«, hake ich nach, obwohl ich mir die Antwort schon denke.

»Ja, weil Tanzen meine absolute Leidenschaft ist, habe ich *nur für dich* mein professionellstes Schuhwerk herausgesucht.« Ihre Stimme vibriert inzwischen geladen und abfällig, was mich amüsiert und davon zeugt, dass zumindest ein kleines Feuer in ihr brennt. Damit werde ich arbeiten können.

»Zieh deine Sneakers aus und stell dich auf Höhe der Discokugel.«

Sie fügt sich unter erneutem Murren, während ich die Boxen per Fernbedienung einschalte und durch meine Playlist scrolle. »*Starships* oder *Dirty Dancer*?«

»*Starships*«, antwortet sie direkt.

Wer hätte es gedacht?

»Und kannst du dir bitte wieder was überziehen?«

»Mein Hemd ist nass.«

»Das ist mir egal.«

Als ich sie ungläubig anschaue, steht Judy mit verschränkten Armen auf der Tanzfläche und blitzt mich abschätzig an.

»Du verlangst ernsthaft, dass ich das Ding wieder anziehe, mit dem ich soeben den Boden gewischt habe?«

»Fragt der Typ, der mich dazu bringt, hier barfuß zu laufen? Zieh dir was über oder ich werde nicht mit dir tanzen.«

Stille.

Mit schmalen Augen will ich jede ihrer Regungen beobachten, doch da kommt nichts. Wie eine hundertjährige Kastanie steht sie da, keine Miene verziehend.

Es ist ihr absoluter scheiß Ernst. Und mir macht das rein gar nichts aus. Null Komma null. Nein, null Komma null, null, null.

Null.

Zum Beweis, dass es mich so wenig tangiert, beschließe ich, ihr Spielchen mitzuspielen. Wende mich auch dann nicht von ihr ab, als ich das Oberteil ganz langsam von der Erde aufhebe.

Was. Für. Ein. Abfuck.

Judy

Mal abgesehen davon, dass es ohnehin schon schräg ist, bei einem fremden Typen privaten Tanzunterricht zu nehmen, triggert mich Mister Grumpys sturköpfige Art.

Ich habe auf dem Niveau eines Meisters gelernt, wie man Menschen liest, um mich in dieser Welt zurechtzufinden, aber es gibt einige Fälle – so wie ihn –, die es mir schwer machen. Mal trägt er eine wütende Miene, mal umspielt ein weiches Lächeln seine Lippen. Ich habe absolut keine Ahnung, was er wirklich denkt oder fühlt, und sein ausgefeiltes Pokerface macht mich ärgerlich.

Als plötzlich das gesamte Tanzstudio von Musik erfüllt wird, zucke ich zusammen. Gleichzeitig schlägt mein Herz einen Takt schneller.

Karlo tritt in mein Blickfeld. Mit einer Hand umschließt er meine Hand, die andere legt er mir gezielt und bestimmt auf die Hüfte. Schlagartig beginnen die Körperzonen, die er berührt, zu glühen, und trotz der klammen Klamotten wird mir heiß.

»Mach dich locker«, raunt er.

Sehr witzig, denke ich.

Jeder seiner Schritte ist geschmeidig und taktvoll, wir sind einander so nah, dass mir sein holziges Parfum fast die Sinne vernebelt.

Solch eine Nähe teile ich sonst nur mit Aleks und in seiner Gegenwart bin ich wenigstens sicher. Weiß, was ich tue, wohingegen Mister Grumpy mir das Gefühl verleiht, ungeschickt und unsicher zu sein. Ich spüre nur zu genau, wie kläglich mich sein Talent in den Schatten stellt.

»Entspann dich«, flüstert er erneut.

»Ich kann nicht.« Das Herz schlägt mir inzwischen bis zum Hals und mein deplatziertes Gefühl lässt sich nicht eindämmen. »Lass uns aufhören, ich bin dazu nicht geeignet.«

Während Karlo weiterhin konsequent die Tanzschritte vorgibt und ich ihm im Gegenzug regelmäßig auf die Füße trample, bin ich der Verzweiflung nahe. Alle Muskelgruppen in mir verkrampfen sich und ich spüre, dass ich mit jeder verstreichenden Minute so beweglich werde wie ein Felsbrocken.

Auf einmal teleportieren mich meine Gedanken in den Schulunterricht zurück und zementieren damit mein Scheitern. Eine Zeitreise in die Mathestunden, in denen der Lehrer Aufgaben gestellt hat, jemanden aufrief und dieser Person dann einen Ball zuwarf. Wer den Ball bekam, musste die richtige Antwort abliefern.

Alle haben zugehört. Alle haben gesehen und gespürt, wer in diesem Bereich ein Genie war und wer schonungslos aufgelaufen ist.

Weil Rechenaufgaben immer meine volle Konzentration erfordert haben, zählte ich im Zusammenhang mit der Angst, vor der ganzen Klasse sprechen zu müssen, zur Minderheit, die sich in diesem *Spiel* nicht über Wasser halten konnte.

Ich kam an meine Grenzen, brachte keinen Ton mehr heraus. Und jetzt versage ich wieder.

Völlig versteift hoffe ich, dass meine jüngste Blamage ein Ende findet. Dass die Musik ausfällt vielleicht. Oder dass ich mir den Knöchel verstauche.

Als Karlo von mir ablässt, wage ich vor lauter Scham nicht, ihm ins Gesicht zu blicken. Ich erwarte einen entnervten Spruch. Die Aussage, dass ich's mit dem Tanzen gar nicht weiter probieren brauche. Stelle mich darauf ein, ein hoffnungsloser Fall zu sein.

»Ist dir kalt? Deine Klamotten sind noch ganz feucht.« Karlo regelt die Musik leiser und weil ich so überrascht über seine Frage bin, treffen sich unsere Augen nun doch.

In seinem Blick ist nichts Gemeines. Die ätzende Art von vorhin scheint gänzlich verschwunden.

»Warte hier, ich müsste noch einen trockenen Pullover im Auto haben.«

Karlo

Ich habe alles gesehen, was ich wissen muss.

Judy gehört zur Sorte Frauen, die nicht tanzen kann, weil sie ein absolut verschobenes Verhältnis zum eigenen Körper hat und einfach derbe verkopft ist.

Das sind die schwierigsten Fälle und ich habe es mir schon gedacht, als Skrypczak mit seiner Anfrage herausgerückt ist. Im Normalfall halte ich mich mit so was nicht auf – mir gefällt es eher, wenn meine Tanzpartnerinnen bereits feuriges Temperament in sich tragen und regelrecht darauf brennen, von mir zu lernen.

Mit Judy ist es anders. Bei ihr stimmt nun mal der Preis.

»Tut mir leid, dass ich so eine Niete bin«, murmelt sie, als könnte sie meine

Gedanken studieren. Dass sie eine Niete ist, weil sie genau das von sich hält, spare ich mir zu sagen.

»Das kriegen wir schon hin.« Judy steckt in meinem Pullover, der an ihrem Körper aussieht wie ein Sack –, ihre hängenden Schultern verstärken den Effekt zusätzlich und das Haar, welches vorhin noch feucht war, steht jetzt gekräuselt in alle Richtungen ab. Unter anderen Umständen hätte ich diesen Anblick vielleicht süß gefunden.

»Jetzt mal ohne Witz, Karlo. Die Hochzeit ist in fünf Monaten. Wie sollen wir das bitte schaffen?«

»Hast du vergessen, dass wir uns hier in einer Akademie für Tanz befinden? Was wäre ich für ein mieser Lehrer, würde ich dich direkt aufgeben?«

Die erblühende Hoffnung in ihrem Ausdruck löst dank meiner verdorbenen Motive ein schlechtes Gewissen aus, das ich jedoch konsequent wieder verbanne.

Sie braucht mein Mitleid nicht. Sie hat alles Geld der Welt. Ansehen. Einen erfolgreichen Verlobten. Und darüber hinaus nur zwei linke Füße, die ihr schon keinen Zacken aus der Krone brechen werden.

»Hast du eigentlich noch Angestellte oder ist das alles hier ganz allein dein Verdienst?«

Ich beobachte, wie Judy ihren Blick schweifen lässt, bin auf der Suche nach etwas Abwertendem in ihrer Frage, doch werde nicht fündig.

»Es gibt nur Eloise und mich.«

»Eloise?«

Ihre geweiteten Augen schmeicheln mir auf eine sonderbare Weise, die mich dazu bringt, die Antwort etwas hinauszuzögern. Ich schnappe mir zwei Kristallgläser aus der Bar und fülle sie mit Mineralwasser. Registriere aus dem Augenwinkel, dass Judys Blick nicht von mir ablässt.

»Eloise leitet hier zweimal die Woche den Kindertanzkurs und begleitet manchmal meinen Unterricht, wenn ich den Schülerinnen und Schülern neue Figuren vorführen will. Ich hatte erst kein Interesse an Mitarbeitern, aber die Frau ist hartnäckig.«

»Oh, das ist toll.« Judys Stimme färbt sich unerwartet mit einer Begeisterung ein – verrät mir, dass die Reaktion aufrichtig ist.

»Vielleicht hätte ich lieber auch als Kind schon mit dem Tanzen beginnen sollen.«

»Hattest du da etwa auch schon einen Verlobten, der mit deiner Körperbeherrschung unzufrieden war?«

Zu schnell verlässt der Satz meine Lippen und als ich mir auf die Zunge beiße, ist es längst zu spät. Ein abfälliger dunkler Schatten legt sich über Judys Miene.

Kapitel 3

Judy

»Sorte Arschloch«, maule ich und kann die Beifahrertür von Violas rotem Mini nicht schnell genug hinter mir zuschlagen. Sie kichert und reckt den Kopf, vermutlich in der Hoffnung, Karlo noch zu sichten. »Fahr endlich!«

»Ist ja gut.« Beherzt tritt sie aufs Pedal und das hämische Grinsen, das ihre Mundwinkel umspielt, wird sekündlich breiter. »Dafür, dass er ein Arschloch ist, bist du ihm ja relativ schnell an die Wäsche gegangen, wie es aussieht.«

»Was?«

»Oder ist das nicht sein Pullover an deinem Leib?« Viola denkt gar nicht daran, ihre Heiterkeit zu zügeln, als mir für die Dauer eines Atemzuges der Mund offen stehen bleibt.

»Scheiße, Vi, mein Oberteil ... Was wird Aleks denken?«

»Dass ihr euren Spaß hattet, natürlich.« Während sie aus dem Prusten nicht mehr herauskommt, fahre ich einen verzweifelten Film.

»Jetzt mal ehrlich! Meine Sachen waren nass. Wegen des Regens. Ich meine, natürlich wegen des Regens, warum auch sonst? Und dann hat er mir völlig unerwartet – weil er ja, wie schon gesagt, ein Mistkerl ist – dieses Ding hier gegeben.« Ich rede mich um Kopf und Kragen. »Himmel, was soll ich tun?«

»Ich kann umdrehen.«

»Bloß nicht.«

»Dann nimm halt mein Shirt.« Viola zuckt die Schultern. »Oder du behältst dieses Teil an und erklärst deinem Mann, was Sache ist. Sollte nicht so schwer sein, oder?«

»Du kennst Aleks. Und du weißt, dass es schwer ist.« Auch wenn er Emotionen sonst nicht gern an sich heranlässt: Hat er den Eindruck, dass jemand unaufgefordert sein Revier betritt, wird er salty. Sehr, sehr salty.

Zur Antwort verdreht Viola ihre Augen und pustet sich eine ihrer glatten, dunklen Haarsträhnen aus dem Gesicht. Dann dreht sie die Musik lauter. Es läuft *JuVi*, unsere Playlist, die wir über viele Jahre hinweg gemeinsam bestückt haben und die mit der Zeit länger und länger wird.

Ich lasse mich in die Lehne sinken und lausche *Copines* von Aya Nakamura.

Immer wieder steigt mir der Duft von Karlos Pulli in die Nase und bestärkt mich in dem Vorhaben, daheim erst mal lange unter die Dusche zu steigen.

***

»Na, wie war's?«

Als ich die Wohnung betrete, sitzt Aleks bereits am Küchentisch und dreht sich einen Joint. Die schwarzen Ränder unter seinen Augen erzählen von seinem stressigen Tag und versetzen meinem Herzen einen Stich.

Wie sehr wünschte ich, dass er wieder mehr strahlen würde.

»Grausam wäre noch untertrieben.«

»Karlo halt.«

»Hmmh.«

Weil Aleks nicht ein einziges Mal aufschaut, bemerkt er gar nicht, dass ich noch immer im Pullover von Mister Grumpy höchstpersönlich stecke.

»Ich springe schnell unter die Dusche. Der Regen hat mich vorhin doch noch ziemlich erwischt.«

»Mach das.«

Einen Augenblick halte ich noch inne. Beobachte, wie er mit seiner Zunge das Longpaper anfeuchtet und den Joint einige Male auf die Tischplatte sinken lässt.

Die Zeiten, in denen wir gemeinsam geraucht und gefeiert haben, sind lange vorbei. Inzwischen tut Aleks das, um von seinem Stresslevel runterzukommen und zu vergessen, welcher Druck ihn unentwegt im Griff hat. Ihn einnimmt wie rote Schlieren von Früchtetee das kochende Wasser. Und obwohl mich die Erinnerung an vergangene Phasen schmerzt – bei seiner vollen Agenda fällt es mir leicht, Verständnis aufzubringen.

»*Laleczko?*«, fragt er, als ich schon hinter der Badezimmertür verschwunden bin.

»Ja?«

»Hat er dich unanständig angefasst?«

Mein genervter Gesichtsausdruck bleibt ihm zum Glück verwehrt. Ich presse die Augen zusammen und nehme einen tiefen Atemzug. »Nein, Aleks. Er hat sich gut benommen.«

Karlo

»Ich dachte schon, du lässt mich hängen.« Emely schlängelt sich zwischen etlichen Menschen hindurch, von denen die meisten viel zu große pastellfarbene Leinenhosen tragen oder Röcke, die mich an Wald erinnern.

Fast bilde ich mir ein, dass es sogar ein bisschen nach Laubbaum riecht, da fällt sie mir mit einem dicken Knutscher auf die Wange um den Hals.

»Beleidige mich nicht so. Habe ich dich je hängen lassen?«

»Sei nicht gleich grumpy. Natürlich nicht.« Sie küsst mich erneut – dieses Mal auf die andere Wange.

»Eben.« Theatralisch verschränke ich beide Hände über dem Herzen und lege den Kopf schief. »Was gibt es für mich als Legastheniker schließlich Schöneres als eine Vorstellung rund ums gesprochene Wort?«

Ein Spruch, der sie auflachen lässt und mich einen Knuff in die Seite kostet.

»Du spinnst! Nur weil du eine Lese-Rechtschreib-Schwäche hast, kannst du doch trotzdem Gefallen an einem Poetry-Slam finden.« Mahnend hält Emely mir ihren Zeigefinger entgegen. »Es gibt sogar erfolggekrönte Autorinnen und Autoren mit Legasthenie – also ruhe dich bloß nicht darauf aus!«

Meine Antwort ist nichts weiter als ein halbherziges und amüsiertes Nicken, aber es scheint ihr auszureichen.

»Hast du noch Unterricht gegeben?«

Ich denke an Judy. Und an unsere wenig nutzbringenden Stunden, die, wenn ich nicht aufpasse, an meinem Ego kratzen könnten. Doch was würde es über meine Disziplin und Beherrschung aussagen, könnte ich diese Lappalie nicht überspielen? »Jap, deshalb die kleine Verspätung.«

Emely legt für zwei Sekunden den Kopf schief, um mich anzuschauen, als wäre ich ein bunt gefiederter Papagei, der in seinem Käfig mysteriöse Botschaften von sich gibt, dann tätschelt sie mir hektisch den Oberarm. »Alles gut. Bis jetzt hast du nur die obligatorische Einstiegsrede verpasst. Ich bin froh, dass du da bist.« Meine Schwester nimmt mich bei der Hand und zieht mich durch den kleinen Veranstaltungssaal, in dem die Leute bereits eng an eng stehen und der sich trotzdem noch weiter füllt. Schnell atmen wir neben dem Waldduft auch die Gerüche von zusammengewürfeltem Parfüm und Erdbeersekt ein und was in Summe ziemlich befremdlich auf mich wirkt, ist genau Emelys Ding. Sie mag es ausgefallen, ihre eigene kleine Wohnung teilt sich praktisch die Atmosphäre mit diesem Event und die Schnittmenge ihrer Interessen und die der anderen Gäste ist schätzungsweise relativ hoch. Obwohl wir im gleichen Umfeld großgeworden sind und von exakt demselben Elternpaar erzogen wurden, haben wir uns unterschiedlich entwickelt. Sie hält nichts von der glamourösen Welt. Sie liebt es einfach gestrickt, ist eine Vollblut-Veganerin und setzt sich in ihrer Freizeit, wenn sie mich nicht gerade zu kulturellen Events zwingt, für unsere Umwelt ein.

»Ich bin schon den ganzen Tag total aufgeregt«, wispert Emely und wirft mir dabei einen verheißungsvollen Blick über die Schulter zu. In diesem Moment dreht sich eine Brünette neben uns um und klatscht mir versehentlich ihren Pferdeschwanz ins Gesicht.

Holy. Fuck. Ich kann nichts mehr sehen.

»Sorry, sorry, sorry!«, ruft mir die Unbekannte hinterher.

Emely kichert und während meine Augen so stark brennen, dass sie tränen, zieht sie mich einfach weiter.

»Ihren Blick hättest du sehen sollen. Die hat dich so angeschmachtet, als hätte sie es am liebsten mit ein wenig Sex wiedergutgemacht.«

Nicht einmal, als sich mein Fuß mit irgendwas auf dem Boden verhakt und mich zum Stolpern bringt, wird eine Pause für nötig gehalten. »Oh, das wäre jetzt vielleicht die ansprechendere Beschäftigung für mich.« Augenreibend remple ich durchgehend fremde Menschen an und lasse mich von meiner Schwester bis vor die Bühne zerren.

»Als würdest *du* nicht genug Chancen dazu kriegen«, kontert sie spöttisch und zeigt keinerlei Interesse daran, dass meine Augen zwei Feuerbällen ähnlich sind.

Ich zucke die Schultern. Schlicht erleichtert darüber, angehalten zu haben und mich wieder berappeln zu dürfen.

»Und heute sind wir eben mal nur für meine Herzensdame hier.«

Um haargenau zu wissen, dass sie zufrieden übers komplette Gesicht lächelt, ist eine klare Sicht nicht wesentlich. »Emely.« Ich drücke mir ein Taschentuch in die Augenwinkel. »Felizitas Clemenz ist hetero.«

»Halt einfach die Klappe, Karlo.«

»Bezaubernd wie immer«, grummle ich noch in meinen Dreitagebart und denke an all die Dinge, die ich an diesem Freitagabend hätte tun können, stünde ich nicht inmitten dieser ganzen dichtkunstbegeisterten Ökos.

***

Als wir zwei Stunden später noch in der Schlange stehen, um ein Autogramm von Felizitas zu ergattern, die tatsächlich die Fähigkeit besitzt, das gesprochene Wort wie Kunst aussehen zu lassen, fühle ich mich beobachtet. Eine Frau, die bereits ziemlich weit vorn wartet, dreht sich immer wieder zu uns um und ich kann nicht eindeutig sagen, ob ihr Blick meiner Schwester oder mir gilt.

»Kennst du die?«, raune ich Emely zu und mache eine unauffällige Kopfbewegung.

»Ne«, flüstert sie zurück. »Sie ist mir während des Programms auch gar nicht aufgefallen. Aber hast du mal ihre wahnsinnigen Lippen gesehen?«

»Was ist mit ihren Lippen?«

Ein entnervtes Aufstöhnen. »Sie sind extrem ästhetisch geschwungen und total füllig. Ich glaube nicht, dass die aufgespritzt sind.«

»Worauf du alles achtest, Em ... Die ist nicht mein Typ.«

Ich beobachte, wie meine Schwester ihr Shirt ein Stückchen runterzieht und der Fremden ein Grinsen sendet, aus dem ich nicht schlau werde. »Angenommen, sie wäre es. Wie würdest du sie von dir überzeugen?«

»Lass den Mist.«

»Ah, also mit deinem unfassbar charmanten Charakter. Verstehe.« Emely knufft mich in die Seite und streckt frech die Zunge heraus. »Ich würde sie jedenfalls nach ihrem Lieblingsessen fragen und es mindestens eine Woche lang jeden Tag für mich selbst kochen, um zum Zeitpunkt des ersten Dates Spezialistin zu sein. Dann könnten wir noch ausgehen, vielleicht eine Lichterfahrt durch die Speicherstadt machen oder den Abend auf der Couch verbringen, die ich vorher mit einer Extraportion Kissen ausgestattet hätte.«

Auf ihrer Miene liegt jetzt ein träumerischer Ausdruck, der mein Bruderherz zum Schmelzen bringt. Für einen Moment schließe ich sie in die Arme. »Das klingt schön.«

»Nicht wahr? Solltest du mal Tipps für ein besonderes, einfach atemberaubendes Rendezvous benötigen, kannst du dich zu jeder Tages- und Nachtzeit an mich wenden.«

Okay. Alles klar. Das ist das Signal, die Reißleine zu ziehen, sonst artet es aus. »Sehr zuvorkommend. Aber wusstest du, dass Hamburg mehr Brücken als Amsterdam und Venedig zusammen besitzt? Ich finde das ziemlich abgefahren und bin der Meinung, dass die Kenntnis darüber zur Allgemeinbildung aller Hansestadt-People zählen sollte.«

»Mensch, Karlo ...« Kopfschüttelnd lässt Emely von mir ab und verzieht das Gesicht.

Judy

»Hast du die Hochzeitstorte inzwischen bestellt, oder wollen wir das dem Management überlassen?« Während Aleks zielstrebig um die Kücheninsel herumschlendert, spannt er mehrfach die Kiefermuskulatur an – ein sicheres

Zeichen dafür, dass er trotz des Joints noch unentspannt ist. Obwohl bisher keine fünf Minuten vergangen sind, seit er seine Tiefkühlpizza aufs Blech gelegt hat, starrt er zum wiederholten Mal durch das Backofenfenster und zieht sich dabei die Jeans aus.

»Nein und nein. Die Torte sucht das Ehepaar gemeinsam aus, Aleks. Das Management sollte damit nichts zu tun haben.«

Er kratzt sich an der Stirn und hebt überfordert die Brauen.

»Ist es dir das nicht vielleicht auch wert? Dich einen Moment mit mir hinzusetzen? Die Torte zu planen? Das Ganze kostet ohnehin schon genug Geld – da wäre es doch toll, wenn uns der Kuchen wenigstens beiden schmeckt.«

»Wir haben Geld genug.«

»Darum geht es nicht.«

»Ist ja gut. Aber dein Geburtstag kommt auch noch vorher und insgesamt werden diese Veranstaltungen so stressig, dass wir das Management wenigstens einbeziehen sollten.«

Veranstaltungen.

»Es ist längst eingebunden. Und meinetwegen kann es sich darum kümmern, Mom und Dad aus Italien einfliegen zu lassen. Aber es gibt definitiv einige Details, die nur uns beide etwas angehen.« Ich schlucke, um das Brennen in meiner Kehle zu vertreiben. »Ansonsten können wir uns die Hochzeit auch schenken.«

Aleks mustert mich vom Ofenwachposten aus und unterbricht das desorientierte Kratzen.

»Kein Grund zur Aufregung, Baby. Ich werde die Buchung der Tickets für Mary und Jo gleich morgen veranlassen.«

Zuvorkommend, sie werden sich freuen. *Ich* sollte mich freuen. Darüber, dass wir finanziell inzwischen so gut dastehen, dass wir die Reisekosten meiner Eltern ganz locker-flockig übernehmen können. Weil die zwei im letzten Jahr der spontanen Eingebung gefolgt sind, ihrer Midlife-Crisis einfach vor der Nase wegzulaufen und sich im Charme einer anderen Kultur neu zu entdecken, haben Aleks' Agenten nun wenigstens eine sinnvolle Aufgabe.

In Momenten wie diesen bilde ich manchmal die Hypothese, dass ich mich als Ausgleich für ihren Abgang deutlich zu früh mit besagter Lebenskrise herumschlagen muss. Möglicherweise ist das ja ein ungeschriebenes Naturgesetz?

Aleks entfernt sich zwei Schritte von seiner Pizza, um meine Hand zu nehmen. »Welche Sorten würdest du dir denn wünschen?«

Schwermütig stütze ich mit dem freien Arm meinen Kopf. Versuche mir auszureden, diese Hochzeit sei bloß ein weiterer Punkt in seinem vollen Terminkalender.

»Wenn es nach mir ginge, würde eine Torte aus veganer Schokocreme völlig ausreichen«, raune ich irgendwann und bemühe mich um ein Lächeln.

Seine Finger lösen sich von meiner Hand und wandern hinauf zum Haar. Dann krault er mich an meiner Lieblingsstelle über dem Nacken am Haaransatz, was mich auf der Stelle besänftigt.

Fieser, wirkungsvoller Kunstgriff. In fünfundneunzig Prozent der Fälle schafft es dieser Trick, mir jeden klaren Gedanken zu rauben, was in Auseinandersetzungen oftmals Aleks' Trumpf bedeutet.

»Schokolade klingt gut, *Laleczko*.« Er lächelt und für einen kurzen Moment halten wir inne. Hören durch die geöffneten Fenster nur noch das entfernte Rauschen aus Richtung der Schnellstraße, hin und wieder ertönt das Hupen von Autos.

»Willst du deine Kolleginnen dabeihaben?«

Bevor ich zu einer Antwort ansetze, prüfe ich Aleks' Mimik. Bemerke am leichten Zucken seiner Brauen, dass es ihm schwerfällt, einen abfälligen Gesichtsausdruck zu unterbinden.

»Naomi und Savannah definitiv.«

»Damit habe ich fast gerechnet.« Er stoppt das Kraulen, lehnt sich zurück und streckt sich ausgiebig.

»Sie sind meine Freundinnen.«

»Schon klar. Aber diese Savannah kennt einfach keine gute Manier und du weißt, wie akribisch meine Eltern auf alles achten, was nicht fein genug ist.«

»Ein Glück, dass wir es sind und nicht deine Eltern, die diese Hochzeit ausrichten. Und ich habe jetzt auch keine Lust darauf, solche Diskussionen weiterzuführen.«

Obwohl die klamme Sommerluft noch immer von der Wärme des Tages spricht, zieht sich ein Frösteln über meine Arme. Hoffentlich habe ich mich durch die nassen Klamotten vorhin nicht verkühlt. Instinktiv ziehe ich die Beine an den Körper heran und verkrieche mich, so gut es eben geht, in meinem weiten Schlafshirt.

***

Gerade schlüpfe ich in meine weiße Bluse, die neben meinem Namen auch noch mit dem Logo von *Annies Beautycenter* bestickt ist, als mich jemand von hinten umarmt. Weil ich den Kopf noch nicht durch die Öffnung des Oberteils geschoben habe, sehe ich nichts.

»Savannah! Einen Moment kurz ...«, murmle ich und zapple herum, um sie abzuschütteln.

Sie antwortet mit einem herzlichen Lachen und schließt mich in meiner Hilflosigkeit noch fester in die Arme, bis sie schließlich loslässt. »Na, wie geht's? Gut geschlafen?«

Nachdem ich es endlich in meine Arbeitskleidung geschafft habe und mich darum bemühe, die zerzausten Haarsträhnen neu zu ordnen, lehnt Savannah sich entspannt an die Beauty-Liege und nippt an ihrem mitgebrachten Chai Latte.

»Ja, ganz gut. Und selbst?«

»Ich auch. Vielleicht ein bisschen kurz. Naomi war nach dem Poetry-Slam noch länger da und wir haben geheime Dinge besprochen.« Sie zwinkert mir verheißungsvoll zu.

»Geheime Dinge?«

»Ja, so Planungssachen halt. Was man eben tut, wenn die Freundin darauf aus ist, einen heißen Typen zu heiraten. Wirst du danach eigentlich weiterhin bei uns bleiben?«

Ich stocke. Schaue sie perplex an und werde ganz genau von ihren wachen

Augen gescannt. Augen, die immerzu vor Neugierde übersprudeln und nie müde werden, zwischen den Zeilen zu lesen. Meistens steckt mich diese Eigenschaft an, aber gerade irritiert sie mich.

»Wie kommst du darauf, dass ich nicht bleiben werde? Bis auf ein paar Kleinigkeiten liebe ich unseren Job und das weißt du doch auch.«

Sie tritt einen Schritt näher und streicht mein Shirt in der Schulterregion glatt. »Sind wir mal ehrlich, Judy, die Frage ist gar nicht so weit hergeholt. Dein Mann ist Aleksander Skrypczak. Er ist berühmt und reich. Du wirst es einfach nicht mehr nötig haben, deine Zeit hier abzusitzen.«

»Nur Narren machen sich freiwillig von einer anderen Person abhängig. Ganz gleich, wie bekannt ihr Name ist.« Ich kann nicht anders, als den Kopf zu schütteln. Wende mich von meiner Kollegin ab und versuche zu ignorieren, dass ihr Blick weiterhin auf meinem Rücken ruht.

Es nervt nicht nur, sondern verletzt mich auch ein Stück weit, regelmäßig mit Vorurteilen dieser Art konfrontiert zu werden.

Sobald ein Partner in einer Beziehung überdurchschnittlich viel Geld verdient oder ein nennenswertes Ansehen hat, ist die Gesellschaft davon überzeugt, dass es hier keineswegs um Liebe gehen kann. Würde ich all ihren Assoziationen Glauben schenken, dann wäre ich egoistisch, unselbstständig, ergeben und eine Hohlfrucht, wie sie im Buche steht.

Karlo

Ich lasse *Der Alchimist* sinken und umschließe skeptisch die bereits gelesenen Seiten mit Daumen und Zeigefinger. Fast die Hälfte ist geschafft, aber dafür habe ich bisher auch mehrere Wochen gebraucht.

Für einen Legastheniker besitze ich vermutlich überdurchschnittlich viele Bücher. Ab und zu bringt mir Valentino eine dünne Lektüre von seinen Reisen mit, ich plane, es mit ihnen aufzunehmen, und schließlich verstauben sie doch allesamt im Regal. Das aktuelle Exemplar von Paulo Coelho habe ich mir in einem Moment des Übermuts selbst zugelegt und werde es erst wegräumen, sobald die letzte Seite gelesen ist. Ganz der Neurobiologie zum Trotz.

Allerdings bin ich nicht traurig darum, dass ein schneeballartiger Haufen die morgendliche Lesesession endgültig beendet, indem er aufs Bett springt, selbstbewusst über meine Brust tapst und schließlich mit seiner rauen Zunge über meine Schläfen fährt.

»Guten Morgen, Freddy.« Ich werfe das Buch an die Seite, um beide Hände zum Kraulen freizuhaben.

Freddy antwortet mit einem lang gezogenen Maunzen und dreht sich mehrfach um die eigene Achse, bis sie sich platt auf mich schmeißt und gemächlich die vorderen Pfoten ausstreckt.

»Kleines, verwöhntes Ding!« Lächelnd fahre ich durch das samtige Katzenfell und stelle mir vor, wie es wäre, den gesamten Tag im Bett zu verbringen. Nur das sekündliche Vibrieren meines Handys hält mich davon ab, mich intensiver mit dieser Versuchung auseinanderzusetzen. Um zu identifizieren, dass diese aufdringlichen Nachrichten von Emely stammen, muss ich nicht mal aufs Display schauen.

***

»Bleibst du zum Mittag? Ich mache Falafelrollen mit Reis.«

Während sie das fragt, öffnet und schließt Emely den Wasserhahn in ihrer Küche mehrfach – prüft nach, ob ich bei der Reparatur vernünftige Arbeit geleistet habe.

»Nein, ich gebe heute noch Unterricht.«

»An einem Samstag? Das hast du doch gar nicht nötig.«

»Es sind besondere Umstände.«

Sie dreht sich um, verschränkt die Arme vor der Brust und mustert mich eindringlich. »Ist da etwa eine Frau im Spiel?«

Ich wende mich meinem Glas zu und trinke den frisch gepressten Orangensaft in einem Zuge leer, um ihrer neugierigen Art zu entfliehen. Aber meine Schwester wäre nicht meine Schwester, würde sie meine persönlichen Grenzen widerstandslos akzeptieren.

»Karlo?«

»Willst du das Wasser nicht abstellen?« Mit einer schnippischen Handbewegung deute ich hinter sie.

Emely dreht den Hahn zu, ohne das Starren zu unterlassen. »Ist sie hübsch?«

Bei dieser Frage schießt mir ungewollt ein Bild von Judys widerspenstigen roten Locken und ihren silberblauen Augen in den Sinn. Ein Anblick, an dem ich mich verbrennen könnte und der durchaus Potenzial besäße, die wildesten Fantasien anzuregen. »Ich werde gut dafür bezahlt.«

»Ob sie hübsch ist, war meine Frage?«

Wenn Emely kein menschliches Wesen wäre, würde sie sich mit ihrem unnachgiebigen Weiterbohren gut als Korkenzieher machen.

»Durchschnitt, 08/15. Nicht mehr und nicht weniger. Reicht das als Auskunft?«

Ein breites Grinsen erhellt ihr gesamtes Gesicht und ich kann nichts daran ändern, dass mich die Gesamtsituation tierisch aufregt.

»Ich glaube dir nicht, Bruderherz.« Sie wippt siegessicher mit einem Bein, die Augen funkeln. »Ich würde mir für dich wünschen, dass du endlich die eine Frau findest, die dein Herz berührt.«

»So ein Bullshit, Em.«

»Tu nicht immer so. Du bist ein wundervoller, sanftmütiger Typ. Du machst bloß einen auf unwahrscheinlich kühl und lässt niemanden an dich heran. Aber ich weiß, dass da draußen deine Prinzessin wartet, die es wert ist, von dir auf Händen getragen zu werden. Ich freue mich schon unendlich auf sie, Karlo. Und ich freue mich auf diese besondere Version von dir.«

Emely durchquert den Raum und fällt mir von hinten um den Hals. Ihre Worte rühren etwas in mir an und ich hasse es, wie sie es immer wieder schafft, mich sentimental werden zu lassen.

»Und nur weil ich Probleme damit habe, meine Traumfrau zu finden, muss dir ja nicht das gleiche Schicksal blühen. Als trainierter, charmanter Typ hat man es bei den Damen etwas einfacher als ich kleine, vollbusige Frau.« Emely blickt an sich herab und zuckt mit den Schultern.

Ich weiß, dass mich ihre Worte aufheitern und motivieren sollen, doch sie versetzen mir einen Stich. Meine Schwester ist, schon seit sie damals ihre Nase nicht mehr aus allen möglichen Liebesromanen nehmen konnte, eine hoffnungslose Romantikerin, die jedoch in der Vergangenheit oft enttäuscht wurde. Sie wünscht sich eine Beziehung, gern auch im kitschigen Stil von *Bridget Jones – Schokolade zum Frühstück*, und ich fände es nur fair, würde das Schicksal sie endlich zu ihrem Glück führen.

Kapitel 4

Judy

»Was ist los, was hast du vor?« Irritiert beobachte ich, wie Karlo die Tür zu seinem Tanzstudio vor unserer beider Nase abschließt. »Habe ich mich im Termin geirrt?«

»Nein, alles korrekt«, sagt er und setzt sich mit einer lässigen Armbewegung eine Cap auf. »Komm mit, der Schwarze da ist meiner.« Beiläufig deutet er auf einen Audi mit Cabrioverdeck und bewegt sich in die Richtung des Wagens.

Wie angewurzelt bleibe ich stehen. »Was hast du vor? Sehe ich wirklich so blöd aus, als würde ich ohne Weiteres bei einem Fremden einsteigen?«

Sein abgehobenes Auflachen wirkt wie Anzündwolle auf das empörte Flämmchen in meinem Bauch. Er kommt mir vor wie ein aufgeblasenes Arschloch. Hat ihm der Titel *Mister Grumpy* noch nicht ausgereicht?

»Willst du nun tanzen lernen oder nicht?«

»Ja, natürlich will ich das!«

»Dann rate ich dir einzusteigen.« Sein Tonfall bleibt weiterhin ruhig, er kümmert sich gar nicht um meine Aufgebrachtheit. Nicht gewillt, nachzugeben, verschränke ich die Arme vor der Brust.

»Wir stehen genau vor deiner Tanzschule. Ist es nicht möglich, einfach reinzugehen, die Musik anzuschalten und ein paar Schritte zu üben? Ich habe heute extra geeignete Schuhe angezogen.«

»Denk an die letzte Stunde und beantworte dir diese Frage selbst«, entgegnet er und steigt im selben Atemzug auf der Fahrerseite ein. »Und das mit deinen Schuhen soll ein Scherz sein, oder?«

In mir brodelt die Wut. »Was ist dein scheiß Problem mit meinen Schuhen? Im Internet steht, dass Absätze für eine bessere Tanzhaltung sorgen«, fluche ich ungehalten, setze mich aber dennoch in Bewegung. »Warum denken eigentlich immer alle, sie können mich behandeln wie ein willenloses Stück?«

»Also, ich weiß ja nicht, von wem du sprichst, aber ich denke das keinesfalls.« Karlo lehnt sich über den Beifahrersitz und öffnet mir von innen die Autotür. »Ich denke, dass du dir in den Kopf gesetzt hast, tanzen zu lernen. Und um das umzusetzen, ist es eben notwendig, sich auf den besten Lehrer dieser Stadt zu verlassen.«

»Eingebildeter Spinner.« Irgendwas an seiner Argumentation besänftigt mich wider Erwarten, doch weil er es nicht verdient hat, das direkt mitzukriegen, richte ich den Blick auf meiner Seite nach draußen.

»Anschnallen, bitte. Es geht los.«

Als der Motor aufheult und der Wagen sich in Bewegung setzt, weht eine Wolke aus Kraftstoffabgasen zu uns nach vorn und lässt mich automatisch einmal tief durchatmen. Ich liebe es, wie dieser Duft mich immer wieder an Freiheit und Sommernächte erinnert. So mit Piccolo und buntem Pappstrohhalm auf dem Beifahrersitz, die Arme gen Himmel gestreckt, im Radio ein Song, der massenweise Endorphine ins Blut schüttet. Nicht, dass ich das wirklich mal erlebt habe, aber schön wär's bestimmt.

Und ich liebe Cabriolets – gerade dann, wenn sie wie dieses Exemplar schon etwas in die Jahre gekommen sind.

»Ich sehe, dass du grinst«, sagt Karlo nach einer Weile. »Du darfst dich ruhig freuen, dieser Wagen bietet allen Grund dazu.«

»Sag mir lieber mal, wo du mit mir hinfährst.«

»Das hätte ich sofort getan, wärst du nicht gleich an die Decke gegangen. Du kannst es dir aussuchen: Entweder fahren wir in den Schlosspark und essen so viel Eis, wie es nur geht, oder wir probieren unser Glück im Casino.«

Warte, was? »Hast du sie noch alle? Halt sofort an!« Wusste ich's doch: Das hier ist nicht nur keine gute Idee, sondern die miserabelste des Jahrtausends! Ganz offenbar hat dem die Sonne zu lange auf den Kopf geschienen.

Karlo kommt meinem Befehl nach und bringt das Auto auf dem nächsten

Grünstreifen zum Stehen. Ich habe bereits den Türgriff in der Hand und ein Bein ins Freie gesetzt, als er mich sanft am Arm berührt.

»Warte. Denk nicht, ich sei irre geworden.«

»O doch, Karlo Sander. Genau das befürchte ich! Was hat sich Aleks bloß bei dieser Schnapsidee gedacht?« Mein Blick fängt seine schimmernden grünen Augen auf, für eine Sekunde fürchte ich, mich darin zu vergessen. Die Verärgerung zu vergessen.

»Weißt du, das Ganze ist einfach so ...« Er holt Luft und berührt mit den Fingern die eigene Stirn, was wenigstens den Anschein erweckt, dass ihn diese Aktion beschämt. »Zum Tanzen braucht es nicht viel, Judy. Aber zwei Zutaten sind essenziell. Unabdingbar. Wie das Salz in der Suppe oder wie die Eiswaffel zu ein paar Kugeln Stracciatella.«

Ich rümpfe die Nase über seine kreativen Vergleiche.

»Ich esse Schokoladeneis. Und zwar im Becher. Am liebsten mit Streuseln und glitzerndem Partypicker. Natürlich vegan.« Um die Arme erneut zu verschränken, lasse ich vom Türgriff ab. Nehme wahr, dass Karlo mich für einen kurzen Augenblick mit geöffnetem Mund anstarrt, als hätte er den Faden verloren. »Und was sind jetzt deine zwei Superzutaten?«

Er räuspert sich und versucht, den Aussetzer zu überspielen.

»Selbstvertrauen und Unbefangenheit.«

Jetzt bin ich diejenige, deren Kinnlade herunterklappt.

»Bitte versuche, es nicht als Beleidigung aufzufassen. Ich habe beim letzten Mal einfach gespürt, dass du nicht richtig aus dem Kopf herauskommst, und wer permanent da oben ist und alles zerdenkt, wird nie beschwingt tanzen können. Sieh es einfach als Erfahrungswert an, den ich mit dir teile.« Weiterhin hält er Augenkontakt, verzieht keine Miene, sieht ehrlicher aus, als ich es ihm zugetraut hätte. Aber jeder Mensch weiß, dass eine Herdplatte auch dann zu Verbrennungen führen kann, wenn sie nicht mehr rot glüht.

»Die Idee war, dass wir heute ein paar Dinge tun, die den Kopf nicht sonderlich viel benötigen. Uns etwas besser kennenlernen, damit du dich während des Tanzens entspannen kannst. Es tut mir leid, dass ich die Sache so ungeschickt angegangen bin.«

Mister Grumpy ist in der Lage, sich zu entschuldigen? Meine Gedanken kreisen. Sind ein Mischmasch aus Olivgrün und allen möglichen zusammenhangslosen Bildchen. Kurz befürchte ich, das Sprechen verlernt zu haben, doch Karlo begegnet meiner Verwirrung mit Geduld.

»Casino ist definitiv gestrichen«, gelingt mir endlich eine Reaktion. Mein Hals fühlt sich trocken an, nahezu staubig, ich habe keine Ahnung, was wir hier gerade tun.

»Alles klar, das ist ein Wort«, erwidert er zufrieden und dreht das Radio lauter. »Wir werden schon was Spaßiges finden, worauf wir beide Lust haben.«

Bestimmt drehe ich den Regler wieder zurück, seine Finger umschließen bereits den Zündschlüssel. Irritiert hält er inne.

»Bevor wir weiterfahren, will ich wissen, was du gegen meine Schuhe hast.«

Für den Bruchteil einer Sekunde mustert er mich ungläubig, um sich dann mit vollem Körpergewicht in den Sitz zurückfallen zu lassen. Und zu lachen.

»Judy, ich habe nichts gegen deine Schuhe. Sie sind hübsch.« Die Art, wie er meinen Namen ausspricht, klingt besonders. Oder eher eigenartig. *Eigenartig* trifft es besser.

»Also hat Google doch recht und Absatzschuhe sind sehr wohl geeignet zum Tanzen?«

»Ja, das stimmt grundsätzlich. Aber die da ...« Er beugt sich vor und tippt auf meine Füße. »Die fallen trotzdem aus dem Raster. Kaum etwas hemmt den Bewegungsfluss mehr als solche harten Plateauabsätze.«

»Oh.«

»Ja.«

»Verstehe.«

Immer noch tanzen die zwei Grübchen auf seinen Wangen. Er nickt mir freundlich zu. »Können wir weiter?«

Ich nicke zurück. »Wir können.«

Karlo

»Ich kann nicht fassen, dass *das* deine Art ist, den Kopf freizukriegen.« Ungläubig starre ich Judy an, die sich am Rande des *Sommerdoms*, fernab vom Trubel, auf die Wiese gelegt hat und in die Wolken schaut.

»Was ist daran so komisch?«, will sie wissen. »Du hast gesagt, es sei notwendig, unbefangen zu sein. Und was ist unbefangener, als Motive in Wolken zu identifizieren?«

»Hmm … Du hast alle finanziellen Mittel, ich hätte irgendwie erwartet, dass du zum Entspannen mehr Geld ausgeben musst.«

Sie verdreht ihre Augen und zugegebenermaßen habe ich mich in letzter Zeit nicht von der charmantesten Seite gezeigt.

»Du hältst mich also für eitel. Kennst mich nicht, denkst aber schon, ich wäre mir zu fein.«

Judy würdigt mich keines Blickes, während sie das sagt. Ihre roten Haare ergeben im Zusammenspiel mit dem satten Grün des Rasens und dem Blau ihrer Augen ein regelrechtes Farbgewitter.

Scheiße. Skrypczak hat einen verdammt guten Frauengeschmack.

Und ziemliches Glück, dass Judys Gene verhindern werden, dass seine Kinder das Snobgesicht ihres Daddys erben.

Ob die beiden wohl Eltern werden wollen?

Als ich bemerke, in welche Richtung meine Gedanken schweifen, verpasse ich mir innerlich eine saftige Ohrfeige. Es sollte mir gehörig egal sein, ob Aleksander Nachwuchs in die Welt setzen will oder nicht.

»Willst du noch weiter herumstehen oder können wir jetzt die Entspannungseinheit durchführen?« Judy klopft auf die freie Fläche neben sich und weil mir auf die Schnelle keine Strategie einfällt, mit der ich dem Ganzen entkommen könnte, lege ich mich zu ihr ins Gras.

»Warum so zurückhaltend? Hast du das etwa noch nie gemacht?« Neugierig suchen ihre Augen nach einer Antwort in meinem Gesicht, während ich in meine Kindheit zurückgebeamt werde. »Gib's zu: In Wahrheit bist du der Eitle und willst nur verhindern, dass deine Cap schmutzig wird.«

Was für eine Beleidigung. Sie soll mich bloß nicht mit ihrem Spießertypen verwechseln. »Mein Cap ist mir völlig egal und doch, ich habe Wolkenmotive gesucht. Meist zusammen mit meiner Schwester.«

»Wie heißt sie?«

»Emely.«

»Schöner Name.«

Dann dreht Judy ihren Kopf und beginnt konzentriert damit, den Himmel zu beobachten. Dabei streicht sie mit der Handfläche über den Rasen, zupft hin und wieder weltvergessen einen Grashalm heraus.

Indem ich noch einen Augenblick ungestört zu ihr hinüberschaue, fällt mir zum ersten Mal das kleine Tattoo auf der Innenseite ihres rechten Oberarms auf. Ein Stern oder ein Glitzerfunke? Gerade noch rechtzeitig halte ich mich davon ab, näher heranzugehen, um es im Detail erkennen zu können.

Nachdem wir eine halbe Stunde auf dem Boden gelegen haben und es Judy herzlich egal war, wenn vorbeikommende Fußgänger uns anstarrten, bewegen wir uns Richtung Festplatz. Der *Sommerdom*, welcher sich in unserer Stadt immer über mehrere Wochen erstreckt, neigt sich aktuell schon dem Ende zu, ohne dass ich dieses Jahr auch nur einmal drübergegangen bin. Er ist gut besucht. So gut, dass wir uns auf Höhe der verschiedenen Stände immer durch Menschentrauben drängeln müssen. Ich bin besorgt, dass Judy gestresst ist und mein Plan nicht aufgeht, doch ein Blick über die Schulter verrät mir ihr beseeltes Grinsen. Mir entgeht nicht, dass sie ständig von Männern und Frauen angestarrt wird. Manche verlieren sich regelrecht in ihrer Person und unterbrechen die Blicke erst, wenn Judy sich aus ihrem Sichtfeld entfernt.

Vor einer Bude mit pinkfarbener Bowle, die nach Kopfschmerzen aussieht, halte ich kurz an.

»Wirst du Stress bekommen, weil wir hier sind?«

Sie schaut mit großen Augen hoch, als müsste sie erst nachvollziehen, worauf ich anspiele.

»Seit wann interessierst du dich dafür, ob ich Stress bekomme oder nicht?« Judy stemmt die Arme in die Seiten und setzt diesen schnippischen Blick auf, der verheißt, dass ihr nichts entgeht.

Sie erinnert mich ein wenig an Emely: Das Zwischenmenschliche ständig analysierend und prüfend, wie man gewisse Dinge meint.

Ich stöhne. »Das spielt keine Rolle. Sollen wir lieber umdrehen oder nicht?« Tatsächlich habe ich keinen Gedanken daran verschwendet, wie Skrypczak meine Ausflugsidee für den guten Zweck auffassen würde. Seine Ansichten und Gefühle sind mir ungefähr so wichtig wie eine Fliege auf dem Misthaufen und es bereitet mir Spaß, ihn ein wenig zu provozieren. Allerdings habe ich auch nicht daran gedacht, welche Retourkutsche eventuell auf Judy warten könnte, wenn sie ihm vom heutigen Tag erzählt. Und da ihr Verlobter nicht damit glänzt, verständnisvoll zu sein, ist die Wahrscheinlichkeit groß, dass es ungemütlich für sie wird.

Einige Sekunden scheint sie darüber nachzudenken. Sie wippt mit dem Bein und legt die Fingerspitzen über ihren Mund. Ich kann nicht sicher sagen, ob er durch einen Lippenstift oder von Natur aus so rot strahlt.

Plötzlich stolpert sie nach vorn. Ein Mann mit zwei Plastikbechern Bier in den Händen hat Judy unaufmerksam von der Seite angerempelt. Sein Gesicht ist aufgequollen und verrät, dass dies nicht der erste Alkohol ist, welchen er sich am heutigen Tage gönnt. Ich sehe, wie sie instinktiv zwei Schritte zur Seite geht und er erneut in sie hineinfällt.

»Ich denke, es ist besser, wenn Sie dieses Bier stehen lassen«, entfährt es mir ungehalten, gleichzeitig ziehe ich den Typen aus Judys Dunstkreis.

Er fährt herum und schüttet dabei Dreiviertel seines Getränks auf ihr roséfarbenes Oberteil.

»Was hast du gesagt?« Der Kerl, der ungefähr meine Körpergröße besitzt, stellt sich mir direkt gegenüber und schlägt die Hand weg, mit der ich ihn immer noch von Judy abschirme.

»Ich sagte, dass du hier schon die Leute belästigst und offensichtlich genug von dem Zeug hast.« Obwohl er mich wahnsinnig macht, bemühe ich mich, ruhig zu bleiben. Indessen kommt er noch einen Schritt näher, sodass ich jetzt seinen besoffenen Atem riechen kann. Mit ausgefahrenem Ellenbogen halte ich ihn mir vom Leib.

»Dann gebe ich dir jetzt auch mal einen Rat«, lallt er und zieht aggressiv

Luft durch die Nase ein. »Schnapp dir deine kleine Perle und verschwinde gefälligst von hier. Es dauert nicht mehr lange, dann fängst du dir eine!« Beim Sprechen fliegt Spucke aus seinem Mund.

Meine Hände ballen sich zur Faust. Ich habe große Lust, diesem Typen die Leviten zu lesen. Mein Kiefer bebt und mit einem Sodbrennen-Gefühl steigt die Wut in mir auf.

»Komm schon«, fordert er weiter und drückt seinen Oberkörper gegen meinen Arm. »Na, los. Traust du dich?«

O ja. Und die Versuchung ist groß.

Aber das bin ich nicht.

Ich werde mich nicht auf sein Niveau herabbegeben. Für mich gibt es Wichtigeres, als dickköpfig auf meinem hohen Ross sitzen zu bleiben und Fremden zu zeigen, dass ich mich zu beweisen weiß.

Ein flüchtiger Blick geht zu Judy. Sie steht da, die Arme um den eigenen Körper geschlungen, wirft mir flehende Blicke zu.

Und auf einmal ist es leicht, dem Mistkerl den Rücken zuzuwenden und ihn stehen zu lassen.

Judy

Zum zweiten Mal, seit ich Karlo kenne, stecke ich in einem Oberteil von ihm. Das Bier hat sich nicht sonderlich gut mit meinem Top vertragen und die Sicht komplett auf meinen fliederfarbenen BH freigelegt, weshalb Karlo nicht lange gezögert und mir erneut ein Shirt aus seinem Auto geholt hatt.

Seit sich seine definierten Arme zwischen den betrunkenen Typen und mich gedrängt haben und ich die hellblauen Äderchen darauf registriert habe, bin ich unsicher. Zweifle an meinem Bild von ihm. Der Typ, der mich kürzlich noch im Regen hat stehen lassen und der mich heute quasi entführen wollte, soll eine freundliche Seite an sich tragen? Das passt nicht zusammen.

Er ist ein störrischer, meist unhöflicher Tanzlehrer, mehr nicht.

Als ich das Toilettenhäuschen verlasse und meine nasse Kleidung in die Handtasche schiebe, steht er da – mit verschränkten Armen und einem besorgten Blick. Zwischen seinen Augen hat sich eine ernste Linie gebildet, aber es ist nicht die typische Grumpy-Falte. Holy. In Kombination mit der dunklen Cap, die ihm mysteriöse, unnahbare Nuancen verleiht, bringt mich der Anblick dazu, auf die Innenseiten meiner Wangen zu beißen.

Contenance, Judy. Contenance.

»Ist sonst alles gut?«, fragt Karlo und erscheint mir dabei wie ein Löwe, der sich um sein Rudel sorgt.

Ich muss in einer viel zu hohen Oktave auflachen. »Alles bestens, mach dir keine Gedanken.«

»Es war dumm von mir, dich hierherzubringen. Wären wir im Studio geblieben, wäre dir das ganze Theater erspart geblieben.« Seine Stimme klingt hart.

Ist er jetzt zornig auf sich selbst? »Sagt der Typ, der mir noch vor ein paar Stunden meinen eigenen Willen zugesprochen hat? Karlo, es war meine Entscheidung hierherzukommen. Alternativ hätte ich vorhin am Wegesrand aussteigen und Aleks anrufen können, damit er mich aufgabelt.«

Er macht ein abfälliges Geräusch und sieht absolut nicht besänftigt aus. Wie automatisch strecke ich meinen Arm aus und berühre seine tätowierte Schulter. Karlos Haut ist warm und fühlt sich samtweich an. Und weil es so interessant unter meiner Handfläche kribbelt, halte ich den Kontakt eine Sekunde länger als notwendig. »Es ist wirklich alles in Ordnung. Bitte suche nicht das Problem, wo keines ist.«

Einen Moment sagt er nichts mehr, starrt nur auf die Stelle, an der eben noch meine Finger lagen. Ich kenne ihn nicht gut genug, um voraussehen zu können, was als Nächstes geschieht.

Aleks hätte mich längst bei der Hand genommen und wäre erbittert vom Festplatz in Richtung Auto gestürmt. Aleks hätte dem Fremden mit dem Bier allerdings auch, ohne zu zögern, eine verpasst und nicht einen Augenblick überlegt, was ich mir wohl wünschen würde.

Ich wünsche mir, dass Karlo und ich noch bleiben.

Etwas weiter entfernt habe ich einen Stand entdeckt, der Früchte mit veganer Schokoladenglasur anbietet, und das muss ich definitiv durch einen Kauf unterstützen. Außerdem habe ich Menschen satt, die sich immerzu wegen des kleinsten Zwischenfalls den Tag versauen lassen.

In diesen Sekunden werde ich herausfinden, was Karlo für eine Art Mann ist. Ich starre ihn regelrecht an, mein Herz rast.

Er betrachtet das nasse Oberteil, welches noch ein Stückchen aus der Handtasche hervorlugt. Schnell stopfe ich es weiter rein, um ihm klarzumachen, dass das keine Bedeutung haben sollte.

Die Zeit, in der niemand von uns beiden etwas sagt, kommt mir vor wie eine halbe Ewigkeit.

»Dann lass uns weitergehen, wenn du magst«, raunt er schließlich und ich kann mir ein zufriedenes Grinsen nicht verkneifen.

Karlo Sander scheint cooler zu sein als auf den ersten Blick vermutet.

Karlo

Als Judy in die erste Erdbeere mit Schokoüberzug beißt und sich ihre Lippen dabei verführerisch um die rote Frucht legen, kann ich nicht wegsehen. Ihre Augen funkeln genussvoll und nicht einmal mein Shirt, das Judy mindestens fünf Nummern zu groß ist, entstellt ihren Look.

»Isst du immer vegan ... also, *immer immer*?« Versuche ich, das Motiv meines Interesses zu vertuschen, als sie meinen Blick bemerkt.

»Immer immer«, bestätigt sie und hält mir die Packung aus recyceltem Kraftpapier entgegen. »Probier auch mal eine.«

»Nein, danke. Aber wenn du sagst, dass die gut sind, hole ich vielleicht noch ein paar für Emely.«

Judy hält inne. Ein kleines Stückchen Schokolade hat sich in ihrem linken Mundwinkel verirrt und es gelingt mir gerade noch rechtzeitig, nicht die Hand auszustrecken, um es zu entfernen. »Du ... du hast da was.« Ich zeige ihr die Stelle an meinem eigenen Mund.

»Lebt deine Schwester also auch vegan?«

Judy fährt sich mit dem Zeigefinger über die Lippen und ich bin froh, dass sie die Schokolade direkt erwischt. Die Ablenkung eliminiert.

»Ja, seit ich denken kann.«

»Das ist cool. Wenn du ein zuvorkommender Bruder sein willst, würde ich dir dann raten, eine Geschmackskontrolle durchzuführen, bevor du ihr ein Mitbringsel besorgst.« Erneut wedelt sie mit den Schokofrüchten vor meiner Nase herum und dieses Mal kann ich nicht widerstehen. Ich nehme mir eine Erdbeere, bemühe mich, während des Essens nur halb so sexy auszusehen, wie sie es tut, und scheitere kläglich. Der Beweis tropft in Form von rotem Fruchtsaft auf mein weißes Shirt.

Dieser Ausflug ist der pure Eklat.

Judy kichert.

»Und? Hast du noch ein Ersatzshirt im Auto?«

»Nein, das war's mit meiner Ausbeute an Wechselsachen«, brumme ich und deute auf mein Oberteil an ihrem Leib. »Aber ja, die vegane Schokolade ist ganz okay.«

»Ganz okay? Als ob du tatsächlich einen Unterschied zur Variante aus tierischen Produkten schmeckst!«

»Glaubst du mir das nicht? Ich bin nebenberuflich Feinschmecker.« Während ich notdürftig über die strahlenden Erdbeerflecken streiche, rümpft sie die Nase.

»Ich hatte bis eben immer ein anderes Bild von Feinschmeckern.« Ihre Stimme klingt provokant und spielt zielgerichtet auf mein ungeschicktes Essverhalten an.

»So eins von einem gestandenen Mann mit Halbglatze und Zwirbelbart?«

»Ja, ganz genau!« Ihre Augen weiten sich und sie nickt eifrig. »Nur so sieht ein wahrer Feinschmecker aus! Darüber hinaus hat er in meiner Vorstellung reine, fein säuberlich gebügelte Klamotten.«

»Etwas engstirnig und klischeehaft, deine Denkweise. Findest du nicht? Also würdest du sagen, dass ein Herr mit pink gefärbten langen Haaren und ungebügeltem Karohemd weniger die Berechtigung hat, ein Feinschmecker zu sein?«

Judy atmet überzogen genervt aus und verdreht die Augen.

»Zeig mir ein entsprechendes Beispiel und ich bin gewillt, an meiner *engstirnigen Denkweise* zu feilen.« Sie schüttelt den Kopf und wirft mir belustigte Blicke zu. »Mister Grumpy Schrägstrich Mister Oberschlau.«

***

Wir haben den *Dom* fast einmal umrundet, als mir etwas Blinkendes, Buntes ins Auge fällt und mit einer Idee einhergeht.

Judy schaut vergnügt in der Gegend herum und scheint das Gewusel ehrlich zu genießen. Die Menschenmassen haben sich hier am Ende des Jahrmarkts bereits etwas entzerrt, der größte Trubel liegt hinter uns.

»Hast du schon einmal eine Jukebox bedient?«, frage ich möglichst locker und bin gespannt auf ihre Reaktion.

»Eine was?«

Mein Finger deutet in die Richtung der Box, die mit typisch übertrieben vielen Lichtern designt ist.

»Du willst jetzt aber nicht *hier* mit mir tanzen, oder?« Sie bleibt wie angewurzelt stehen, als hätte ich sie darum gebeten, mit mir durchzubrennen.

»Warum nicht? Ein, zwei neue Schritte könnte ich dir doch zeigen?«

Für einige Sekunden vergisst sie, den Mund zu schließen.

»D...das kannst du nicht ernst meinen, Karlo.«

»Höre ich da etwa Angst heraus? Ich dachte, du bist eine mutige junge Frau.« Spaßeshalber stemme ich die Arme in die Seiten. Genau so, wie Judy es oft macht.

Im nächsten Moment vergräbt sie das Gesicht in den Händen und atmet schwerfällig aus. »Du willst mich vorführen.«

»Denkst du etwa immer noch so schlecht von mir?«

Zwischen zwei Fingern blinzelt sie hindurch. »Meine Schuhe sind dafür nicht ausgelegt.«

»Trick siebzehn also?« Ich muss grinsen. »Der zieht nicht. Wer auf Scherben laufen lernt, den verletzt am Ende kein Untergrund mehr. So ähnlich kannst du es dir mit deinen Plateauschuhen vorstellen.«

Jetzt lässt sie ruckartig ihre Arme sinken und streckt sie angespannt nach unten. Die Augenbrauen rücken besorgt zusammen. »Ich bin sicher, du willst mich vorführen. Wieso solltest du sonst auf solch eine hirnrissige Idee kommen?«

»Weil es in meinen Augen einfach passt. Tanzen ist ein Akt der Freiheit, Judy. Wenn du tanzt, bist du frei, und wenn du frei bist, kannst du tanzen.« Ich tippe mir an die Stirn. »Gemeint ist eine Freiheit, die in deinem Kopf beginnt. In deinen Gedanken. Bist du bereit loszulassen?«

Judy

Bereit loszulassen? Offensichtlich ist an Karlo nicht nur der erfolgreichste Tanzlehrer der Stadt, sondern auch ein kleiner Poet verloren gegangen. Dass er nicht einfach weiter Mister Grumpy sein kann, regt mich unfassbar auf. Bringt mich in eine Zwickmühle.

Ich möchte ihm auf keinen Fall den Beweis liefern, die Ängstlichere von uns beiden zu sein.

»Dann los. Wir machen's schnell«, murmle ich und merke erst zu spät, wie falsch dieser Satz klingt.

Karlos Mundwinkel zucken verräterisch, doch er spart sich glücklicherweise einen Kommentar. Stattdessen nimmt er mich, ohne zu zögern, bei der Hand und steuert geradewegs auf die Jukebox zu – ein komisches Ding, das ich bisher nur aus alten Filmen kenne.

Krampfhaft versuche ich, all die Menschen auszublenden, die sich in meiner Wahrnehmung plötzlich in fiese Zuschauer verwandelt haben – gewillt, meine Fehler ausfindig zu machen, um darauf herumzutrampeln.

Hätte ich doch bloß ein oder zwei Bowlen getrunken, dann wären mir die Leute jetzt ein bisschen egaler.

»Aber frag mich nicht wieder, was ich hören will. Du entscheidest«, bestimme ich vorsorglich und beobachte, wie Karlo einige Münzen aus seiner Hosentasche kramt.

Ein älterer Herr sitzt wenige Schritte von der Jukebox entfernt und lächelt freundlich in unsere Richtung. Ich komme mir vor wie auf einem Präsentierteller. Es ist schrecklich.

»Nichts lieber als das – diese Teile sind so irre cool!« Karlo versinkt völlig in seinem Element und streicht bewundernd über die alberne, blinkende Kiste.

»Diese hier stammt noch aus den Fünfzigern«, meldet sich der fremde Mann zu Wort. Seine Stimme tief und kratzig.

»Wahnsinn«, raunt Karlo und scheint aus dem Staunen nicht mehr herauszukommen. »Haben Sie damals auch schon dazu getanzt?«

Der Alte nickt stolz. »O ja. Und wie. Wir haben damals gewusst, wie man richtig feiert. Die Box gehörte meinem besten Kumpel, er besaß bis vor zwei Jahren eine Kneipe, in der das gute Stück noch regelmäßig zum Einsatz kam. Es war immer Theodors Wunsch, dass auch die jüngere Generation noch mal in den Genuss kommt. Und weil der Tod ihn schneller ereilte als gedacht, erfülle ich ihm nun diesen Traum.«

»Das nennt sich Freundschaft.« Karlos Miene ist inzwischen von Ehrfurcht durchtränkt und auch auf meiner Haut prickelt auf einmal eine wohlige Gänsehaut.

»Soll ich Ihre Erdbeeren halten?« Der Mann deutet auf das Mitbringsel für Emely. »Dann lässt sich das Tanzbein leichter schwingen.«

Während Karlo sein Angebot annimmt und ein paar unserer Sachen neben dem Jukeboxbesitzer abstellt, werde ich ruhiger.

Vielleicht weil ich jetzt weiß, dass sich auch vor vielen Jahren schon Frauen überwunden haben und einfach ihren Spaß hatten?

Vielleicht weil mir vor Augen geführt wurde, dass das Leben zu kurz für *irgendwann* ist?

Wie durch ein Wunder fühle ich mich in diesem Splitter der Zeit tatsächlich bereit loszulassen und als Karlo mich einen Atemzug später höflich zum Tanz auffordert, gelingt mir sogar ein ehrliches Lächeln.

Seine Hand umschließt meine Hand. Er blinzelt mir zu und nickt zuversichtlich, als wolle er sagen, dass ich das schaffe.

Ich denke an nichts, lasse den Gefühlen die Oberhand. Immer wenn sich wieder ein kritischer oder ängstlicher Satz meldet, sage ich ihm innerlich, dass ich ihn jetzt nicht gebrauchen kann. Dass ich den Augenblick Augenblick sein lassen will. Ich habe nichts zu verlieren und Karlo, der sich vorhin fast für mich auf eine Schlägerei eingelassen hat, ist im Grunde ganz vertrauenswürdig.

»Es geht los«, flüstert er.

Die Musik, die aus der Jukebox ertönt, wirkt etwas kratzig und ist vom Sound her nicht vergleichbar mit der modernen Ausrüstung in Karlos Studio. Doch das Ganze hat was. Es lässt eine Diashow von Mädels in Petticoats, behängt mit extravagantem Schmuck, in meinem Bewusstsein abspielen.

Während ich mich immer weiter auf Karlos sanfte Führung einlasse und ihm dabei seltener auf den Fuß trete als befürchtet, wird mir warm ums Herz. Erst jetzt merke ich, dass offensichtlich eine Schwere auf meinen Schultern gelastet hat, denn sie verfliegt im Wind und hinterlässt im Tausch ein tiefes Glücksgefühl.

Immer wieder wandert mein Blick beim Tanzen auf die Erdbeerflecken, die Karlos Hemd unverblümt grell zieren. Sie erinnern mich daran, wie unperfekt perfekt diese Welt sein kann, und ich spüre, dass ich lebe.

Karlo

»Hast du momentan wirklich so viel Sehnsucht nach mir?« Emely grinst und hält mir ihre Wohnungstür auf, damit ich eintreten kann.

»Ich hab dir was mitgebracht. Judy sagt, morgen wären sie vielleicht schon faulig.«

Fuck. Das war ungeschickt.

»Judy?« Emely reißt mir die veganen Schokofrüchte aus der ausgestreckten Hand, um mich dann unsanft am Shirt hinter sich herzuziehen.

»Em, ich wollte eigentlich gleich weiter.«

»Kommt nicht infrage – erst mal gibt es noch einen Johanniskrauttee, dann kommst du runter und hast schööön viel Zeit, um mir von deinem Tag zu berichten.«

»Ich bin *unten*!«, protestiere ich, doch es ist vergebens. Meine Schwester schiebt mich auf ihren Balkon und bedeutet mir kompromisslos, mich auf einen der Hocker zu setzen.

»Ich bin gleich bei dir«, murmelt sie im Tonfall einer strengen Lehrerin, die zu einem Zweitklässler spricht. Ich atme einmal tief durch und kapituliere innerlich. Widerstand ist ihr gegenüber ohnehin zwecklos.

Der abendliche Sommerwind streift meine Haut, gleichzeitig erinnern die eigenen Gedanken an ein zusammengewürfeltes Chaos aus mindestens fünf verschiedenen Tausend-Teile-Puzzles. Ich fühle mich gut und seltsam zugleich, es ist fast ein bisschen, als hätte Judy nach unserer Verabschiedung die Unbekümmertheit des Tages mitgenommen.

Das Tanzen hat zum Schluss besser funktioniert, als ich es selbst erwartet habe, und ich kann mir vorstellen, dass wir bis zum Hochzeitstermin noch einiges hinbekommen werden.

Judy lernt schnell. Wie vermutet ist es nur der Kopf, der ihr im Wege steht, und sobald sie ihn ausstellt, habe ich Zugang zu ihr und kann helfen.

Noch ein paar Übungsstunden und sie wird Skrypczak beim Paartanz in seinem vollen Glanz erstrahlen lassen können. Sein Plan wird aufgehen.

Bei diesen Gedanken zieht sich mein Magen zusammen und lässt mich erschaudern. Meine Hände ballen sich ganz automatisch zu Fäusten und ein Bein fängt an zu wippen.

»Was ist denn mit dir los? Du siehst aus, als ob du jeden Moment auf jemanden losgehen könntest.« Emely lacht und schlüpft in ihre mintfarbenen Flipflops, bevor sie auf den Balkon tritt und zwei dampfende Tassen auf dem kleinen Tisch aus Holzpaletten abstellt. Dad hat ihn im vergangenen Sommer für sie gebaut. »Trink lieber einen Schluck Johanniskrauttee, er hat eine entspannende und antidepressive Wirkung.«

»Ich weiß, dass er diese Wirkung hat, Em«, erwidere ich und klinge dabei ungewollt kühl. Um klarzukommen, schnappe ich mir die Tasse und trinke zwei große Schlucke, wobei ich mir die Zunge verbrenne.

Emely starrt mich verwundert an und kann mir offensichtlich endlich mal nicht an der Nasenspitze ablesen, was mein Problem ist. Damit wären wir schon zwei Unwissende.

»Danke für die Schokofrüchte«, sagt sie und macht sich verdächtig, weil ein detailliertes schwesterliches Verhör bezüglich Judy vorerst ausbleibt.

»Gern.«

»Wie haben sie dir geschmeckt?« Vielsagend deutet sie auf die verräterischen roten Flecken meines Shirts.

»Echt gut«, antworte ich und denke ungewollt daran, wie attraktiv und unwiderstehlich Judy beim Essen der Früchte ausgesehen hat.

Kapitel 5

Judy

Ich husche durch die Schlafzimmertür, steige ins Bett und lege mich schließlich ganz nah an Aleks heran, der sich abgewandt hat. Sanft umgreife ich seinen Oberkörper und atme den vertrauten Duft ein.

»Immer noch sauer?«, flüstere ich gerade so laut, dass er meine Worte verstehen kann.

»Ja.« Aleks rührt sich nicht. Macht keinerlei Anstalten, meine Gesten zu erwidern. »Du hast ein Shirt von *Karlo Sander* getragen, wie könnte ich da nicht sauer sein?«

Es braucht kein Licht, damit ich erkenne, wie er seine Stirn zornig in Falten legt.

»Baby, hättest du lieber gewollt, dass alle Menschen einen freien Blick auf meine Brüste haben?«

»Das fragst du mich? Ich hätte es anständig gefunden, wenn ich mich auf dich hätte verlassen können! Wenn ihr getanzt hättet, anstatt euch wie gute Bekannte auf dem Jahrmarkt zu vergnügen.« Demonstrativ rückt er noch ein Stückchen weiter auf seine Bettseite, sodass ich befürchte, er würde jeden Moment herausfallen.

»Du bist eifersüchtig.«

»Und du hast mich hintergangen.«

»Aleks, das geht zu weit. Ich habe dir jetzt zwanzigmal gesagt, wie es dazu kam, und auch, dass es mir geholfen hat. Du wünschst dir, dass ich tanzen lerne, und wenn es nun einmal an meiner Verkrampftheit liegt, dass ich Schwierigkeiten damit habe, sollte uns doch jedes Mittel recht sein, das zu beheben.«

»Jedes Mittel«, wiederholt er in verächtlichem Ton. »Lass mich jetzt bitte schlafen, der Tag war lang.«

Frustriert rücke ich von ihm ab und drücke die flauschige Decke fest an meine Brust. So, als könne sie die klaffende Leere füllen, die ich plötzlich spüre. So, als könne sie mich trösten und mich vor der rauen Welt da draußen beschützen.

Während Aleks' Atem einige Minuten später tiefer und regelmäßiger geht, liege ich noch lange wach und starre an die pechschwarze Zimmerdecke.

***

Als ich aufwache, dröhnt mir der Kopf, aber wenigstens duftet es nach frischem Kaffee.

Aleks' Bettseite ist leer, ich kann hören, dass er in der angrenzenden Küchenzeile hantiert und Frühstück zubereitet. Früher, als wir beide noch mehr Zeit hatten, machte er das regelmäßig. Er hatte die kreativsten Ideen und oft durfte ich das Esszimmer erst betreten, wenn er die Überraschung fertig angerichtet hatte. Ich erinnere mich an eine Portion fluffiger Pancakes, die wirklich so aufgepufft waren wie ein weiches Federkissen. Dazu gab es selbst gemachte Himbeersoße aus eigenen Früchten und Vanilleeis auf Hafermilchbasis. Aleks' Kreationen waren immer köstlich, doch am meisten hat mich daran gerührt, welche Mühe er sich extra für mich gemacht hatte.

Ich werfe die Decke zurück und reibe mir die Schläfen. Auf dem Fußboden liegt noch Karlos Shirt, das ich gestern hektisch ausgezogen und in die Ecke gepfeffert habe. Irgendwie steigt mir das alles zu Kopf und immer wieder schleichen sich Gedanken ein, die die Tanzstunden mit Karlo anzweifeln. Ich kann mir definitiv nicht vorstellen, ab jetzt jedes Mal mit Aleks eine halbe Krise zu durchleben, wenn ich bei Karlo war. Lähmende Schuldgefühle sind nicht gerade das, was ich mir vor meiner Hochzeit wünsche.

»Guten Morgen«, wispert Aleks und steckt seinen Kopf ins Schlafzimmer. »Bitte entschuldige. Ich habe gestern Dinge gesagt, die nicht fair waren.« Er presst die Lippen aufeinander und ich weiß, wie schwer es ihm fällt, Eingeständnisse zu machen.

»Schon okay. Aber Aleks … wenn du dir vorstellst, dass das jetzt regelmäßig so läuft … dann werde ich das Tanzen abblasen.« Noch während ich das ausspreche, rieseln Erinnerungen an den gestrigen Tag in meinen Kopf. An Karlo, wie er es tatsächlich geschafft hat, mir meine Anspannung zu nehmen, und daran, wie wir uns gemeinsam zu steinalten Songs bewegten. Es war schön und zum ersten Mal war die Hoffnung aufgekeimt, doch nicht gänzlich talentfrei zu sein. Wahrscheinlich fände ich es inzwischen vielleicht ein bisschen schade, wenn die Mission *Judy soll tanzen lernen* auf Eis gelegt werden würde.

Karlo

»Sei ehrlich: Läuft da was zwischen Eloise und dir, oder kann ich ihre Nummer kriegen?« Valentino mustert mich mit weit hochgezogenen Brauen, die Hand fest um sein Bier geschlossen.

Ich lehne mich auf dem rustikalen Stuhl unseren Stammpubs zurück und strecke die Beine aus.

»Weder noch. Ich gebe nicht einfach ihre Nummer raus, wie asi wäre das?«

»Das wäre nicht asi, sondern ein Freundschaftsakt.« Er schiebt die Unterlippe ein Stück vor.

»Das wird meine Kollegin anders sehen.«

»Und du stehst wirklich nicht auf sie?«

»Nein, Val. Absolut nicht.«

»Warum?«

Ich muss grinsen. Seit mein bester Kumpel Eloise einmal bei mir im Studio gesehen hat, kriegt er sie nicht mehr aus dem Kopf.

»Sie ist vernünftig. Brav. Hat ein durchgeplantes Leben und macht mich einfach nicht neugierig. Reicht das?«

Valentinos Augen drohen, ihm aus dem Kopf zu fallen.

»Ich raff's nicht«, sagt er.

Mit den Fingerspitzen fahre ich über den Verschluss meines Lederarmbands. Lasse ihn einige Male auf- und zuschnappen.

»Ich find's übrigens echt cool, dass du wieder da bist. Du siehst gut aus – die Küstensonne steht dir.«

Sein Gesichtsausdruck erweicht, während er beide Arme auf der Tischplatte ablegt.

»Bali ist ein absoluter Traum. Würde dir sicher gefallen. Aber so eine Langstrecke ist nicht ohne, deshalb freue ich mich über eine kleine Pause in der Heimat.«

»Manchmal beneide ich dich um deinen Job.«

»Und ich dich um deinen.«

»Darf es noch was sein?« Eine Frau mit dunklem Teint und schwarzen Locken tritt zu uns. Ihre langen Beine stecken in einer engen Jeans, der Ausschnitt ihres roten Tops reicht gefühlt bis zum Bauchnabel. Sie muss neu hier im *Irish Destiny* sein.

»Noch ein Guinness?« Flink schnappt sie sich mein Glas und lehnt sich dabei so weit über unseren Tisch, dass ihre Brüste wirklich fast herausfallen.

Ich werfe einen Blick auf die Uhr am Tresen. Ein letztes Bier für heute wird noch drin sein. »Gern. Du auch, Val?«

Er nickt und leert sein Glas in einem Zug. Die Unbekannte nimmt es entgegen und zwinkert mir zu, bevor sie sich abwendet.

»Hast du sie hier schon mal gesehen?« Ich deute mit dem Daumen in ihre Richtung, doch Valentino drückt nur unruhig auf seinem Nagelbett herum.

»Nein. Aber Karlo … denkst du, ich hätte eine Chance bei Eloise?«

***

»Willst du bei mir pennen oder kommst du noch nach Hause?« Valentino wühlt umständlich in seinem Portemonnaie herum.

»Ich werde mir ein Taxi rufen«, erwidere ich und drücke der Bedienung ein paar Scheine inklusive Trinkgeld in die Hand. »Stimmt so.«

Im gleichen Zuge steckt sie mir einen klein gefalteten Zettel zu, wobei ihre Mundwinkel verdächtig zucken.

»Dito.« Sie wirft ihr dunkles Haar zurück und wendet sich anschließend an Valentino.

Ohne zu zögern, falte ich das Stück Papier unterm Tisch auseinander. Zum Vorschein kommen ihre Handynummer und eine kurze Botschaft, die ich wegen des sauberen Schriftbilds recht schnell lesen kann:

Habe keine Lust, heute allein einzuschlafen. Aurelia.

Bevor ich etwas erwidern kann, dreht sie sich schon von uns weg und nähert sich mit extravagantem Hüftschwung der Theke. Diese Frau hat Rhythmus.

»Was geht denn hier ab?« Valentino stibitzt mir den Zettel und schüttelt den Kopf.

»Karlo Sander, du bist unmenschlich.« Für die Dauer eines Atemzugs betrachtet er die geschwungene Schrift, dann schnipst er die Nachricht mit dem Zeigefinger zu mir zurück. Gekonnt fange ich sie auf.

»Also doch kein Taxi?« Erwartungsvoll runzelt er die Stirn.

Kurz blicke ich in Aurelias Richtung. »Doch, ich werde das Taxi nehmen.«

Valentino legt den Kopf schief und reißt die Augen derart weit auf, als würde ich Märchen erzählen.

»Was ist in dich gefahren? Die ist mindestens 'ne Neun von zehn.«

Geistesabwesend staple ich alle Bieruntersetzer, die auf unserem Tisch herumliegen und zum Großteil ziemlich ausgefleddert und speckig sind.

»Ich muss morgen Unterricht geben.« Irgendwann schaue ich auf. »Ausgeschlafen und pünktlich.«

Judy

Mit beiden Händen umschließe ich die wärmende Kaffeetasse und ziehe die Beine eng an meinen Oberkörper heran.

»Brauchst du heute den Wagen? Dann müsste ich Viola fragen, ob sie mich noch mal zu Karlo fahren kann.«

Aleks schiebt den Grinder und einige einzelne Blüten beiseite, um sich schließlich mit einem Ellenbogen auf dem Esstisch abzustützen. Sein Blick trifft meinen und es wirkt, als wollte er mich studieren.

»Ich müsste damit zum Set. Falls Viola keine Zeit hat, würde ich dich vorher zum Tanzstudio bringen.«

»Wo drehst du heute?«

»An der Binnenalster.«

»Die Kussszene mit der Hotel-Empfangsdame?«

Autsch.

Ich erinnere mich nicht mehr an das gesamte Drehbuch, aber der leidenschaftliche Moment, in dem die Intensität des Kusses in aller Ausführlichkeit beschrieben wurde, hat sich eingebrannt. Meine Aufmerksamkeit gilt Aleks' Lippen und der Gedanke, dass sein Mund heute wahrscheinlich nicht nur einmal auf den einer anderen fallen wird, erinnert an das eigenartige Gefühl, das entsteht, wenn man auf einen frischen blauen Fleck drückt. Obwohl ich es kenne. Obwohl es sein Job ist. Wieso habe ich überhaupt nachgefragt?

Aleks nickt verhalten, ohne mich anzusehen.

»Sie ist hübsch, oder?« Viel zu spät beiße ich mir kräftig auf die Zunge.

»Judy.« Nun hebt er doch den Blick und funkelt mich aus seinen dominanten Augen an, denen ein Teil von mir immer wieder verfällt. »Ist das nicht völlig irrelevant? Es gibt Millionen Frauen auf diesem Planeten.« Aleks streckt seinen Arm aus und schnappt sich meine Hand. »Aber nur eine einzige ist mir diesen Ring wert.« Sein Daumen gleitet über das Roségold.

»Warum ich?«

»Du bist das Stück Sorglosigkeit und Vertrautheit in meinem Herzen, das immer bleibt.«

***

»Du kannst wirklich stolz auf dich sein.« Karlo neigt anerkennend den Kopf und regelt die Musik etwas leiser. »Beim nächsten Mal zeige ich dir gern schon die erste Figur, wenn du magst.«

Ich lasse mich auf einen der Barhocker gleiten und vergrabe eine Hand in meinem Haar.

»Reicht es nicht vollkommen aus, so gut zu sein, dass ich dir nicht mehr ständig auf die Füße trete?«

Er schiebt eine Karaffe in meine Richtung, wobei sich sein Oberteil unter der Muskelbewegung strafft, dann setzt er sich mir gegenüber. Obwohl seine Mundwinkel ein Stück nach oben wandern, wirkt das Lächeln künstlich.

»Natürlich reicht es. Wir hören auf, sobald du zufrieden bist.«

»Wir wissen beide, dass es nicht nur um meine Zufriedenheit geht.« Angestrengt suche ich einen anderen Punkt, der nicht seine Arme beinhaltet, auf den ich meinen Blick richten kann.

»Dir vielleicht nicht.« Karlo schnaubt verächtlich. »Mir hingegen schon.« Mit diesen Worten füllt er Wasser in zwei Gläser. Seine glänzende Stirn erzählt von unserem konzentrierten Training, mehrere Stunden hat er alles gegeben, um mir einen Ansatz von Taktgefühl näherzubringen.

»Was ist bei euch vorgefallen?«, frage ich.

Er schiebt ein Glas zu mir rüber und fokussiert meine Augen.

»Was meinst du?«

»Zwischen dir und Aleks. Was ist da passiert?«

Ich beobachte, wie Karlo einen tiefen Atemzug nimmt und seine Lippen offensichtlich verschiedene Buchstaben formen, bevor er sie aufeinanderpresst.

Karlo

In Judys Miene flackert so etwas wie Enttäuschung auf, als ich keine Antwort auf ihre Frage zustande bringe.

Doch während ich ihr anfangs am liebsten lang und breit an den Kopf geschmettert hätte, was für ein Arschloch ihr Verlobter ist, hat sich mein Ärger mit der Zeit heimlich aus dem Staub gemacht.

Zugegeben ist Judy nicht für Skrypczaks Art verantwortlich und es wäre falsch von mir, meinen persönlichen Frust ihm gegenüber an ihr auszulassen. Falsch und feige.

»Ich verstehe nicht, warum man nicht offen mit mir reden kann«, sagt sie in diesem Moment kaum hörbar und senkt den Blick auf den hölzernen Tresen. Die Sonne reflektiert auf ihrer feinen Halskette, die farblich zum Ring passt, und wirft helle Lichtspiele auf ihre Haut.

Gleichzeitig bahnt sich ein Kloß in meiner Kehle an, der sich nicht so einfach hinunterschlucken lässt. Ich räuspere mich. Dann noch einmal. »Er und ich«, bringe ich schließlich mit trockener Stimme hervor und fahre mir durchs Haar, »wir haben unwahrscheinlich unterschiedliche Einstellungen.«

Judy schaut auf und lässt mich beinahe im Silberblau ertrinken. Lange, dichte Wimpern und unzählige Sommersprossen zieren ihr Gesicht, über der Oberlippe habe ich bereits beim Tanzen eine hauchzarte Narbe entdeckt.

»Erzähl mir, was deine Einstellung ausmacht, und ich kann mir einen eigenen Eindruck davon verschaffen, an welchen Punkten ihr euch unterscheidet.«

»Findest du diese Forderung nicht relativ privat? Ein Lehrer sollte einen gewissen professionellen Abstand zu seinen Schülerinnen wahren.« Noch während ich diese Worte ausspreche, komme ich mir vor wie ein Zirkusclown. Als ob ausgerechnet *ich* jemals Wert auf eine solche Distanz gelegt hätte.

Judy lacht wie zur Bestätigung auf. »Hätte dir das nicht vielleicht einfallen sollen, *bevor* wir miteinander nach Motiven in den Wolken gesucht haben?«

»Okay, du hast recht.« Ich nicke langsam und ringe mit dem klaren Verstand. In meinem Kopf schwimmt auf einmal ein Salat aus sämtlichen Wortfetzen, Erinnerungen und undefinierbaren Buchstaben. Ein Teil von mir protestiert und verlangt mein Stillschweigen gegenüber Judy, doch dieser verlorene Ausdruck in ihrem Blick wiegt mehr.

»Ich liebe das Abenteuer.«

»Aleks ebenfalls.«

»Ich verfolge meine Ziele.«

»So wie er.« Judy richtet ihren Oberkörper auf, wodurch sie nicht mehr ganz so niedergeschlagen wirkt.

Mein Herz schlägt einen höheren Takt und ihre Worte jagen mir pures Adrenalin in die Blutbahnen. Krampfhaft umfasse ich mit einer Hand meinen Oberschenkel.

»Ich bin dafür zu kämpfen, um Träume in Realität zu verwandeln, anstatt vorschnell aufzugeben.«

Sie schiebt sich eine rote Haarsträhne hinters Ohr und atmet einmal tief durch. »Das tut Aleks genauso.«

»Ja, das mag stimmen. Aber ich scheiße auf meinem Weg nicht auf die Gefühle von Mitmenschen, Freunden ... der Familie. Ich stehe nicht darauf, andere für mein Glück niederzumachen, und wenn jemand meine Schwester als ...« Die eigene Stimme lässt mich im Stich und weil mein Bein unter dem festen Druck bereits schmerzt, lasse ich davon ab und schüttle die Hand aus.

Judys Augen erinnern inzwischen an die runde Form von zwei Murmeln. »Als was, Karlo? Bitte sprich weiter.«

»Ich erkenne den Sinn nicht. Was bringt es, wenn ich dir das alles sage?«

Wieder senkt sie den Kopf und streicht sich imaginären Staub von der Jeans. Auf Judys Stirn zeichnen sich Sorgenfalten ab und ich muss mich fragen, was sie so nachdenklich stimmt. Sollte sie so kurz vor dem besonderen Tag – ihrer Hochzeit – nicht ausgelassen und glücklich sein? Gibt es nicht in dieser Situation eine tägliche Dosis Endorphine gratis dazu? Judy formt ihre Finger zur Faust und lässt sie mehrmals aufs rechte Knie herabfallen.

»Es bringt, dass du ehrlich mit mir sprichst. Bitte, lass mich nicht mit Halbwahrheiten hängen. Ich bin kein *Ding*, an dem das alles vorbeigeht. Ich habe meine Gedanken. Ich fühle. Und wenn man ständig mit seinem Kopfkino im Stich gelassen wird, macht das verdammt einsam.«

Ihre Stimme beruhigt mich, während der innere Impuls, mich zu verteidigen, wie helle Nebelschwaden weiterzieht. Er wechselt sich mit dem Nachhall von Judys Sätzen ab und gemeinsam hinterlassen sie ein merkwürdiges Frösteln. Ich binde meinen Blick an ihren, jede Spur eines roten Fadens hat sich mittlerweile verabschiedet und vermutlich steuere ich geradewegs ins Chaos hinein.

»Und wenn jemand meine Schwester als *lesbisches Miststück* bezeichnet, zerstört er jegliche Chance auf Sympathie und Respekt.«

Judy

Ich kenne Aleks besser als jeden anderen Menschen auf diesem Planeten. Ich weiß bereits Minuten im Voraus, wenn die Gefahr besteht, dass er aus der Haut fährt, mir ist bewusst, was ihn zum Lächeln bringt, und ich habe es mir meisterhaft angeeignet, zwischen seinen Zeilen zu lesen. Zwischen den Zeilen eines schweren Wälzers, bestehend aus dünnen, eng beschriebenen Seiten.

Wenn er verletzend handelt, ist das meist der Spiegel für inneren Frust, der in ihm brodelt. Ich kann damit umgehen, doch habe bisher wenig Gedanken daran verschwendet, wie seine Taten auf andere Menschen wirken. Welche Spuren sie möglicherweise hinterlassen.

»Das tut mir leid.«

»Du hast damit nichts zu tun. Ich kann's inzwischen trennen.« Karlo hebt beide Augenbrauen, sein durchdringender Blick macht mich ein bisschen nervös und es kostet viel Kraft, ihm standzuhalten. »Es ist schon einige Jahre her und er hatte nicht wenig Gin Tonic intus.«

Seine eintönige Stimme zeigt mir deutlich, dass ihm dieses Zugeständnis Überwindung abverlangt.

»Also, um auf den Punkt zu kommen: In dieser Sache bin ich verdammt nachtragend und ich spare mir ein Urteil darüber, wie Skrypczak die Dinge heute handhabt.«

»Alles gut«, erwidere ich und fühle mich seit einiger Zeit ausgesprochen unwohl in der eigenen Haut. »Du musst ihn nicht in Schutz nehmen.«

***

Als Violas Wagen vorfährt, kann ich gar nicht schnell genug vom Barhocker aufspringen. Mir ist so schlecht und kalt, als steckte mir eine Grippe in den

Knochen. Ich werfe Karlo ein flüchtiges »Danke« zu, um dann regelrecht aus dem Tanzstudio zu stürmen.

Noch während ich mich auf den Beifahrersitz kauere und hektisch nach dem Gurt taste, starrt Viola wortlos zu mir herüber. Ihre Lider sind leicht zusammengekniffen und der Mund erinnert an einen Strich. Anstatt etwas zu sagen, schnappe ich mir ihren riesigen Schal von der Rückbank, der locker schon ein ganzes Jahr unangetastet dort herumliegt, und wickle mich notdürftig darin ein.

»Wirst du mir etwa krank?«

»Mag sein«, antworte ich mit heiserer Stimme und fühle mich völlig vernebelt.

Viola fasst mir an die Stirn und wartet einige Sekunden ab.

»Deine Temperatur ist aber okay.« Sie führt ihre Handflächen zusammen und legt die Fingerspitzen unter das Kinn. »Ist er nicht gut zu dir, Judy?«

Diese Frage verwirrt mich tiefgreifend und ich weiß auf einmal nicht mehr, wie ich all das aussprechen kann, was in mir vorgeht. Es ist viel. Zu viel, um damit fertig zu werden; ein Schauer aus Gedanken pocht unermüdlich gegen meine Schädeldecke.

So sitzen wir da, bis plötzlich auch noch etwas anderes pocht. Ich zucke zusammen, fahre herum und erblicke ... Karlo. Mit einer Handbewegung bedeutet er mir, die Tür zu öffnen, und ich stelle mich maßlos ungeschickt dabei an.

»Ist alles in Ordnung? Will der Wagen nicht?« Er beugt sich zu uns herunter.

»Äh, doch, doch. Es ist nur ... Also, wir haben's noch gar nicht versucht.« Viola streckt ihren Arm aus, um ihn mit einem Händedruck zu begrüßen. »Ich bin Viola.«

»Karlo.« Höflich lächelt er ihr zu, während ihr der Zündschlüssel entgleitet und in den Fußraum fällt. Beim Versuch, ihn sich wieder zu angeln, stößt sich Viola den Kopf am Lenkrad und löst die Hupe aus. Keine Spur von ihrer sonst so lässigen Art.

Ich muss in mich hineingrinsen, als sie sich die Stirn reibt und er vor Verwunderung wie eingefroren dasteht.

»Mach dir keine Sorgen, das hier ist bloß der übliche Wahnsinn«, versuche ich die Situation aufzulockern. Allmählich kehrt die Wärme in meinen Körper zurück und ich streife mir den Schal ein Stückchen von den Schultern. Karlo mustert mich intensiv.

»Ich war mir wirklich nicht sicher, ob alles in Ordnung ist, weil du es so eilig hattest. Also, wenn's an dem Thema von eben liegt ...« Seine Stimme ist gedämpft und er zieht eindringlich die Brauen hoch. »Das sollte nicht zwischen uns stehen und ich habe es nur ausgeführt, weil du es dir gewünscht hast. Nicht, um dir ein schlechtes Gewissen einzuflößen.«

Ich blicke ihn mit leicht geöffneten Lippen an und werde sofort wieder aus der Bahn geworfen. Was hat er davon, mir das zu sagen? Ich bin es nicht gewohnt, dass jemand derart über solche Kleinigkeiten meines Verhaltens nachdenkt und sich offensichtlich sorgt. Mister Grumpy sollte das nicht tun.

»Okay?«, fragt er und stupst mich an der Schulter an. Die strengen Züge in seinem Ausdruck erweichen und sobald sich seine Mundwinkel ein Stück heben, kommen diese schelmischen Grübchen zum Vorschein.

»Ja«, sage ich langsam und bin ganz gefangen im Grün seiner Augen. »Ist okay.«

Kapitel 6

Karlo

Ich gebe den Spezialreiniger ins Wasser und lasse ihn einen Moment einwirken. Eigentlich wäre der Tanzboden noch gar nicht an der Reihe, aber ich habe keine Lust, mich auf den Heimweg zu machen.

Ich möchte mich ablenken. Den Kopf freikriegen. Und kaum etwas ist besser dazu geeignet als die Pflege des Studios.

Das Gespräch mit Judy geht mir nicht mehr aus dem Sinn und immer wieder blitzt ihr leerer, einsamer Blick vor meinem inneren Auge auf. Vielleicht habe ich mich von Anfang an getäuscht und sie ist nicht ansatzweise so gefühlskalt und egoistisch wie Skrypczak. Vielleicht liege ich mit meiner Bandbreite an Vorurteilen im Unrecht. Bisher sind kaum Parallelen zwischen den beiden zu sehen, was ich ziemlich verwirrend finde.

Ich presse den Handballen gegen meine Stirn und drücke die Augen zu. Es fuckt mich ab, dass ich mir über all diese Dinge das Hirn zermartere, und werde das nicht weiter hinnehmen. Also ziehe ich entschlossen mein Handy aus der Tasche, drehe die Boxen voll auf und gebe mir die Zufallswiedergabe irgendeiner Playlist.

Sobald der Mopp im Bodenreiniger versinkt und ich ihn anschließend kräftig auswringe, nimmt meine spontane Tanz-Wisch-Session ihren Lauf.

Die Musik beherrscht mich komplett, lässt die Welt in den Hintergrund rücken und wirkt besser als jedes Rauschmittel. Ich tanze Salsa, Bayrisch-Polka, Tango Argentino und Freestyle mit mir allein, bis es ausgerechnet Peter Fox abrupt die Sprache verschlägt.

»Hallo, Karlo.« Eloise steht vor dem Tresen, die Fäuste in ihre Taille gestemmt.

Mein Herz schlägt immer noch seinen euphorisierten Beat, den nur diese Art der Bewegung hervorrufen kann, und gefühlt alle Körperzellen stehen unter wohligem Strom. Atemlos strecke ich mich.

»Hey.«

»Willst du dir nicht dein Shirt wieder anziehen? Meine Kids kommen doch gleich.« Ohne eine Antwort abzuwarten, stellt Eloise ihre Taschen ab und steckt das eisblonde Haar mit einer silbernen Spange zurück.

»Wie spät ist es denn?« Ich schnappe mir Eimer und Mopp, um den Boden zu räumen, der jetzt großflächig benötigt wird. Meine Kollegin verwandelt jede Tanzstunde in ein kunterbuntes Event und scheut dabei keine Mühen und kreativen Ideen.

»So spät, dass ich mich wundere, dich hier noch anzutreffen.« Eloise' helles Lachen ertönt, im nächsten Moment breitet sie einen pastelllilafarbenen Flauscheteppich in der Mitte des Studios aus. »Sieht aber toll aus«, ergänzt sie und fährt mit den Fingern über den sauberen Boden.

»Danke.«

»Wolltest du das Parkett nicht erst nächste Woche in Angriff nehmen?«

»Pläne sind da, um sie wieder durcheinanderzubringen.«

Für einige Sekunden unterbricht sie das Verteilen diverser Nylontücher und zieht eine Braue nach oben.

»Seit wann bist du denn dieser Meinung?«

Ich zucke die Schultern. Eigentlich hat sie recht. Mir gefällt zwar das Spontane, aber nicht das Planlose. Ich mag es extravagant, doch nicht undurchdacht und übersteigert. Unterm Strich arbeite ich darauf hin, dass gesteckte Ziele umgesetzt werden und eben nicht an einem Durcheinander scheitern.

»Diese Aussage gilt fürs Saubermachen.«

Sie nickt langsam und lässt mich für die Dauer eines Atemzugs noch nicht aus den Augen, bis sie sich wieder ihrer Arbeit zuwendet.

Judy

Nachdem Viola sich noch auf einen Kaffee selbst eingeladen hat, sitzen wir im Wohnzimmer auf den neuen Polstermöbeln. Aleks hat sie vor einer Weile bei irgendeiner Luxusfirma bestellt, deren Name mir entfallen ist. Das Sofa hat unseren Geruch bisher nicht angenommen und gibt nicht ansatzweise so gemütlich nach wie das alte. Aber es sieht modern und schick aus. Fancy ist es definitiv. Aleks hat ein gutes Auge für Details.

»Ganz schön hart«, grummelt Viola und wippt einige Male auf und ab. Dann rückt sie näher zu mir heran und schnappt sich ein Stück von der Kuscheldecke – dem letzten Überbleibsel der alten Wohnzimmergarnitur.

»Wir können auch raus auf den Balkon, mir ist nicht mehr kalt.«

Sie schüttelt den Kopf. »Wieso hast du mir nicht gesagt, wie charmant Karlo ist?« Ohne sich von mir abzuwenden, nimmt Viola einen großen Schluck aus ihrer Tasse.

»Ist er das?« Scheinheilig zwirble ich eine meiner Locken zwischen Daumen und Zeigefinger.

»Du machst Witze, oder? Wie süß war es bitte, dass er sich kümmern wollte? Für mich ist die Sache klar!«

»Welche Sache?«

»Oooh, tu nicht so naiv!« Viola stellt den Kaffee ab, packt mich an den Schultern und schüttelt mich spielerisch. »Er ist nicht nur eine absolut heiße Schnitte, sondern auch noch unfassbar hinreißend!«

In diesem Moment klopft es gegen den Türrahmen und wir zucken gleichzeitig zusammen.

»Hi.« Aleks lehnt am Holz, die Arme vor der Brust verschränkt. Sein Gesicht sieht angespannt aus und ich habe Angst, dass er schon länger dort steht.

»Hey, mein Schatz«, sage ich schnell und husche durch den Raum, um ihm einen Kuss aufzudrücken, doch er schiebt mich zurück.

»Ich will mir erst die Zähne putzen.«

Unvermittelt schießt mir wieder das Bild einer anderen Frau in den Sinn,

66

die an Aleks' Lippen hängt. Seine Hand, die ihren Körper umfasst. Euphorisiertes Knistern des Filmdrehs in der Luft. Ob sie es wohl genossen hat?

»Ja, das ist wahrscheinlich eine gute Idee.« Meine Hand gleitet schwach an seinem Oberkörper herunter und ich wende mich ab.

Auf Violas fragenden Blick und ihre geweiteten Augen gehe ich nicht ein.

***

»Das Management hat für nächste Woche einen Termin zur Besichtigung einer Hochzeitslocation veranschlagt«, sagt Aleks, nachdem ich die Wohnungstür hinter Viola geschlossen habe und zu ihm an den Küchentresen trete.

Mein Herz macht bei dieser Information unverzüglich einen Sprung und ein aufgeregtes Brausepulver-Kribbeln breitet sich in meinem Bauch aus.

»Das ist wundervoll!« Zufrieden umschlinge ich Aleks von hinten und vergrabe die Nase in seinem grauen Hoodie. Der vertraute Duft seines Duschgels – Grapefruit und Minze – umhüllt mich wie ein samtiges Tuch und bewegt mich dazu, ihn ganz fest heranzuziehen.

»Du trägst diese gemütlichen Sachen deutlich zu selten«, wispere ich mit geschlossenen Augen.

»Dafür bleibt keine Zeit, *Laleczko*. Kannst du mir mal eben die Glasdose reichen?«

Schweren Herzens löse ich mich von ihm, während er den Herd einschaltet und nach dem Öl greift. »Heute gab's eine Gnocchipfanne mit Hähnchenstreifen vom Catering. Ich habe mir noch was mitgenommen, weil es so gut war.« Aleks nimmt mir die Schüssel aus der Hand. »Hattest du heute Abend schon was Essbares?«

Ich denke an den zurückliegenden Tag und mein spärliches Frühstück.

»Nein.«

»Sollen wir dir was bestellen?«

»Nein.«

»Antonio würde dir sicher noch eine vegane Pasta zaubern.«

Beim Gedanken an die einmaligen Gerichte unseres Stammitalieners läuft mir das Wasser im Mund zusammen. Als ich nichts erwidere, dreht Aleks sich zu mir herum. Seine Lider verengen sich und er überkreuzt die Arme vor der Brust. »Ich kann's dir im Gesicht ablesen, du hast Lust auf deine geliebten Farfalle mit Kapern und Kirschtomaten.« Er spricht die Worte extra gedehnt aus und reibt sich schließlich demonstrativ den Bauch.

»Ja, verdammt!« Ich umfasse meine Wangen mit den Handflächen. »Ich sterbe gleich vor Hunger.«

Flink zieht Aleks sein Handy aus der Hosentasche und tippt eine Nachricht ein. Wir zählen zu Antonios bester Kundschaft und weil er damit werben darf, dass der berühmte Schauspieler Aleksander Skrypczak sein Lokal regelmäßig besucht, haben unsere Bestellungen stets Vorrang.

Das ist auch der Grund, weshalb der Lieferant keine halbe Stunde später an der Tür klingelt.

»Wie laufen die Tanzstunden bis jetzt?« Aleks pikst sich einen weiteren Hähnchenstreifen auf die Gabel und scrollt dabei am Smartphone durch seine E-Mails.

Ich fülle mein geliefertes Essen aus der Aluschale auf einen Teller und spüre, wie der Duft von Olivenöl und Knoblauch jede Körperzelle durchdringt und mir gleichzeitig ein harmonisches Gefühl verpasst.

Ich liebe Pasta. Am meisten, wenn Antonio sie zubereitet. Dieser Mann schafft es mit seinen Kreationen, jeden dunklen Gedanken zu vertreiben und Kohlenhydrate in gute Laune zu verwandeln.

Aleks Frage treibt mir die Erinnerung an den heutigen Discofox in die Nervenbahnen und sobald Karlos zufriedener Gesichtsausdruck vor meinem inneren Auge aufblitzt, muss ich schmunzeln.

»Erstaunlich gut.« Ich verstaue die leere Verpackung in der Papiertüte mit Antonios Logo, bevor ich mich setze.

Aleks hebt seinen Blick und betrachtet mich einige Sekunden tonlos. Aus einem unbekannten Grund macht mich das nervös, weshalb ich meine Aufmerksamkeit lieber dem dampfenden Abendessen widme und einige Male puste, bevor ich den ersten Bissen nehme.

»Wirst du besser?«, fragt er und verhindert gerade rechtzeitig, dass mich die Stille im Raum zerdrückt.

»Ja, ich denke schon.«

»Wie bekommt er das hin?«

»Aleks, es ist beleidigend, wenn du meine Fortschritte wie ein Wunder behandelst.« Nun schaue ich ihn doch wieder an und lasse die Schultern hängen. »Glaubst du überhaupt an mich?«

»Musst du direkt wieder so etwas Tiefgründiges draus machen? Fakt ist doch, dass dir das Tanzen bisher echte Schwierigkeiten bereitet hat.«

Innerlich lehne ich seine Worte ab. Ich denke an meine losgelösten Tänze unter der Dusche, bei denen die Brause abwechselnd Spezialeffekt meiner privaten Show und Mikrofon darstellte. Oder damals als Kind, als ich in meine Gummistiefel schlüpfte – die roten mit gelben Punkten –, um im Regen durch Pfützen und Matsch zu tanzen. Ich habe gerockt. Mit mir allein. Oder zusammen mit der ganzen Welt. Zumindest war ich glücklich und hatte an meinen Tanzkünsten nie etwas auszusetzen.

»Du weißt doch, dass ein echt guter Tanzlehrer an ihm verloren gegangen ist. Das war der Grund, warum du mich bei ihm angemeldet hast, oder sehe ich das falsch?«

Anstatt mir zu antworten, rümpft Aleks die Nase und fixiert erneut das Handydisplay. Ich kann nicht erkennen, was ihn derart fesselt, doch er scheint wie weggetreten. Als würde er sich langsam aus unserem Gespräch entfernen, ohne wirklich zu verschwinden. Meine Aufmerksamkeit haftet an seinen blonden Haaren und gleitet schließlich weiter hinab. Im dämmrigen Licht der Abendstunden treten Aleks' dunkle Augenränder wieder stärker hervor und lassen sein helles Gesicht regelrecht trostlos aussehen. Er ist wie immer gründlich rasiert und gepflegt, doch es scheint, als wäre sein Leuchten verschollen.

Die Minuten verstreichen und während Aleks und ich gemeinsam zu Abend essen, sind wir gefühlt dennoch nicht beisammen.

Kapitel 7

Karlo

Die Klingel geht und ich öffne meinem besten Kumpel die Wohnungstür. Es regnet in Strömen und trotzdem trägt er lediglich ein dünnes Shirt und kurze Hosen. Auch wenn London und München in puncto Regentage meist die Nase vorn haben, scheint sich hier in Hamburg diesen Sommer ein neuer Rekord herauszukristallisieren.

»Wie kommt's, dass du heute keinen Privatunterricht gibst?«, fragt Valentino und spaziert herein, ohne die Schuhe abzustreifen.

Obwohl seine Großeltern, bei denen er früher die meiste Zeit verbracht hat, immer darauf fixiert waren, ihn zu Ordnung und Sauberkeit zu erziehen, hält er diesen Schein einzig im Beruf aufrecht. Wer Valentino besucht, macht Bekanntschaft mit dem Chaos höchstpersönlich und sollte bei jedem Schritt genauestens aufpassen, wenn er nicht inklusive eines komplizierten Knochenbruchs im Krankenhaus landen will. Ich beobachte, wie er sich auf mein Sofa fallen lässt und beide Arme über der Lehne ausbreitet.

»Alles gut?« Irritiert kratzt er sich an der Schläfe, weil meine Antwort auf sich warten lässt.

»Judy hat abgesagt.« Ich denke an ihre kurzfristige Nachricht und bemühe mich, meinen Verdruss zu unterdrücken. In den letzten Wochen haben wir große Fortschritte gemacht, weshalb ich mich schon darauf gefreut hatte, ihr heute weitere Tanzschritte vorzustellen. Es hat sich herausgestellt, dass es recht entspannend ist, nebenbei über alles Mögliche mit ihr zu quatschen. Sie hört aufmerksam zu, stellt lieber Fragen, anstatt vorschnell zu urteilen, und gibt Stück für Stück feine Details über sich selbst preis. Fast wie im Memory: Jedes weitere Treffen deckt eine neue Karte, die nächste Facette, auf und ich gewöhne mich langsam daran, dieses Elite-Girl zu unterrichten.

»Was kann wichtiger sein, als mit Karlo, dem Belami, das Tanzbein zu schwingen?« Valentino schnappt sich *Der Alchimist* vom Wohnzimmertisch und dreht das Buch mehrfach zwischen seinen Fingern herum, ohne mich aus den Augen zu lassen.

Mit verschränkten Armen stehe ich im Türrahmen – unfähig, die Antwort auf seine Frage auszuspucken. Es nervt.

Der Gedanke an das, was Judy anstelle unserer Tanzstunde erledigt, hämmert aufdringlich gegen meine Schädeldecke und erinnert mich daran, wie unerträglich Skrypczak ist.

»Ähm ... Dein Gesicht sieht aus, als hätte jemand versucht, ins Studio einzubrechen.« Val legt das Buch zurück und verfolgt jede meiner Regungen.

Die Sache wird zunehmend ungemütlicher, also stoße ich mich mit einem Ruck vom Türrahmen ab und schlendere hinüber zu den Wohnzimmerschränken. »Was willst du trinken?«

»Hast du noch was vom guten Whisky da?«

»Es ist kaum fünfzehn Uhr.«

»Also?«

Freddy maunzt und schaut mich ebenso erwartungsvoll an wie Valentino.

Kopfschüttelnd ziehe ich die Flasche aus Kristallglas hervor, deren Inhalt ebenso gülden funkelt wie das hochwertige Etikett. Das letzte Mal, als wir diesen beachtlichen Tropfen angerührt haben, haben wir zu dritt Emelys Aufnahme an ihrer Wunschuniversität gefeiert und dieses Ereignis liegt inzwischen Monate zurück.

Kurzerhand beschließe ich, dass die süßlich-rauchige Note des Alkohols nun genau das Richtige für meine verräterischen Gedanken ist, und greife nach zwei Tumblergläsern.

Valentino springt von seinem gemütlichen Sofaplatz auf und kurze Zeit später höre ich ihn in meinem Eisfach herumkramen. Wir sind ein eingespieltes Duo, was das Mixen und Servieren von Getränken anbelangt. Während der Ausbildungszeit haben wir einen eigenen Partyservice hochgezogen und uns hier und da durchs Barkeeping auf Feten, Firmenevents und anderweitigen Veranstaltungen die finanziellen Mittel etwas aufgebessert. Seit er über die Meere fliegt und ich die Tanzschule betreibe, hat diese Zeit ein Ende gefunden.

Er lässt die perfekte Menge Whiskysteine in unsere Gläser fallen und ich schalte die Musikbox ein. Vermutlich wird der Nachmittag angenehmer, als ich befürchtet habe, und es ist ohnehin nicht übel, die begrenzte Zeit mit Valentino auszunutzen.

Zufrieden lasse ich mich ihm gegenüber auf meinen geliebten Hocker aus Birkenholz fallen, den mir ein Kumpel irgendwann selbst getischlert hat. Val schraubt den Whisky zu und schiebt mir mit zwei Fingern mein Glas herüber, bevor wir unter einem vertrauten Klirren anstoßen.

Minutenlang sitzen wir nur so da, lauschen dem Gesang von Coldplay und jeder scheint mit sich beschäftigt zu sein. Es ist wohltuend zu wissen, dass sich einige Dinge niemals ändern oder sich plötzlich merkwürdig anfühlen, obwohl der Wandel allgegenwärtig ist. Val ist Val. Und er bleibt der Kumpel, mit dem ich damals Smarties aus der Jackentasche unserer Erzieherin stibitzt habe und den ich später bedingungslos begleitete, als er wieder eine Fünf in Mathe zu seinen Eltern tragen musste.

»Also«, sagt er nach geraumer Zeit und wirft die Schuhe nun doch im hohen Bogen von sich, »warum hat Judy dich jetzt sitzen lassen?«

Dass er neugierig, dickköpfig und starrsinnig ist, wird sich vermutlich auch niemals ändern.

Schwer atme ich aus und genehmige mir einen weiteren ordentlichen Schluck. Spüre, wie der Whisky allmählich meine Bauchgegend erwärmt und einen wohligen Nachgeschmack hinterlässt.

»Sie besichtigen heute eine Location für die Hochzeit.« Mein Räuspern, das lässig klingen sollte, hört sich furchtbar hölzern und gewollt an. Bewegt mich dazu, unbedingt noch etwas nachzuschieben: »Ich bin zufrieden. Man hat doch insgesamt viel zu wenig Zeit für chillige Abende auf der Couch und hättest du so spontan keine Zeit gehabt, wäre ich vielleicht auf die süße Kellnerin zurückgekommen.«

»Ja.« Erneut kratzt er sich an der Schläfe. »Das wärst du bestimmt.«

Judy

Das Anwesen *Rosy Castle* liegt unweit der Binnenalster und seine Auffahrt aus hellem Kies wird von einer märchenhaften Kulisse aus Rosen in allen erdenklichen Farben umrahmt. Neben dem pompösen Gebäude, das sich vor uns erstreckt, komme ich mir klein vor.

»Und von hier aus können Sie und Ihre Gäste an Ihrem Ehrentag ein Feuerwerk betrachten, wenn Sie es wünschen.« Die Frau, die sich bei der Begrüßung als Isabelle Meybelle vorgestellt hat, macht eine übertriebene Armbewegung und weist damit auf die freie Wiese, die vor uns liegt und ebenfalls zum *Rosy Castle* gehört. Sie umfasst gefühlt die Größe eines Fußballfeldes und ich kann mir beim besten Willen nicht vorstellen, dass wir an unserer Hochzeit diesen gesamten Platz benötigen werden. Zweifelnd ziehe ich die Stirn kraus und wende mich Aleks zu.

Entgegen meiner Erwartung strahlt seine Miene und er nickt anerkennend. »Das ist ein Traum, nicht?«, meint er und streicht mir enthusiastisch über die Wange. Ein unsicherer Blick zur Seite verrät mir, dass auch Isabelle breit lächelt und insgeheim vermutlich schon das Vermögen durchrechnet, was wir ihr für diese Location schuldig sein werden.

Ich muss schlucken. Dann schaue ich erneut auf das Schloss. Wie viele Menschen wohl davon träumen, sich an einem Ort wie diesem das Jawort zu geben? Es müssen unzählige sein. Durch seine Extravaganz und seinen Glanz wirkt er unnahbar und geradewegs einem Disneyfilm entsprungen – für einen erfolgreichen Bräutigam mit Stil und Ansehen wahrscheinlich perfekt. Die Presse wird im Nachhinein berichten, welch schöne Räumlichkeiten Aleksander Skrypczak zum Anlass unserer Eheschließung auserwählt hat und dass ein wahrer Romantiker an ihm verloren gegangen sein muss. Ich sehe die übertriebenen Überschriften bereits schwarz auf weiß vor meinem inneren Auge.

Auch für dich, die du einen Hang für das Prinzessinnenhafte hast, sollte das hier ein wahr gewordener Traum sein, versucht meine Vernunft mir einzubläuen. Allerdings kombiniere ich rosarot und blumig gern mit cool und ausgefallen.

Mein Herz schlägt für den Kontrast zwischen süßen Röcken über tätowierter Haut. Für die Abwechslung zwischen RAF Camoras anstößigen Songs und Caspers melancholiedurchtränkten Texten. Was sich vor mir erstreckt, kann das nicht bieten. Sieht aus wie in einen Instagramfilter getunkt.

Makellos? Definitiv.

Steril? Aber so was von.

Konzentriert gleitet mein Blick die schneeweiße Fassade des Schlosses auf und ab und schließlich muss ich erneut schlucken.

»Baby?«

Entfernt nehme ich wahr, dass Aleks nach meiner Hand greift und Isabelle nervös an ihrem tiefblauen Designer-Jumpsuit zupft.

»Magst du es nicht?« Er stellt sich nun direkt vor mich hin und als er mit den Fingern mein Kinn berührt, durchblitzen mich seine bestechend blauen Augen.

»Ich kann die Dame auch gern über unser weiteres Angebot in Kenntnis setzen, wenn sie es wünscht.« Isabelles Stimme klingt leicht flehend und ich stehe plötzlich so sehr unter Druck, dass ich die Zähne aufeinanderpressen muss.

Aleks lässt nicht von mir ab und es scheint, als würde er jedes kleinste Muskelzucken registrieren wollen. Seine Brauen heben sich von Sekunde zu Sekunde weiter an.

»Müssen wir das gleich entscheiden?«, bringe ich einen Ton hervor, der den Anschein macht, als hätte ich meine Stimme mindestens drei Wochen nicht benutzt.

Sichtlich enttäuscht lässt er Luft zwischen seinen Lippen entweichen und unterbricht die Berührung.

»Nein«, murmelt er. »Wir würden nun gern die Innenausstattung sehen, Madame Meybelle.«

Isabelle nickt hastig und bedeutet uns, ihr zu folgen. Mit den dünnen Absätzen ihrer Pumps sackt sie immer wieder im Kies ein, der vom letzten Regenschauer ganz matschig ist, und wackelt unbeholfen die Auffahrt entlang. Augenblicklich male ich mir aus, wie es mir am Tag der Hochzeit ebenso ergeht, und kann beim besten Willen keine ehrliche Begeisterung für diese

Location heraufbeschwören. In Gedanken an Aleks' leuchtenden Gesichtsausdruck hoffe ich dennoch inständig, dass mich die inneren Werte von *Rosy Castle* überzeugen werden.

Bevor ich Isabelle und meinem Verlobten folge, die bereits die ellenlange Treppe bis zum Eingang beschreiten, hole ich einmal tief Luft.

»Hier würden wir unser Empfangskomitee drapieren, welches die Gesellschaft mit Häppchen und Champagner begrüßt.« Kaum drinnen angelangt, setzt Isabelle ihre Show fort. »Wir haben ein bemerkenswertes Angebot und Sie können frei entscheiden, ob Sie die süße oder herzhafte Option begrüßen. Von Avocado-Canapés bis hin zu Zimtschnecken nach original schwedischem Rezept ist es uns möglich, alles für Sie zu realisieren.« Isabelle spitzt ihren rot geschminkten Mund und ich kann beinahe hören, wie sich die Zahnräder in ihrem Kopf drehen, um weitere Argumente hervorzubringen, die uns möglichst bald überzeugen sollen.

Im riesigen Flurbereich des Schlosses, der in meinen Augen bereits genügend Platz für eine große Gesellschaft bieten würde, hallt jedes ihrer Worte leicht nach und verstärkt mein Unbehagen. Die Fliesen unter meinen Füßen sind aufwendig gemustert, wirken historisch und teuer zugleich. Mehrere mit goldenen Ornamenten geschmückte Säulen erstrecken sich bis zur Decke. In der Luft liegt ein künstlicher Duft nach Kokos, der mir Kopfschmerzen beschert.

Alles hier ist perfekt und sicherlich *angemessen* für unsere Zwecke. Allerdings fürchte ich, dass der eigentliche Grund des anstehenden Festes bei all dem Glamour untergehen könnte. Mir geht es um Aleks. Um eine der wichtigsten Lebensentscheidungen. Um unsere Eheschließung.

In diesen Sekunden wird mir bewusst, dass der ganze Trubel, diese Unmengen an Geld und das große Drumherum für mich viel zu viel sind.

Dass sie keinen Wert für mich haben.

***

»Ich liebe es«, sagt Aleks und jeder seiner Schritte auf dem Weg zum Auto wippt beschwingt. Seine Stimme klingt belebt und hat nichts mehr mit der gestressten Variante zu tun, die mir in der letzten Zeit so häufig begegnet ist. Ein Teil von mir freut sich über die Tatsache, dass ihn unsere Hochzeit so begeistert. Oder wenigstens der Ort, der für die Feierlichkeit in Betracht gezogen wird. Ich bin froh, dass wir das *Rosy Castle* noch nicht besiegeln mussten. Isabelle Meybelle gab uns eine stolze Bedenkzeit von drei Wochen. In Anbetracht der unglaublichen Summe, die sie bei einer Zusage von uns zu erwarten hat, ist dieses Zugeständnis wahrscheinlich kein Wunder.

Ein zaghaftes Lächeln klebt auf meinen Lippen, doch es wiegt Tonnen. Hektisch versuche ich, auf Höhe von Aleks zu bleiben, der immer wieder vorauseilt und mich abhängt.

»Ich verstehe nicht, dass du noch überlegen möchtest. Glaubst du wirklich, dass wir noch etwas Schickeres finden als das?«

Von der Seite erkenne ich, wie er nachdenklich die Stirn in Falten legt.

»Es soll etwas Besonderes sein. Ein paar Tage Zeit, um es wirken zu lassen, sind da doch absolut okay, oder nicht?« Ich knicke mehrfach um und taumle, so sehr jage ich ihm nach.

Aleks bemerkt es nicht und öffnet von Weitem den Wagen. Dann bläht er die Wangen und fährt sich mit der Hand durch den Nacken. Das tut er immer, wenn er ratlos und so absolut gar nicht meiner Meinung ist. Das seltsame Grinsen in meinem Gesicht gewinnt an Schwere.

»Was könnte besonderer sein als dieser Ort?« Er bleibt abrupt stehen, sodass ich in ihn hineinstolpere. Schließlich breitet er seine Arme aus und präsentiert damit das gigantische Schloss, welches seine erdrückende Wirkung auch jetzt, vom Parkplatz aus, nicht verliert.

»Eine freie Trauung mit unserem engsten Kreis am Ententeich wäre besonders«, kommt es ohne Überlegung über meine Lippen. Aleks lässt seine Schultern fallen und betrachtet mich einige Sekunden lang, als hätte ich eine Sprache gesprochen, die er nicht versteht.

Dann lacht er.

»*Laleczko*, du machst Witze, oder?« Er lacht noch lauter und fasst sich mit einer Hand an den Bauch. »Bitte sag mir, dass du scherzt.«

In diesem Moment fällt mir das Lächeln aus dem Gesicht und wechselt sich mit einem stechenden Schmerz in der Brustgegend ab. Am Ententeich haben wir uns zum ersten Mal geküsst und Aleks' Reaktion schubst diese Tatsache nun eiskalt in das nächstbeste Schlammloch. Meinen ernst gemeinten Einwand gleich hinterher.

Kann man eigentlich hören, wenn ein Herz zerspringt?

Damals war es so irrsinnig romantisch, dass uns unsere Freunde und Bekannten nicht selten unterstellen, wir hätten uns die Geschichte mit dem Entenfütter-Date und Küssen unter sternklarem Himmel bloß ausgedacht. Aber das haben wir nicht. Genau so war es. Das war der Beginn unserer Beziehung. Unseres gemeinsamen Lebens.

Und selbst wenn es nicht zu einer Hochzeit an diesem bedeutungsvollen Ort kommen würde, hätte ich mir seitens Aleks mehr Respekt demgegenüber gewünscht. Mehr Gefühl.

Mein Kopf wirkt wie leer gefegt. Ganz automatisch setzen sich meine Beine in Bewegung und ich steige in den Wagen.

Die Autofahrt nehme ich kaum wahr.

Karlo

»Irgendwann fliegen wir zusammen«, lallt Valentino und hält sich unbeholfen am Türrahmen fest, während er mit der anderen Hand seine Schuhe anzieht.

Es ist inzwischen später Nachmittag und um diese Uhrzeit hatte ich schon lange keinen mehr so derartig im Tee. Seit die halbe Flasche Whisky durch meine Blutbahnen fließt, glüht mein gesamter Körper und ich kann kaum einen klaren Gedanken fassen.

»Das machen wir. Irgendwann. Wenn ich jemanden finde, der sich in der Zeit um Freddy und die Tanzschule kümmert.«

»Frag doch Eloise. Sie wird garantiert nicht Nein sagen.«

»Mal schauen. So lange arbeiten wir noch nicht zusammen. Das Ganze ist ja auch eine Vertrauenssache.«

»Emely?«

»Ich denke drüber nach, Val.« Mit den Fingerspitzen reibe ich über meine Stirn. »Momentan passt es sowieso nicht rein.«

»Stimmt, zurzeit gibt's da Judy. Die scheint dir wichtig zu sein.« Als sein Fuß endlich in den Schuh hineingleitet, fällt er nach vorn und umklammert im letzten Augenblick meine Kommode. Diese erbebt und keinen Wimpernschlag später landet die Vase, die Emely mir kürzlich mit ein paar Tulpen hingestellt hat, auf dem Fußboden.

»Scheiße!« Valentino macht ein schuldbewusstes Gesicht, doch ich winke ab.

»Alles okay, passt schon. Sicher, dass du so loswillst?«

»Süß, dass du dir Sorgen machst.« Er richtet sich auf und zwinkert mir zu. »Ich komme immer nach Hause, das weißt du doch.«

***

Nach einer wenig erholsamen Nacht inklusive Gratis-Karussellfahrt, bin ich zum Tanzstudio gejoggt, um klarzukommen und hier zu duschen. Neben der Stunde mit Judy steht heute noch der Salsakurs auf dem Plan, weshalb ich jegliche Katersymptome schleunigst in den Griff bekommen muss. Andernfalls wird dieser Tag zu einem Albtraum.

Ich vergrabe das Gesicht im Handtuch und verharre einen Moment, bevor ich ein frisches Shirt aus meinem Rucksack krame.

Dann klopft es aus Richtung des Tanzraumes.

Ich stecke den Kopf durch die offen stehende Tür und rufe: »Moment!« Doch das Klopfen wird nur lauter und eindringlicher.

Hastig ziehe ich mir das Oberteil über den immer noch benommenen Kopf und binde mir das Handtuch um die Taille, bevor ich den kleinen Duschraum verlasse und auf die Tanzfläche trete. Hinter der Fensterfront steht Judy und ist vertieft darin, sich Aufmerksamkeit zu verschaffen.

Mit einem Ruck öffne ich die Tür und sie zuckt zusammen.

»Du kleiner Quälgeist, ich beeile mich doch schon!« Lachend schüttle ich den Kopf und bemerke erst danach, dass Judy nach Luft zu ringen scheint und ihre Augen weit aufgerissen sind.

Schulterzuckend blicke ich an mir hinunter. »Sorry, aber du hast mir keine Zeit mehr gelassen, mir etwas Vernünftiges anzuziehen.«

Als sich unsere Blicke treffen, presst sie ihre Lippen fest aufeinander. Ihre Arme haben jegliche Anspannung verloren, sodass der beigefarbene Rucksack in ihren Händen fast den Fußboden berührt.

Es dauert noch einen Moment, dann kommt mir ein Gedanke, der Blitze durch meinen Bauch schießen lässt: Sie schmachtet mich doch nicht etwa an?

Ich will nach Antworten in ihrem Gesicht suchen, aber in dieser Sekunde blinzelt sie irritiert, schiebt mich an die Seite und betritt staksig das Studio.

»Du solltest dich fertig machen«, nuschelt sie, ohne mich eines weiteren Blickes zu würdigen.

***

Kurze Zeit später ertönt der Mix durch die Boxen, den ich für die Stunden mit Judy zusammengestellt habe, und wir finden uns auf der Tanzfläche ein.

Ihre zarten Hände liegen nun ruhig in meinen, es benötigt keine starke Führung meinerseits mehr, damit sie den Einstieg findet. Judy fühlt den Takt mittlerweile genau und lässt sich mit jeder Übungseinheit weiter in den Rhythmus fallen. Nach dem *Körbchen* im Discofox nicke ich ihr anerkennend zu, woraufhin sich ein breites Lächeln auf ihren kirschroten Lippen abzeichnet, das den Raum zwischen uns erfüllt und auf mich überschwappt.

»Wenn sich die Tanzenden während der Bewegungen durchgehend ansehen, bekommt alles eine ganz andere Wirkung.« Die nächste Figur unterbricht meine Worte, die ich beende, sobald wir uns wieder Angesicht zu Angesicht befinden: »Eine gewisse Tiefe.«

Sie schaut mich mit großen Augen an. »Warum sagst du mir das nicht gleich?«

»Es macht manchmal keinen Sinn, von Anfang an auf die Grundlagen hinzuweisen und darauf zu bestehen. Kaum etwas ist intimer als Blickkontakt. Die Erfahrung hat mir gezeigt, dass er sich ganz von allein einstellt, sobald ein gewisses Vertrauen aufgebaut werden konnte.«

Nach diesen Worten hebt sie neckisch ihre Brauen. »Nun. Du gehst davon aus, dass ich dir vertraue?« Ein Kichern. »Das wäre töricht. Niemand sollte einem Mister Grumpy über den Weg trauen.«

»Lass diesen bescheuerten Spitznamen!« Ich pikse ihr leicht mit dem Zeigefinger in die Seite, wodurch ihr Lachen weiter angefeuert wird und sie sich kurz nach vorn biegt, ehe wir die Schritte fortsetzen können. »Auf eine gewisse Weise vertraust du mir, ob du es nun zugeben willst oder nicht.« Erneut führe ich sie durch das *Körbchen*, wobei wir für einen Atemzug seitlich ineinander verschlungen sind und der Windzug mir ihren Duft in die Nase treibt. »Aber ich spreche auch von dem Vertrauen, das du langsam in dir selbst zu finden scheinst.«

In Erwartung auf eine pöbelnde Antwort versinke ich in ihrem Blick. Doch Judys Augen verdunkeln sich, bis sie mich an tosende Wellen des Ozeans erinnern.

Zaghaft blinzelt sie, wobei sich zwei kleine Tränen aus ihren Lidern lösen und mein Herz einen Schlag aussetzt.

»Ich ...« Unbeholfen entfernt sie eine Hand von mir und wischt sich mit den Fingern über die Wange.

Automatisch verwurzeln sich meine Füße mit dem Boden und regen sich keinen Zentimeter mehr. Zum Trost berühre ich vorsichtig Judys Schulter. »O man, es tut mir leid. Frag nicht, was mit mir los ist. Vielleicht bin ich in einer sentimentalen Zyklusphase oder so.«

»Bullshit.«

»Was?«

»Ich kenne all die dämlichen Sprüche bezüglich der Hormonschwankungen bei Frauen. Das labern Typen nur, weil sie nicht in der Lage sind, wirklich über Emotionen zu sprechen und es außerdem keinesfalls auf sich beziehen möchten, wenn es jemandem nicht gut geht.« Verkrampft raufe ich mir das Haar. »Also, falls ich dir versehentlich wehgetan habe, dann kannst du es mir sagen. Du weißt schon – damit es nicht noch mal dazu kommen muss.«

Judys entgeisterter Gesichtsausdruck quittiert mir, dass gerade der absolute Müll aus meinem Mund quillt, und ich gehe zwei kleine Schritte zurück. »Sorry.«

»Nein, bitte entschuldige dich nicht.« Sie schnieft und erinnert mich dabei an Freddy in jener Nacht, in der Emely sie völlig schutzlos am Straßenrand gefunden hat und zu mir brachte. Herz und Bauch protestieren und lösen einen Shitstorm gegen mich aus, weil ich Judy nicht einfach in den Arm nehme. Währenddessen lehnt sich der Verstand entspannt zurück und genießt, dass er die Oberhand hat und ich mich zurückhalte, wie es sich gehört.

»Du hast nichts falsch gemacht«, ergänzt sie und wischt sich erneut über die Wange. »Es sind bloß die Worte, die du sagst. Irgendwie hat es mich kurz gepackt, dass ich eigentlich gar nicht weiß, ob ich Selbstvertrauen fühle.«

An der Art, wie sie nun die Beine überkreuzt und die Schultern anspannt, sehe ich, wie schwer ihr diese Offenbarung fällt. In dem Moment, in dem sie unseren Blickkontakt unterbricht und beschämt die Augen niederschlägt, übertrumpft mein Gefühl den Verstand, kickt ihn vom Thron und ich breite meine Arme aus, damit Judy sich fallen lassen kann. Sie zögert keine Sekunde.

Judy

Verdammt. Wie konnte ich es so weit kommen lassen, dass Karlo mich mit seinen Worten zu Tränen rührt? Vielleicht sind es auch nur die melodischen Klänge von Coldplays *A Sky Full of Stars*, zu denen wir uns in diesem Moment bewegen, die mich unfassbar durchlässig machen.

Aber etwas stimmt nicht mit mir.

Ich bin sonst keine Heulsuse. Ich habe gelernt, erwachsen zu sein und jeden Tag souverän zu meistern.

Und dennoch erinnern mich diese Minuten an einen Teil meines Selbst, aus dem ich mich bis eben längst herausgewachsen sah. Wie aus dem ersten Paar Sneakers oder einem ausgeleierten Pullover.

Als Kind und Teenager war ich absolut mit meinen Emotionen verbunden – nah am Wasser gebaut, manchmal überschwänglich und regelrecht haltlos vor Freude. Doch die Zeit, alltägliche Erfahrungen und Aleks haben mir gezeigt, dass eine gute Portion Abgeklärtheit im Leben nicht schadet. Gefühle nach außen sind kompliziert, wenn man sie inmitten von Unverständnis allein tragen muss. Oftmals fehlt auch einfach die Zeit, sich mit ihnen auseinanderzusetzen. Und die starke Judy-Version wurde außerdem häufig für ihre selbstsichere Ausstrahlung gelobt, was mir sehr gefällt.

Warum zweifle ich also jetzt daran? Warum, zur Hölle, muss ich nun weinen?

»Lass uns eine Pause einlegen.« Karlo streicht mir tröstend über den Rücken und gibt mir durch diese Berührung ein Stückchen Behaglichkeit zurück.

»Nein, das ist nicht nötig.« Entschlossen wische ich mir die verräterischen Tränen weg. »Mir geht es gut.«

Einige Herzschläge lang erwidert er nichts, doch ich kann seine Musterung von der Seite spüren. »Mir aber nicht«, sagt er schließlich und regelt das neue Lied etwas leiser.

»Dir geht es schlecht?« Irritiert blicke ich ihn an und schlucke dabei krampfhaft, um diese fraglichen Empfindungen loszuwerden.

»Tatsächlich kann ich ein Glas Wasser gebrauchen. Mein guter Kumpel war gestern zu Besuch und ich hatte etwas zu viel vom Whisky.« Mit diesen Worten zwinkert Karlo mir zu und huscht hinter den Tresen. Kurz wühlt er in einer Schublade und legt schließlich eine Packung Taschentücher hin.

»Ach, so einer bist du also.« Ich muss mir ein schadenfrohes Grinsen verkneifen. Gleichzeitig frage ich mich, wie es möglich ist, sich trotz Kater so einzigartig und federleicht über den Tanzboden zu schwingen.

»Auch der beste Tanzlehrer der Stadt kann sich mal überschätzen.« Belustigt wandern Karlos Mundwinkel nach oben und ich bin fassungslos über seine selbstverliebte Art.

Das geht gar nicht, denke ich und habe meine liebe Mühe mit der Bändigung des Flackerns, das seine scherzhaft gemeinten Worte in meiner Bauchregion auslösen.

Aufgewühlt schnappe ich mir ein Tempo und schnäuze, während er sich ein großes Glas Wasser genehmigt und sich anschließend die Schläfen reibt.

»Judy?«

»Hm?«

»Wenn dir etwas auf der Seele brennt ...« Verlegen fährt er sich jetzt mit den Fingern über das Kinn. »Emely sagt, ich bin meistens ein ganz passabler Zuhörer.«

Mit angespanntem Kreuz und zaghaftem Lächeln schaut er mich direkt an. Sein dunkles Haar ist heute wesentlich verstrubbelter als sonst und im aktuellen Winkel scheinen die Augen zu funkeln. Sie lassen tief blicken und verleihen Karlos gesamter Erscheinung Vertrauenswürdigkeit. Eine klitzekleine Zelle in mir meldet sich zu Wort und hätte Lust, sein Angebot anzunehmen. Auszutesten, wie gut er wirklich im Zuhören ist, und über alles zu philosophieren, was uns in den Sinn kommt. Zwischendurch könnten wir dann den ein oder anderen Tanz üben und einfach ein wenig durch den Tag schweben.

Stopp!

Gerade noch rechtzeitig, ich will schon den Mund öffnen, um etwas Unkluges – nein, etwas sehr, sehr Unkluges – hervorzubringen, wird die klitzekleine Zelle von scharfsinnigen Kontrollinstanzen zurück auf Kurs gebracht.

Wenn ich wirklich Lust auf diese emotionale Art der Kommunikation habe, sollte ich das nicht mit meinem Tanzlehrer ausleben, sondern mit dem Mann an meiner Seite. Meinem Zukünftigen.

Ich räuspere mich. »Nein, ich möchte nicht reden.«

Karlo blinzelt langsam und nickt. Seine Züge entspannen sich, doch wenn mich nicht alles täuscht, bleibt ein Hauch Enttäuschung darin zurück.

Ich kaue auf meiner Unterlippe herum und kann die Situation plötzlich kaum mehr ertragen.

»Tut der Kopf sehr weh?«, hake ich nach. Etwas an seinem Anblick macht mich wuschig.

»Ist schon beachtlich. Aber wer trinken kann, kann auch arbeiten, hat meine Oma immer gesagt.« Er lächelt gequält.

»Alles klar. Ich verrate dir jetzt mein geheimes Anti-Kater-Rezept. Es ist Gold wert.« Entschlossen schlängele ich mich zu ihm hinter den Tresen und verschaffe mir einen Überblick. »Ich brauche eine Zitrone, Eiswürfel und einen Lappen.«

Karlo

Judys geübte Handgriffe machen klar, dass sie den Kater-Bekämpfungsdrink schon einige Male zubereitet haben muss.

»Auf ex«, sagt sie und hält mir schließlich das volle Glas hin. Während ich dem Befehl nachkomme, lässt sie Wasser über ein Geschirrtuch laufen und wringt es aus. Dann streift sie sich ihre Strickjacke ab und geht hinüber zur Tanzfläche, um sie dort auf dem Boden zu platzieren.

»Komm her und leg dich hin.« Ihr Ton klingt, als würde sie keine Widerworte dulden. Als würde sie gerade einen Welpen erziehen.

»Geht das nicht auch etwas freundlicher?« Murrend schlendere ich zu ihr hinüber.

»Soll ich freundlich sein oder dir deinen Kater austreiben?« Ernst zieht Judy ihre Brauen hoch, kniet sich hin und tippt auffordernd auf ihre Jacke.

Wieder grummle ich. In meinem Beruf übernehme naturgemäß ich die Führung, weshalb es nun etwas herausfordernd ist, mich auf ihre Anweisungen einzulassen.

»Was hast du vor?«, frage ich, lege mich aber brav auf den Tanzboden. Als mein Kopf auf ihrer Jacke landet, umhüllt mich ihr dezent blumiges Parfüm und ich atme heimlich extra tief ein.

»Weil du ja ein Fuchs bist, hast du schon gut erkannt, dass ich dir vertraue. Ich habe dir vertraut, als wir zum Jahrmarkt gefahren sind. Ich vertraue dir jeden Tag, wenn wir tanzen, dass du dich nicht über mich lustig machst.«

Judy lächelt und aus dieser Perspektive sehen ihre Sommersprossen aus wie ein Kunstwerk.

»Also. Ist es möglich, dass du mir nun auch ein klitzekleines bisschen Vertrauen entgegenbringst?« Herausfordernd stemmt sie die Hände in ihre Taille und ganz von selbst schleicht sich ein Grinsen auf meine Lippen.

»Madame? Mein Körper gehört Ihnen!« Okay. Das könnte man auch unwahrscheinlich falsch verstehen, aber Judy sieht zum Glück über diese ungünstige Wortwahl hinweg und erwidert mein Lächeln.

»Alles klar. Dann schließ jetzt bitte deine Augen. Achtung – es wird kühl.« Ich spüre, wie sie ganz langsam und vorsichtig das feuchte Geschirrtuch auf meine Stirn legt.

»Geht es?«

»Ja, alles bestens.« Und wirklich gewöhne ich mich daran, ihr für diesen Moment die Kontrolle zu überlassen. Nach und nach entspannen sich die einzelnen Muskelgruppen meines Körpers und bald erfordert es keine Mühe mehr, die Lider geschlossen zu halten.

»Wenn du einverstanden bist, kann ich zusätzlich gewisse Reflexpunkte in deinem Gesicht stimulieren.« Judy räuspert sich verlegen. »Ist kein Muss, aber ich garantiere dir, dass der Kopf anschließend nicht mehr hämmert.«

Ich schlucke. »Woher kennst du dich damit so gut aus?«

»Ich arbeite im Kosmetikstudio. Da massieren wir die Leute unter anderem und lernen ziemlich viele gute Techniken.«

»Ihr bietet ernsthaft Massagen gegen Kater an?«

»Nein, so ein Quatsch. Diese spezielle Massage habe ich mir selbst angeeignet.«

Ich schlucke wieder. Es wäre nicht das erste Mal, auf diese Weise berührt zu werden, doch etwas an der bloßen Vorstellung lässt mein dämliches Herz schneller schlagen.

»Aber, Karlo, alles ist gut. Es gibt viele Menschen, die nicht allzu gern im Gesicht angefasst werden mögen. Auch das Kühlen und der Drink werden schon helfen.« Ihre Stimme klingt warm und verständnisvoll.

»Das ist es nicht. Ich … Du kannst es gern versuchen.« Für eine Millisekunde empfinde ich es als hirnverbrannt, mich hierauf eingelassen zu haben. Komme mir vor wie die letzte Mimose und wünsche mir meine vertraute Führungsposition zurück. Bis Judys Finger meine Schläfen berühren. Alle

Zweifel schmelzen darunter einfach weg und verflüchtigen sich wie Zuckerwatte im Regenschauer.

»Okay so?«, dringt ihre Stimme zu mir durch, während ich bereits einer angenehmen Trance unterliege.

»Mehr als gut, es ist …« Das absolute Feuerwerk? Als hätte sie magische Hände? »Es ist wirklich total entspannend.«

Sie kichert selbstzufrieden und wandert schließlich mit ihren Fingern Richtung Nacken.

Alles klar. Wow. Ab jetzt gibt es kein Zurück. Sie könnte ewig so weitermachen und ich würde ohne Murren eine ganze Menge dafür geben.

Mit genau dem richtigen Druck massiert sie in Kreisen meine Halswirbelsäule und schnell kann ich den dumpfen Kopfschmerz von eben nicht mehr spüren.

»Ähm«, ertönt es nach einem unbestimmten Zeitfenster, in dem weder Judy noch ich auch nur ein einziges Wort haben verlauten lassen, und sie zuckt heftig zusammen. Keine Sekunde später lässt sie von mir ab und ich höre, wie sie aufsteht. Es dauert einen Moment, bis ich wieder zu mir komme.

»Hi … ich wollte euch nicht beim … Ich wollte euch nicht stören, aber der Salsakurs beginnt gleich und ich hatte mir eingetragen, dass du mich heute brauchst, Karlo.« Unsanft reißt Eloise mir das Geschirrtuch von den Schläfen und wedelt damit vor meinen Augen herum.

»Ist ja gut!« Mit einer zielsicheren Bewegung schnappe ich mir den nassen Stofffetzen und richte mich etwas schwerfällig auf.

Judy zupft angespannt an ihrem Top herum und macht ein derart ertapptes Gesicht, als hätte meine Kollegin uns eben beim Rummachen erwischt und nicht bei der Kateraustreibung. Hektisch hebt sie schließlich ihre Strickjacke auf und zieht sie sich über.

»Entschuldige, ich habe mich gar nicht vorgestellt. Eloise.« Höflich streckt sie ihren Arm in Judys Richtung aus, die den Gruß erwidert.

»Judy.«

Dann kratzt Eloise sich am Hinterkopf und blickt ratlos von mir zu Judy und wieder zurück.

»Judy kann atemberaubend gut massieren und hat mir geholfen, den dröhnenden Schädel loszuwerden. Val und ich hatten gestern etwas viel Whisky und ohne sie hätte der Salsakurs jetzt gelitten.«

Ich blinzle den zwei blauen Seen entgegen, die daraufhin unsicher zu Boden gleiten.

»Na, wenn das so ist.« Eloise klopft Judy überraschend und sanft auf die Schulter. »Danke, dass du mich vor der quengelnden Karlo-Version gerettet hast!«

Endlich huscht ein gelöstes Lächeln über die sommersprossigen Züge und die merkwürdige Stimmung lockert sich etwas auf.

***

»Wenn mich nicht alles täuscht, war das die zukünftige Misses Skrypczak, oder?« Eloise hat kaum die Tür hinter Judy geschlossen, als sie mit dieser Frage herausrückt.

Ihre Worte treiben mir Missgunst in die Adern, Aleksanders Name klingt in meinen Ohren wie Fingernägel auf einer Kreidetafel oder wie das Quietschen einer Gabel auf Porzellan.

»Ja«, erwidere ich stumpf und spüre den bohrenden Blick meiner Kollegin auf mir ruhen.

»Sie ist verlobt.«

»Eloise, können wir das Thema wechseln? Die Kursteilnehmenden schneien hier jeden Augenblick rein.«

Für gewöhnlich kommt sie meinen Bitten nach und akzeptiert meine Grenzen, doch nun verengen sich ihre Augen und sie scannt mich bis ins kleinste Detail.

»Darf ich dir einen Tipp geben?«

»Nein, danke.«

»Konzentrier dich von nun an lieber aufs Tanzen mit ihr. Das Letzte, was deine Akademie gebrauchen kann, ist ein Skandal rund um Aleksander Skrypczak. Der Kerl wiegt Millionen.«

Vielen Dank für diese niederschmetternde Erinnerung! Mein Blutdruck steigt verdächtig an und es kostet eine Menge Kraft, mich zusammenzureißen. Ich werde auf keinen Fall durchblitzen lassen, wie sehr mich dieses Thema aufwühlt. Zumal ich selbst nicht ganz durchblicke.

»Hör auf, dir Sorgen zu machen. Ich befolge die Spielregeln und der feine Skrypczak wird keinen Grund bekommen, sich aufzuregen.« Diese Worte schmecken gegen meinen Willen nach einer Lüge und auch Eloise macht einen wenig überzeugten Eindruck.

»Das sah heute anders aus, Karlo. Vor meinem inneren Auge stand das Studio bereits in Flammen.«

Kapitel 8

Judy

Gedankenversunken sitze ich im Schlafzimmer auf dem flauschigen Teppich, blättere durch meinen Terminplaner und zähle die verbleibenden Tage bis zur Hochzeit. Hundertvierundzwanzig.

Wenige Wochen, in denen wir unsere Outfits organisieren, die Torte probieren und bestellen, eine Location reservieren und Gastgeschenke vorbereiten müssen.

Hundertvierundzwanzig Tage, in denen Aleks vermutlich pausenlos arbeitet und mir nichts anderes übrig bleiben wird, als mich mit seinem Management auseinanderzusetzen. Bei diesen Gedanken flacht mein Atem ab und ich frage mich, wie ich das alles neben meinem Job bewerkstelligen soll.

Ohne einen perfekten Plan und ohne Viola wird es nicht laufen.

Entschlossen schnappe ich mir einen leeren Zettel und liste auf, was mir durch den Kopf schießt. Mal notiere ich lediglich kleine Stichpunkte, an anderer Stelle sind es richtige Anleitungen für den Ablauf bestimmter Termine. Ich schreibe, markiere, zerdenke, tapeziere den gesamten Fußboden.

»*Laleczko*, ist alles in Ordnung bei dir? Hast du mich nicht kommen hören?«

Aleks streicht meine Schultern entlang und beobachtet mich kritisch. Ich lasse den Kugelschreiber fallen, um meine erhitzten Wangen zu umfassen.

»Nein, sorry. Wie spät ist es?«

»Gleich zwanzig Uhr. Hast du Lust auf einen guten Wein?«

»Gerade nicht.«

»Gin?«

»Nein, Aleks. Ich plane unsere Feier und würde mich freuen, wenn wir diesbezüglich über ein paar Dinge sprechen könnten.« Ich mache einen Schmollmund und strecke die Hände nach ihm aus, um ihn heranzuziehen.

Er bleibt regungslos stehen. »Babe, ich hatte einen langen Tag.«

»Wann hast du den denn mal nicht?«, verlässt es meine Lippen und ich bemerke erst spät, wie spitz der Tonfall dabei ist. »Oder besser gefragt: Wann können wir über all das reden?« Traurig lasse ich die Schultern sinken und tippe schwach auf meine Liste, die inzwischen einem halben Roman gleicht.

»Ich kann nicht verstehen, warum du nicht den Luxus genießen möchtest, die ganzen Aufgaben abzugeben.« Die Luft zwischen uns gefriert, während Aleks die Ärmel seines Hemdes hochschiebt, und es wirkt, als würde er durch mich hindurchsehen.

Weil es unser Tag ist, der von uns gestaltet werden sollte, denke ich, doch spare mir eine Antwort. Stattdessen wird mein Kopf von der Erinnerung an den Heiratsantrag überschwemmt, den Aleks mir in unserem letzten Venedig-Urlaub ausgesprochen hat. Wie es sich für eine märchenhafte Beziehungsgeschichte gehört, habe ich mit meinem »Ja, ich will« nicht lange gezögert und wurde im nächsten Moment kräftig von ihm durch die Luft gewirbelt und geküsst. Ein Straßenkünstler zeichnete anschließend ein Bild von uns, das jetzt im Wohnzimmer über meinem Bücherregal hängt. Alles aalglatt. So schön perfekt. Und trotzdem komme ich mir vor, als hätte man mich zusammen mit all den Ereignissen und Terminen in eine Waschmaschine gestopft und die Schleudertaste gedrückt.

Neben mir atmet Aleks schwerfällig aus, ehe er sich mit auf den Fußboden setzt.

»Ich mache mir Sorgen«, gebe ich zu.

»Worüber?« Er nimmt mir den Zettel aus der Hand und ich sehne mich nach Blickkontakt, um mich verbunden zu fühlen. Brauche Gefühle und Emotionen seinerseits, damit die Leere verschwindet, die sich immer wieder klammheimlich in mein Inneres schleicht. Dann, wenn Aleks und ich zusammen sind, aber trotzdem Welten voneinander entfernt. Wenn er mit mir spricht, ohne richtig da zu sein. Wenn Hunderte Kilo auf meinem Herzen lasten und er mich nicht in den Arm nimmt.

Ich gebe mir einen Ruck. Gestehe mir ein, dass seine Tage wirklich nicht die einfachsten sind und dass ich vielleicht mehr Initiative zeigen muss.

»Halt mich fest«, flüstere ich und rücke näher zu ihm heran. Irritiert weiten sich seine Augen, doch er öffnet die Arme, sodass ich mich ankuscheln kann.

»Worüber machst du dir Sorgen?« Aleks lässt die Notizen fallen und drückt mir einen Kuss auf den Haaransatz.

»Die Ränder unter deinen Augen werden jeden Tag dunkler und ich muss mit ansehen, dass du dir dennoch keine Pausen gönnst. Wann sind wir zuletzt ausgegangen oder haben uns gegenseitig aus einem guten Buch vorgelesen?« Es auszusprechen, hinterlässt einen tiefen Schnitt in meiner Brustregion und pustet mir blankes Frösteln über Nacken und Beine. Kurzerhand schließe ich die Augen und sammle meine Kraft für den nächsten Satz. »Ich habe Angst, dass die Hochzeit nur ein weiterer lästiger Punkt auf deiner Agenda ist.«

»Soll das ein Scherz sein?« Aleks Stimme klingt wie der Winter und noch immer habe ich den Eindruck, als würden meine Worte ihn innerlich gar nicht erreichen.

»Bitte greif es nicht als Vorwurf auf. Ich möchte es nur reflektieren, damit wir darüber re...«

»Judy, lass es gut sein! Dein spirituelles Gefachsimpel kannst du dir wirklich sparen. Hast du vielleicht schon mal überlegt, was *ich* sagen soll? Ich fahre mit dir nach *Rosy Castle*, präsentiere dir die wohl beliebteste Location der Stadt. Und deine Reaktion?«

Rigoros verabschiedet sich der letzte Rest Zärtlichkeit aus seinem Verhalten. Bestimmt lässt er von mir ab und schiebt mich wieder von sich weg.

»Jede andere Frau wäre zu Tränen gerührt und würde mir zu Füßen liegen!« Auf seiner Stirn zeichnet sich eine steile Zornesfalte ab, die Muskeln sind angespannt und insgesamt entwickelt sich die Situation komplett entgegen meiner Hoffnung. Entgegen dem, was mein Herz sich so sehr wünscht.

Ich komme mir naiv vor. Und verloren. Wann hat sich meine eigene Kraft eigentlich so heimtückisch aus dem Staub gemacht?

Immer wieder gleite ich mit den Fingern über die weichen, feinen Teppichfasern. Nicht wissend, was ich sonst tun soll.

»Ja, du hast sicher recht. Das Schloss ist ein atemberaubender Ort.« Es klingt beinahe, als würde eine andere Frau diese Silben aneinanderreihen und in den Raum werfen. Jemand, der im Grunde nichts mit mir zu tun hat.

»Wie kommst du also darauf, dass mich die Feier nur stört und dass ich die Planungen vernachlässige? Es wird alles gut werden. Bis jetzt war uns doch kein Hindernis zu hoch.« Entschlossen und siegessicher verschränkt Aleks die Arme vor der Brust und nickt einmal kräftig.

Meine Mundwinkel verziehen sich zu einem hauchzarten Lächeln. Es schmerzt.

Und für mehr fehlt mir die Energie.

***

»Was denkst du hierüber?« Viola hält mir ihr iPhone unter die Nase, auf dem Pinterest geöffnet ist.

Nachdem ich ihr am Telefon von dem gestrigen Krisengespräch mit Aleks erzählt habe, fackelte sie nicht lange und bestellte mich inklusive der Listen ins *Vegan Waffle* – unser Lieblingscafé im Hafenviertel. Es gehört Senay, einer ehemaligen Klassenkameradin, mit der wir zusammen den Schulabschluss gemacht haben. Schon früher wollte sie immer als Selbstständige in die Gastronomie einsteigen, hat von nichts anderem geschwärmt und gefühlt die halbe Schule wusste über diesen Traum Bescheid. Weil mehrere Generationen in Senays Familie ausnahmslos akademische Laufbahnen eingeschlagen haben, blockten ihre Eltern und Geschwister ihre anderweitigen Pläne allerdings lange Zeit ab. Nach dem Abschlussball verlor ich Senay aus den Augen und las eines Tages total überraschend vom *Vegan Waffle*.

Diese Frau hat es geschafft und ich bewundere sie noch heute aus tiefstem Herzen. Ihr Café ist ein wahr gewordener Traum: Durch bodentiefe Fenster hat man von nahezu jedem Platz aus eine atemberaubende Sicht auf die Elbe, die Stühle und Bänke sind mit hellbeige- und altrosafarbenen Polstern ausgestattet, an den Wänden hängen Regale, auf denen verschiedene Pflanzen stehen. Immer, wenn ich hier bin, nehme ich mir vor, häufiger herzukommen, und muss dann feststellen, dass sich der Vorsatz im Sande verläuft.

»Sieht nett aus«, kommentiere ich das Bild auf Violas Handy. Es zeigt kleine Gläschen, die mit Kaffeebohnen gefüllt sind und mit Gräsern geschmückt.

»Nett?« Sie schnauft und lässt sich wie ein Kartoffelsack in den Stuhl zurückfallen. »Nett ist die kleine Schwester von scheiße. Dabei ist das so süß und passt total zu euch!« Wehleidig presst sie die Lippen zusammen.

Eineinhalb Stunden bleiben uns noch, bis meine Spätschicht beginnt. Bedeutsame Zeit, die nicht nur mit dem Philosophieren und Diskutieren über verschiedenste Varianten von Gastpräsenten vergeudet werden darf, sondern in der ich auch eine handfeste Lösung besiegeln möchte. Zwangsläufig gebe ich ihrem Vorschlag deshalb eine Chance.

»Das passt zu uns?«, wiederhole ich und versuche krampfhaft, dieses minimalistische Geschenk mit Aleks' Extravaganz in Einklang zu bringen.

»Klaro. Es gibt auf dieser Welt kaum Menschen, die mehr Kaffee konsumieren als ich.« Wie zum Beweis hebt Viola ihren Latte mit extra Zimtpulver an. Sie ist wahrscheinlich der einzige Mensch auf unserem Erdball, der sich auch im Sommer dieses Weihnachtsgewürz bestellt. »Nur dein Verlobter und du könntet mich eventuell schlagen.«

Klammheimlich legt sich diese Aussage wie ein Schatten auf mein Herz und da ist wieder dieser Stich, der sich seinen Weg in mein Bewusstsein bahnt. Abwesend greife ich nach meinem Getränk und nehme einen großen Schluck. Spüre, wie mir die warme Flüssigkeit die Kehle entlangrinnt, wünsche, dass sie das unliebsame frostige Gefühl vertreibt.

»Judy?« Viola legt das Smartphone auf den kleinen runden Holztisch in unserer Mitte und streckt ihren Arm aus. Ganz automatisch halte ich ihr eine Hand hin, bevor sich unsere Finger ineinander verschränken. Sanft fährt sie über meine Haut.

»Was ist bloß los mit dir? Du bist in letzter Zeit so nachdenklich. Ich vermisse deine Begeisterungsfähigkeit und dein Lachen.« Wie immer spart sie sich unnötige Floskeln und kommt direkt auf den Punkt. Ihre Augen ruhen auf mir und suchen nach Antworten.

»Es ist nur ...«, setze ich an, doch dann bleiben mir die Worte im Halse stecken.

Ja, was ist eigentlich mein Problem?

»Wenn dir die Kaffeebohnen im Glas nicht gefallen, finden wir garantiert etwas Schöneres.« Jetzt drückt Viola leicht meine Finger zusammen und schenkt mir ein aufmunterndes Schmunzeln.

Karlo

»Hast du heute Abend Lust auf ein gemeinsames Essen? Wir könnten darüber quatschen, wie sich meine Technik noch verbessern lässt.« Jill tauscht ihre Tanzschuhe gegen Sneakers aus, während sich alle anderen Teilnehmenden aus meinem Modern-Jazz-Kurs längst verabschiedet haben.

»Deine Technik ist gut«, erwidere ich und stelle die benutzten Gläser in den Geschirrspüler. Jill ist seit einem halben Jahr dabei und hat die Choreografien extrem schnell gelernt. Ihre zierliche Figur und anmutigen Bewegungen lassen sie regelrecht über den Tanzboden schweben, weshalb einige der anderen Kursteilnehmerinnen damit begonnen haben, sie »Prinzessin« zu nennen.

»Sie könnte aber noch besser sein und außerdem habe ich Lust, mit dir auszugehen.« Jill erhebt sich von der Bank und streckt ihren Rücken durch, sodass sich das Oberteil aus Mesh noch enger um ihre üppige Oberweite spannt. Frech neigt sie den Kopf zur Seite und fängt meinen Blick auf.

Mir ist glasklar, dass sie absichtlich mit ihren Reizen spielt, um mich rumzukriegen, und tatsächlich entspricht sie genau dem Typ Frau, den ich bislang als mein Beuteschema angesehen habe: tough, rhythmisch, direkt.

»Karlo Sander, was muss eine Dame tun, um dich für ein Date zu begeistern?« Mit zuckersüßer Stimme nähert sie sich ein paar Schritte und bleibt dann eine Armlänge von mir entfernt stehen. Jill riecht trotz des intensiven Trainings immer noch nach Vanille und einem Hauch Sonnencreme – kein Plan, wie sie das schafft. Der Duft ist ganz okay, doch den von Judy stellt er nicht in den Schatten.

Judy riecht dezenter. Sanfter. Echter.

Kaum haben sich diese nichtsnutzigen Gedanken in meinen Nervensträngen und Synapsen eingenistet, muss ich an die Worte von Eloise und an Skrypczak denken. Im nächsten Augenblick würde ich meinen Kopf liebend gern gegen den Holztresen hämmern, um mich für diesen Unsinn selbst zur Rechenschaft zu ziehen.

Was zur fucking Hölle stimmt mit mir nicht?

Einen Moment schließe ich die Augen, versuche mich zu fangen und treffe die einzig vernünftige Entscheidung.

»Du musst nichts weiter tun«, sage ich schließlich an Jill gewandt und fahre mir mit der Hand über den Bizeps, um ihre Aufmerksamkeit auf meinen Körper zu richten. Was sie kann, kann ich schon lange. »Ein gemeinsames Essen klingt unfassbar gut.«

***

Ich öffne eine Tür zu meinem Kleiderschrank und betrachte abschätzig die Ausbeute darin. Müsste ich nicht gleichzeitig das Tanzstudio und die Wohnung finanzieren, könnte ich wesentlich öfter neue Fetzen kaufen.

Wie krass wäre es, sich einen Lebensstandard leisten zu können, in dem man nicht darauf angewiesen ist, seine Kleidung zu waschen und mehrmals zu tragen? Wenn man die Chance hätte, nach Lust und Laune alles zu kaufen, wonach einem gerade der Sinn steht.

Während ich darüber nachdenke, tauchen gleich zwei Personen vor meinem inneren Auge auf. Setzen sich gefühlt auf meine Schultern – wie Engelchen und Teufelchen.

»Du brauchst so etwas nicht, um wertvoll zu sein«, argumentiert Emely auf der einen Seite.

»So reich zu sein wie ich wird dir niemals gelingen«, sagt Skrypczak mit einem dreckigen Grinsen auf der anderen.

Ich schüttle entschlossen den Kopf. Klopfe meinen Körper ab und kämpfe gegen die stechende Eifersucht an, die sich in diesen Sekunden mit meiner Magensäure vermischt. Zusammen ergeben sie einen ekelhaften Brei, der genau das verbildlicht, was ich gegenüber Aleksander empfinde.

Nach all der Zeit. Ich verabscheue ihn. Wieso bin ich nicht in der Lage, cool zu bleiben und mein eigenes Ding durchzuziehen?

Genervt greife ich nach einem dunkelblauen Hemd, um den Schrank danach mit Schmackes zuzuschmeißen.

Ich bin dermaßen unausgeglichen und hoffe, dass mich der bevorstehende Abend mit Jill auf andere Gedanken bringt.

Judy

Weil ich den ganzen Tag unkonzentriert auf der Arbeit war, eine Kundin fast unter ihrer Modellage-Maske vergessen habe und zu guter Letzt den Kasten mit Beautypinseln in Savannahs Kabine zu Boden warf, hat sie darauf bestanden, dass ich gehe.

»Alles an dir schreit nach einem Abend für dich allein!«, meinte Savannah und packte zielstrebig meine Tasche inklusive einer hauseigenen Badekugel von *Annies Beautycenter* zusammen. Ich habe gezetert und ihr widersprochen, doch im Grunde war ich wahrscheinlich wirklich nur körperlich anwesend.

Seit Stunden kreisen meine inneren Bilder um *Rosy Castle*, kleine und große Aufmerksamkeiten für die Hochzeitsgäste, den einen besonderen Tanz, bei dem ich Aleks nicht blamieren darf, Avocado-Canapés und Karlos Aussage, dass ich offenbar langsam zu mehr Selbstvertrauen komme.

Selbstvertrauen. Was genau verbinde ich damit eigentlich? Während ich mir eine Tafel meiner Lieblingsschokolade an den Rand der Badewanne lege und das Wasser andrehe, komme ich mir ziemlich emanzipiert und frei vor. Immerhin gibt es niemanden, der mir etwas vorschreibt. Schon als Kind gaben mir meine Eltern bei allem, was ich tat, Rückendeckung und auch heute genießen Aleks und ich den Luxus, unsere Entscheidungen unabhängig zu treffen. Wir haben die nötigen Mittel, um uns die Welt nach Lust und Laune zu gestalten, und deshalb hat mir die Außenwelt niemals gespiegelt, dass ich unsicher wirke.

Zumindest niemals, bevor Karlo es gestern tat.

Immer wieder frage ich mich, warum mich seine Worte derart getroffen haben. Sie bahnten sich ihren Weg über meine Ohren mitten ins Herz und verdonnerten mich dazu, vor ihm zu weinen. Seither fühlt es sich an, als hätte ich irgendwie die Richtung verloren.

Während sich die Wanne mit dem sprudelnden Wasser füllt, schiebe ich langsam die Spaghettiträger meines dunkelroten Sommerkleides zurück und beobachte im Spiegel, wie es zu Boden gleitet. Eine Weile stehe ich so da. Betrachte meine Beine, die Taille, den Bauch. Mustere schließlich mein Gesicht.

Ich möchte sie begreifen. Möchte die Person, die da vor mir steht, mitsamt ihren Stimmungsschwankungen verstehen und genau sagen können, ob sie nun selbstbewusst ist oder nicht.

Fehlanzeige.

Da sind blaue Augen und verstrubbeltes rotes Haar, das war's.

Wie weggetreten fahre ich mit den Fingern hinauf zum Verschluss meines BHs und lasse auch ihn einfach runterfallen. Erneut ein Blick auf mein Ebenbild.

Wieder Leere und keine Antworten.

»Verdammt, wer bist du?«, kommt es zittrig und wütend über meine Lippen. Ich verschränke die Arme unter meinen Brüsten und das Herz klopft drei Takte schneller. Erst glaube ich, dass es ist, weil ich das Wörtchen *Selbstvertrauen* nicht einwandfrei für mich definieren kann. Doch der wahre Grund für meine Zerstreutheit lässt lediglich einen Wimpernschlag auf sich warten – er bricht über mir zusammen wie eine meterhohe Welle: Wenn ich ehrlich bin, ist es unwahrscheinlich lange her, seit ich mich das letzte Mal *ganz bewusst* selbst im Spiegel betrachtet habe.

Ich schlucke bedrückt. Komme mir vor, als hätte ich mich komplett aus den Augen verloren, und frage mich gleichzeitig, wie so etwas möglich ist. Ich bin ich. Kein anderer Mensch ist mir näher. Bis eben erschien es mir völlig selbstverständlich, dass ich mich aufgrund dieser felsenfesten Tatsache auch selbst am allerbesten kennen müsste.

Doch was macht mich aus?

Wann habe ich zuletzt etwas getan, das gut für *meine* Seele war? Und ... was wäre eigentlich gut für sie?

Nachdenklich streife ich meinen Slip ab, werfe Savannahs Badekugel ins Wasser und lasse mich vorsichtig in die Wanne gleiten.

Karlo

»Eine unvergleichlich gute Idee«, sagt Jill lächelnd und rückt sich ihren Rock aus silbernen Pailletten zurecht, ehe sie sich hinsetzt und ich mich ihr anschließe.

Schon der erste Blick aus dem Fenster fesselt mich gänzlich. Ehrfürchtig wandern meine Augen über das sich uns darbietende Panorama; die milden Orange- und Rottöne des Himmels tauchen Hamburg in ein fast mystisches Licht.

»Ich habe ganz vergessen, wie krass dieser Ort ist«, murmle ich. Mein letzter Besuch im *Clouds* ist inzwischen einige Jahre her und ich kann mich nicht entsinnen, dass mich die Aussicht damals ebenso geflasht hat wie gerade. Vor uns erstrecken sich die Elbe inklusive des Hafens und die Reeperbahn. In der Ferne sieht man die Elbphilharmonie. Mit einem einfachen Fingerschnipsen liefert mir dieser Moment die maßgeschneiderte Begründung dafür, weshalb ich so an meiner Heimatstadt hänge. Warum ich auf keinen Fall mit Valentino tauschen würde, auch wenn sein Beruf oftmals verlockend ist.

»Weißt du schon, was du trinkst?« Jills helle Stimme dringt in mein Bewusstsein und schwerfällig reiße ich mich vom Panorama los. Mit durchgestrecktem Kreuz und einer extrem aufrechten Körperhaltung sitzt sie mir gegenüber. Das Lächeln offenbart ihre makellosen Zähne, aber es reicht nicht bis zu den Augen. Alles an Jill erinnert mich an ein Modemagazin. An Perfektion. Ihr präzises Auftreten ist mir aus den Tanzstunden bekannt, doch für die Freizeit erscheint es mir fast ein bisschen zu einstudiert.

»Noch nicht, ich schaue in die Karte und probiere vielleicht was Neues aus.« Um meine Worte zu unterstreichen, schnappe ich mir eine von zwei Menümappen und schlage sie auf. Die angebotenen Speisen und Getränke haben komplizierte Namen, die ich zum Großteil mindestens dreimal lesen muss, um sie zu entziffern. Wenn ich mit neuen Leuten in Locations dieser Art verabredet bin, kostet es extrem viel Anstrengung, meine Legasthenie zu verbergen, doch ich bin geübt. »Und du?«

»Ich nehme einen *Midnight Melon*, ist zwar der pure Zucker, aber ein guter Starter für unseren gemeinsamen Abend muss drin sein.« Jills Grinsen wird noch ein Stückchen breiter, neckisch zwinkert sie mir zu.

»Hättest du erwähnt, dass du hier Stammgast bist, hätten wir gern woanders hingehen können.«

»Unsinn. Ich liebe das *Clouds*.«

Zur Antwort nicke ich stumm und scanne weiter die Karte. In Erinnerung an den letzten Kater entscheide ich mich für einen *TEA-Volée* – ein alkoholfreies Getränk aus Limette, Honig, Mandel, Minze, Ingwer und Soda.

»Seit wann tanzt du eigentlich professionell?« Ihre Augen versuchen, sich mit meinen zu verhaken.

»Vor zwölf Jahren habe ich damit begonnen – pausenlos Kurse belegt, Zertifikate gesammelt, ein möglichst großes Repertoire an Fähigkeiten ausgebaut.« Ein wohliges Kribbeln fährt mir durch die Glieder, als ich mir auf der Zunge zergehen lasse, wie viel ich für meine Ziele gekämpft habe. Was das Tanzen angeht, habe ich nie locker gelassen. War wie ein Fuchs, der seine spitzen Zähne in das zarte Gefieder einer Henne gebohrt hat. Angefixt und unnachgiebig.

»Du bist wirklich der Beste«, säuselt Jill nun mit gesenkter Stimme und ich spüre, wie sie mit ihren High Heels meine Waden entlanggleitet.

»Genug von mir. Erzähl lieber mal, was dich ausmacht und womit du deine Zeit verbringst, wenn du dich nicht gerade in meinem Kurs als Musterschülerin beweist.«

Sie lacht in einer quietschenden Frequenz auf und fächert sich mit einer Hand Luft ins Gesicht. Währenddessen hoffe ich, dass meine Mimik nicht so schief und aufgeklebt aussieht, wie sie sich anfühlt.

»Ich arbeite als Influencerin und helfe Menschen, abzunehmen. Jeden Morgen mache ich eineinhalb Stunden Yoga, dreimal wöchentlich trainiere ich im Fitnesscenter, zweimal bei dir in der Tanzschule und zwischendurch versuche ich, Outdoorsport einzubauen.« Sie tastet nach ihrem Dutt, aus dem keine einzige Haarsträhne hervorblitzt. »Du weißt schon, wegen der frischen Luft – die ist sehr wichtig für die Gesundheit, für Haut und Haar.«

Angestrengt suche ich nach einer passenden Antwort, doch in meinem Kopf herrscht absolutes Chaos. Ich habe keinen Plan, wie man solch einen straffen Zeitplan durchhalten kann, ohne völlig wild zu werden. Wo bleibt dabei der Genuss im Leben? Die Entspannung?

Als ein Kellner mit stilvollem schwarzem Outfit unsere Getränkewünsche aufnimmt, bestelle ich mir zur Sicherheit doch einen Schnaps dazu.

***

Nach einer unbestimmten Zeit, spätestens aber, seit Jill mich gefragt hat, ob das Waldpilzragout auf meinem Teller nicht zu viel des Guten ist, geht uns der Gesprächsstoff endgültig aus. Mit gerunzelter Stirn mustert sie mich und stochert dabei angespannt in ihrem Endivien-Kräuter-Salat herum. Zuerst ist mir nach Lachen zumute, weil ich glaube, dass sie scherzt, doch ich hätte es besser wissen können. Ihr fragender Gesichtsausdruck will einfach nicht weichen und verbrennt schlussendlich den letzten Hoffnungsschimmer auf einen guten Abend zu Asche. Klar ist es absolut okay, wenn eine Person sehr genau darauf achtet, was und wie viel sie isst, aber sich auf die Weise, wie Jill es tut, in die Gewohnheiten anderer einzumischen, hisst für mich eine Red Flag. So etwas erinnert mich sofort an Emelys Zeit als Teenagerin, in der sie magersüchtig war und die Krankheit wie ein schwarzer Mantel über ihrem Alltag gelegen hat. Letztlich haben die Auswirkungen dieser beschissenen Phase unsere gesamte Familie betroffen. Ich weiß, dass kleinste Andeutungen und Nachfragen bezüglich des Essens zu ewigen Grübeleien und depressiven Phasen führen können, dass sie die Symptomatik im schlimmsten Fall von jetzt auf gleich weiter vertiefen. Salz in offene Wunden streuen. Bodyshaming ist nicht immer offensichtlich.

Manchmal verkleidet es sich heuchlerisch und tarnt sich mit gesellschaftlicher Akzeptanz. Ich meine: Was ist denn schon so schlimm an einer einfachen Frage?

»Ich fand das eben nicht so cool«, sage ich auf die Gefahr hin, mich in Jills Wahrnehmung vom besten zum spießigsten Tanzlehrer Hamburgs zu verwandeln. Meine angepissten Gedanken allein helfen wohl nicht, um diese Welt zu sensibilisieren. Man muss seinem Gegenüber schon eine Chance geben.

»Was meinst du?«

»Deine Frage eben.« Ich zeige auf den Teller, der inzwischen leer vor mir steht. »Wenn du jemanden fragst, ob er das Essen wirklich aufessen will, implizierst du damit, dass seine oder ihre Figur und der dazugehörige Lifestyle möglicherweise nicht in Ordnung sind. Die andere Person kann dadurch extreme Selbstzweifel bekommen und verunsichert werden.«

Jills Augen weiten sich. Dann bricht sie in schallendes Gelächter aus. »Karlo, was du da sagst, ist absolut unmännlich!« Sie prustet und hält sich mit einer Hand den Bauch. Dann greift sie nach einer Serviette und tupft sich damit unter den Augenlidern entlang. Schwarze und beige Farbe bleiben daran haften. »I mean: Jeder weiß doch, dass sich Sex-Appeal verdient werden muss, und es ist nicht hot, wenn sich ein Mann gehen lässt.«

»Ich lasse mich in deinen Augen gehen, weil ich mein bestelltes Essen aufesse?«

»In gewisser Weise schon. Du hattest zusätzlich die Getränke und sicher auch ein gutes Frühstück.«

Ein paar Sekunden verliere ich die Sprache. Hänge an Jills Lippen, unfähig zu realisieren, was sie eben für einen Irrsinn von sich gegeben hat. Nie zuvor habe ich einen Abend mit einer Person verbracht, bei der die Chemie so absolut gar nicht gepasst hat, wie gerade.

»Du hast recht«, erwidere ich schließlich und gebe unserer Bedienung beiläufig ein Handzeichen. Sofort nähert sie sich. »Und da ich erwachsen bin und niemanden brauche, der mein Essverhalten dokumentiert und kommentiert, bin ich so frei und bestelle mir jetzt noch das Spaghettieis. Die werden hier direkt am Tisch gepresst und es wäre eine Schande, würde ich es nicht kosten.«

Der Kellner nickt und tippt meinen Wunsch in das Tablet ein. Dann wirft er Jill einen schnellen Blick zu, deren Kinnlade heruntergeklappt ist und die mich auf eine Weise fixiert, als wäre sie eine Motte und ich das Licht. Nur weitaus argwöhnischer. Und angewidert. Ohne ein weiteres Wort scheint er die angespannte Stimmung zu spüren und huscht wieder in Richtung Bar.

»Ist das dein verdammter Ernst?« Sie verkrampft ihre Finger so fest in der Serviette, dass die Knöchel weißlich hervortreten. Von Sekunde zu Sekunde sinkt die Temperatur im Raum und erreicht mehrstellige Minusgrade. Jills sonst ebenes Antlitz ist von einer Zornesfalte durchzogen, ihre Lippen sind vom Zusammendrücken schon ganz blass.

»Ich kann mir ehrlich nicht vorstellen, dass es dir selbst guttut, es persönlich zu nehmen, wie ich mich ernähre«, antworte ich gelassen und deutlich. »Mehr habe ich nicht zu sagen und damit dir der katastrophale Anblick meines Desserts erspart bleibt, würde ich dir empfehlen, jetzt zu gehen.«

***

»Lasst euch fallen, genießt, wie der Song euer Blut in Wallung bringt, erlaubt euch, den Verstand in den Hintergrund rücken zu lassen!« Mein Blick schweift über die Tanzgruppe und zufrieden stelle ich fest, dass niemand mit angespanntem Gesichtsausdruck auf meine Regungen achtet, um sie zu imitieren. Zum Teil schließen die Teilnehmenden die Augen, werden eins mit der Musik und erinnern mich ganz beiläufig an meine tiefe Leidenschaft für diesen Beruf. »Sehr gut! Gleich geht's los. Stellt euch vor, ihr tanzt an eurem absoluten Lieblingsort. Auf Hawaii zwischen Palmen und danach ein *Shave Ice*?« Einige lächeln. »Oder im eigenen Wohnzimmer? Allein? Zu zweit? Vielleicht riecht es nach vollmundigem Kaffee, vielleicht nach frisch gemähtem Rasen, weil ein Fenster offen steht?«

Ich atme selbst zweimal tief durch. Stelle mir zwanghaft vor, wie ich allein bei strömendem Regen durch die Stadt tanze, während sich alle anderen längst in ihren Wohnungen und Häusern verschanzt haben.

Das war immer mein Lieblingsort.

Meine Traumvorstellung, mich beim Tanzen gehen zu lassen. Und es ist abgefuckt festzustellen, dass es inzwischen eine andere Erinnerung gibt, die mich tausendmal heftiger in ihren Bann zieht und jede Faser meines Körpers elektrisiert.

»Okay. Action!«

Ich stelle *Toca Toca* von Fly Project an und lasse mir vom Beat die Sinne vernebeln. Dass der Kurs den Rhythmus fühlt, bemerke ich ab diesem Punkt nicht mehr durch die Beobachtung ihrer Mimik oder durch den Scan ihrer Körperhaltung. Ich spüre es, höre es, weil wir gemeinsam auf den Tanzboden treten und den Raum ausfüllen und dazu nutzen, um aus Einzelteilen eine Einheit zu kreieren. Wer mit Leib und Seele tanzt, verbindet sich mit seinem Nachbarn, mit der Energie im Raum, mit dem Ursprung und dem Jetzt zugleich.

Im *Fall and Recovery* lösen wir ganz bewusst alle Muskeln im Oberkörper, nutzen den Schwungmoment, um in die nächste Figur überzugehen und eine doppelte Drehung anzuhängen.

Das Studio bebt, mein Herz rast und die Körpertemperatur steigt um ein Vielfaches an.

Auch nach der Choreografie dauert es noch einige Sekunden, bis der Rausch nachlässt und meine Schülerinnen und Schüler applaudieren, wie bei jedem letzten Tanz einer Übungsstunde. Ich klatsche ebenfalls anerkennend, genieße das Feuer, das weiterhin durch meine Adern rinnt, und wähle schließlich eine chillige Playlist aus. Mit den Songs im Hintergrund strömt die Gruppe langsam auseinander, Einzelne quatschen noch miteinander, andere bedanken sich und verlassen das Gebäude. Indessen stiehlt sich ein Lächeln auf meine Lippen, das die tiefe Zufriedenheit nach einem guten Tanz verrät, und trotz der physischen Anstrengung fühle ich mich wach und erholt.

»Braucht von euch noch jemand etwas zu trinken?«, frage ich einige der Mädels, die zum Teil mit hochrotem Gesicht und schweißnasser Stirn ihre Schuhe wechseln, ernte jedoch lediglich fröhliches Kopfschütteln. Also wende ich mich zum Gehen mit einer gelösten Drehung um die eigene Achse, was sie kichern lässt, nur damit meine Augen sofort einen einzelnen Punkt fixieren. Einen, den ich in diesem Moment nicht erwartet habe.

»Waren wir nicht erst am Nachmittag verabredet?« Nachdenklich fahre ich mir mit den Fingern übers Kinn und überschlage grob, wie lange Freddy ohne Fressen auskommen muss, sollte ich die Stunde mit Judy vorziehen.

Zu lange.

Alarmiert presst sie die Lippen aufeinander.

»Shit, habe ich es verplant?«

»Keine Ahnung, vielleicht habe ich's mir auch einfach falsch eingetragen. Aber wir kriegen das hin.« Noch während des Sprechens tippe ich eine Nachricht an Emely. Sicher wird sie nichts dagegen haben, die Flauschekugel heute einmal zu versorgen.

»Wie geht es dir?« Mein Blick gleitet an Judys Wangen entlang, über ihre Haare und den Nacken, bis die Stimme der Vernunft zu mir durchdringt und mich zurechtweist.

Kapitel 9

Judy

Nachdem Karlo eine Weile Nachrichten hin- und hergeschickt hat, schaut er mich mit hängenden Schultern an.

»Emely ist mit einem Kurs unterwegs, sie kann leider nicht einspringen.« Er zieht die Brauen nach oben. »Ich muss zu Freddy.«

»Freddy?«

»Meine Mitbewohnerin. Sie kann sich leider nicht selbstständig versorgen.«

Sie? In meinem Kopf ploppen sämtliche Fragezeichen auf, doch leider fällt mir keine passende Antwort ein, die nicht versehentlich übergriffig sein könnte. Noch dazu irritiert mich Karlos schelmisches Grinsen und mir war gar nicht klar, dass er in einer WG lebt. Oder ... in einer bisher verschwiegenen Beziehung?

»Okay«, stammle ich. »Dann fahre ich zurück, ich konnte heute zum Glück das Auto nehmen.«

Er zuckt mit den Schultern. »Wir müssen die Stunde nicht ausfallen lassen, so lange dauert es nicht.« Rasch schnappt er sich seine Autoschlüssel. »Kommst du mit oder möchtest du hier warten?«

Er würde mich ernsthaft allein in seinem heiligen Territorium lassen? Mir stockt der Atem und ich spüre, wie sich heimtückische Röte auf mein Gesicht stiehlt.

»Ähm.« Die Welt dreht sich im Turbomodus.

»Ansonsten ...« Er nickt mir zuversichtlich zu. »Du wirst sie mögen.«

Ohne richtig zu begreifen, krächze ich zaghaft und folge ihm zur Tür, wo er hinter uns abschließt und wir wortlos ins Cabrio steigen.

»Denkst du nicht, es könnte Freddy unangenehm sein, wenn du einfach so

Gäste mitbringst?« Unsicher halte ich mich mit dem Aufheulen des Motors am Griff fest und mache mir bewusst, dass ich an Freddys Stelle vermutlich nicht sonderlich begeistert über spontanen fremden Besuch wäre. »Ich warte besser in deinem Wagen.«

Karlo antwortet nicht. Stattdessen beobachte ich heimlich von der Seite, wie sich seine Grübchen vertiefen und die Mundwinkel konsequent oben bleiben. Sein Bart umrahmt die Wangenknochen, die Lippen sind voll und schimmern rötlich unter seinem Lächeln.

»Ich glaube, du hast eine blühende Fantasie, Judy«, sagt er plötzlich, ohne den Blick von der Straße zu heben.

Dass er nur mit einem Arm das Lenkrad führt, bringt seine durch Tanz definierten Muskeln zum Vorschein und lässt mich schlucken.

»Wie kommst du darauf?«

»Du bist mit deiner Aufmerksamkeit wieder im Kopf. Machst dir Gedanken um das, was auf dich wartet. Und an deiner Reaktion merke ich, dass du vermutlich Überlegungen anstellst, die fernab der Realität liegen.« Er schickt mir einen blitzschnellen Seitenblick. »Das ist okay. Sicher auch eine Gabe. Aber warum versuchst du es nicht mal mit positiven Bildern im Kopf?«

Dieser Mann bringt mich völlig aus dem Konzept. Neben ihm fühle ich mich wie etwas Durchsichtiges. Wie ein Schaufenster, das ihm wie selbstverständlich präsentiert, was dahinter verborgen liegt.

Pikiert verschränke ich die Arme. »Think pink ist meine Stärke.«

Er lacht auf. »Alles klar. Dann vertrau mir, wenn ich dir sage, dass Freddy sich sicher über deinen Besuch freuen wird.«

***

Wenig später stehe ich im Türrahmen einer Küche, die in einem Mix aus Landhausstil und Vintage eingerichtet ist. An den Wänden hängen Weinkisten, in denen Karlo seine Vorräte aufbewahrt: hohe Gläser mit unterschiedlichen Nudelsorten, Müsli, Nüssen und ...

»Katzenfutter?« Ungläubig stemme ich die Fäuste in die Taille und beobachte ihn, wie er eine Dose mit Filetstücken öffnet. Kurz darauf schleicht etwas Weiches um meine Beine, huscht hinüber zu Karlo und maunzt einmal lang gezogen. »Ist das ...?« Mir bleibt der Mund offen stehen.

Karlo dreht sich mit einem extravaganten Move um die eigene Achse, zwinkert und streicht mir im Vorbeigehen einmal sanft über den Oberarm.

»Ja, das ist Freddy. Ich habe doch gesagt, sie wird sich freuen.« Während er das Futter im Flur in einen Napf gibt, wandern meine Finger an die Stelle seiner Berührung und der Kopf arbeitet auf Hochtouren, um ein logisches Bild aus all meinen Gedankenfetzen zu puzzeln.

»Du hast Spaß daran, mich zu veräppeln.« Etwas beleidigt gehe ich in die Hocke, doch bin zufrieden, als Freddy Karlo daraufhin mit Ignoranz beschenkt und in einem Satz auf meinen Oberschenkeln landet. Ihr Fell ist watteweich, die Augenfarbe erinnert mich an die ihres Besitzers. »Was für ein flauschiger Schatz.« Wie von selbst streicheln meine Hände Freddy und sie reibt ihr Köpfchen an mir.

»Dass sie Gäste dem Futter vorzieht, ist neu.«

»Sicher entschuldigt sie sich bei mir für dein uncharmantes Verhalten.«

»Uncharmant?« Karlo schnaubt belustigt. »Scherzen ist gut für die Seele.«

»Gibt es eine Studie, die das belegt?« Ich kann nicht widerstehen und vergrabe meine Nase für einen kurzen Moment in Freddys Fell.

»Reine Selbsterfahrung.« Er deutet mit beiden Händen auf sich, greift dann nach der leeren Dose und spaziert zurück in die Küche. Ich bin dankbar, dass er mein Lächeln nicht registriert.

»Kann ich dir etwas zu trinken anbieten oder wollen wir direkt wieder zurück?«

Direkt zurück, sagt mein Verstand.

Doch das freundliche Tier, das mir nun mit der rauen Zunge über die Haut fährt, und die gemütliche Atmosphäre in Karlos Wohnung weichen meine Konsequenz auf.

Karlo

»Freddy ist ein männlicher Vorname, bereits im Mittelalter vertreten, und bedeutet sowohl *der Beschützende, der Friedliche* als auch *mächtiger Herrscher.*« Triumphierend lässt Judy ihr Handy sinken, mit dem sie die letzten Minuten recherchiert hat, und wendet sich meinem Bücherregal zu. Ihr Zeigefinger fährt über die Buchrücken. »Bleibt also die Frage: Wieso hat deine Katze keinen weiblichen Namen? Kitty? Fee? Snowball?«

»Dein Ernst? Kitty? Warum dann nicht gleich schlicht und ergreifend *Katze?*« Ich zwinge mich zu einem unbefangenen Lachen, das überspielen soll, wie es mich plötzlich aufwühlt, sie in meinen vier Wänden zu wissen. Doch es bleibt mir fast in der Kehle stecken.

Judy zischt abfällig. »Ein typischer Mister-Grumpy-Move: Lieber auf mir rumhacken, als die eigentliche Frage zu beantworten.« Ihr Profil verrät, dass sie eingeschnappt die Lippen spitzt, und obwohl mir inzwischen bewusst ist, dass sie diesen Spitznamen als Waffe gegen mich ausspielt, schützt mich dieses Wissen nicht vor der Wirkung.

»Wirst du je aufhören, mich so zu nennen?« Ohne es zu wollen, ziehe ich auch einen Schmollmund. »Freddy heißt Freddy, weil wir anfangs dachten, sie sei ein Kater. Emely hat sie auf der Straße gefunden, da war sie wenige Wochen alt und selbst die Aussagen der Tierärztin waren mehr Roulette als eine Garantie.« Ich fange Judys Blick ein, aus dem sich ihr pöbelnder, frecher Anteil schlagartig verflüchtigt. Im Tausch bleibt tiefes Mitgefühl und ich kann fast hören, dass sie sich innerlich ausmalt, in welchem Zustand Freddy wohl war, als wir sie damals kennengelernt haben.

Auch wenn Judys sensible Art in meinen Augen etwas Besonderes ist: Der Tag ist zu schade, um ihn mit Sorgen aus der Vergangenheit herunterzureißen. Zum Glück ist es mir ein Leichtes, sie davon abzubringen; gar kein Problem. Weil ich mittlerweile genau weiß, wie ich sie kriege, wird es in etwa so easy, wie sich einen Ohrwurm von Helene Fischers *Herzbeben* einzufangen oder sich beim Essen von Schokoerdbeeren das helle Shirt einzusauen. Selbstsicher zucke ich mit den Schultern. »Und wenn du genau nachforschst, wirst du feststellen, dass ihr Name ein anerkannter Unisexname ist. Er wird lediglich meist für Männer verwendet.« Gespannt beobachte ich, wie ihre Augen schmaler werden und mir den Beweis liefern, dass der Plan funktioniert. »Ist quasi Allgemeinwissen«, setze ich noch einen drauf.

»Okay.« Sie stemmt eine Hand in ihre Taille. »Also lieber *Mister Smartass* als *Mister Grumpy*?«

»Pass bloß auf, dass dich nicht gleich ein Kissen erwischt!« Am liebsten würde ich aufspringen und sie durchkitzeln, aber weil die Energie zwischen uns plötzlich so aufgeladen ist, dass man sie fast ertasten kann, halte ich mich zurück. Bin sogar dankbar über jeden Zentimeter Distanz, der uns trennt und mir die Gelegenheit gibt, meine Impulse zu zügeln. Judy hüstelt und stemmt die Hände in den Rücken, um ihn einmal durchzustrecken. Rastlos wirft sie einen weiteren Blick auf mein Bücherregal. Erweckt den Hauch einer Ahnung, dass es ihr gerade ähnlich geht, doch ehe ich diesen Gedanken bis zum Ende spinnen kann, durchquert sie das Wohnzimmer und lässt sich mit größtmöglichem Abstand neben mich aufs Sofa fallen.

Scheiße, verdammt. Als Mister Grumpy war es irgendwie einfacher. Mit aller Kraft unterdrücke ich das Bedürfnis, aufgeregt mit dem Bein zu wippen, und stelle fest, dass es unfassbar anstrengend ist, die Gesichtsmuskulatur absichtlich zu entspannen und gleichzeitig nicht minder natürlich rüberzukommen.

»Du scheinst sehr gern zu lesen.« Sie deutet auf *Der Alchimist*.

»Der Eindruck täuscht.« Ich nehme einen großen Schluck Wasser. Dann noch einen. Zögere das mir blühende Gespräch, das sich mit Judys fragender Miene abwechseln wird, mit allen Mitteln hinaus.

Ob ich in der Küche verschwinden sollte, um uns random einen Snack zu machen? Oder lieber Magenkrämpfe vortäuschen und das Treffen auf Eis legen?

Jap. Unter Hamburgs knapp zwei Millionen Einwohnern zähle ich vermutlich zu den Top Ten der größten Schisshasen. Eine Hypothese, die durch mein Bein, das inzwischen munter auf- und abzappelt, mit drei fetten roten Ausrufezeichen bestätigt wird.

Am liebsten würde ich laut über mich selbst stöhnen, immerhin haben sich sämtliche Leute in meinem Umfeld längst daran gewöhnt, dass meine Rechtschreibung und mein Vorlesevermögen katastrophal sind. Die Legasthenie wirkt für sie nur noch wie eine Sehschwäche. Oder wie frühzeitig ergrautes Haar.

Warum, zum Teufel, ausgerechnet jetzt dieser Hirn-Rambazamba?

»Also liest Freddy all die Bücher?«

Da ist er. Mein Ausweg auf dem Silbertablett. Jetzt einfach eine genauso ironische Antwort aus dem Hut zaubern, ein bisschen lachen und dann das Thema wechseln.

»Kennst du das?«, stelle ich eine Gegenfrage und greife nach Coelhos Werk. Wirklich jetzt? Sind bei mir denn echt *alle* Sicherungen durchgeschmort?

Mein Intellekt verabschiedet sich. Schubst mich im Vorbeigehen tiefer ins Labyrinth und lässt die Tür, die Judy mir netterweise geöffnet hat, mit einem abgehobenen Mundwinkelzucken ins Schloss fallen.

»Leider nicht. Auch wenn es für viele eine Pflichtlektüre ist.« Sie kichert verlegen und ich schaue von *Der Alchimist* zurück zu ihr.

Sofort umgibt mich friedvolles Blau wie ein Bergsee, nimmt mich in sich auf und treibt mit mir in andere Sphären. Innerlich spielt sich unsere erste gemeinsame Tanzstunde im Filmformat ab. Ich sehe ihre beschämten Blicke, spüre, wie sie mir immer und immer wieder auf die Füße tritt. Und während ich mir bewusst mache, dass sie sich in ihren Schwachstellen offenbart und dadurch Stärke beweist, fasse ich einen Entschluss.

Völlig planlos und intuitiv räuspere ich mich und klappe die Stelle im Buch auf, an der ich beim letzten Mal aufgehört habe, mich durch die Sätze zu forsten. Registriere im Augenwinkel, dass Judy sich mir mit dem Oberkörper zuwendet. Atme tief durch.

Beginne zu lesen.

Verhasple mich.

Starte einzelne Wörter von vorn.

Gehe durch die Hölle, weil ich keine Ahnung habe, was sie hiernach von mir denkt.

Und fühle mich mehr und mehr mit ihr verbunden, je weiter meine Funktion als unfehlbarer Tanzlehrer in den Hintergrund rückt. Verblasst.

Seit der Schulzeit habe ich nicht mehr laut aus einem Buch vorgelesen. Jede Buchstabenreihe ist ein neues Hindernis, das mich hässlich anstarrt und einzig mit gesammelter Kraft zu überwinden ist.

Aus zwei Seiten werden fünf. Dann zehn.

Irgendwann legt Judy behutsam ihre Hand auf meine Schulter. Ihre Miene, die leicht geöffneten Lippen und geweitete Lider erzählen von Verständnis und von noch etwas, was ich nicht deuten kann. Weil ihr eine Locke in die Stirn gefallen ist, fahre ich versehentlich mit den Fingern durch ihr Haar und streiche es hinters Ohr zurück.

Sie rührt sich nicht, doch ihr Atem geht stoßweise und als mir auffällt, dass ihre Augen meinen Mund fixieren, durchfahren mich Blitze und der Puls schnellt in die Höhe.

Alle Konturen des Raums um uns herum sind längst verloren. Ich sehe nur noch sie. Höre meinen eigenen Herzschlag. In Zeitlupengeschwindigkeit neigt sich Judy zu mir herüber und in dem Moment, in dem ich Halt auf ihrem Knie finden will, fällt Paulo Coelho zu Boden. Mit einem Getöse und Krawall, das an ein komplettes Orchester erinnert.

Freddy springt auf.

Judy zuckt zusammen.

Und während das Ensemble in meinem Hirn nun eine schiefe Hymne auf den Autor anstimmt, der mir den Arsch gerettet hat, beiße ich mir derart auf die Innenseite meiner Wange, dass ich sie sicher zerfleische.

»Wir sollten zum Studio zurückfahren. Sonst wird es zeitlich mit dem Paar-Tanzkurs heute Abend zu knapp.« Beim Sprechen schmeckt mein Speichel metallisch.

Judy

Wir drehen uns in atemberaubender Geschwindigkeit, Karlo wirbelt mich nur so durch den Raum. Würde ich ihn nicht mittlerweile kennen und wissen, dass er mich hält, müsste ich fürchten, jeden Moment Bekanntschaft mit dem Fußboden zu machen. Er ist energisch, sein Griff fester als an allen Tagen zuvor. In dem Augenblick, als ein neuer Schub Endorphine in mein Blut schießt, schließe ich zum ersten Mal beim Tanzen die Augen und lasse mich treiben.

Leiten.

Von Karlo führen.

Meinen eigenen Beinen vertrauend.

Es ist wie ein Rausch. Wie die Talfahrt auf einer Wildwasserbahn und mein Bauch füllt sich mit Millionen kleinen Glücksfunken.

Aus den Boxen erklingt *Hungry Eyes* von Eric Carmen und ich wünschte, dass das Lied niemals endet. Karlos Hände sind warm, sein markanter Geruch nach Zedernholz inzwischen vertraut.

Genau *jetzt* fühle ich mich meiner Definition von Selbstvertrauen nah. Ich spüre mich von den Haarspitzen bis in den kleinen Zeh selbst, komme mir unwahrscheinlich weiblich und stark vor.

Plötzlich neigt Karlo meinen gesamten Körper zurück, stützt ihn mit seiner bloßen Muskelkraft. Ich sehe nichts und fühle alles. Während ich meine Arme ausstrecke, bin ich ein glühender Stern der Galaxie, die irdische Welt verschwimmt mit dem Bass und meine Haut prickelt.

Dieses Gefühl ist das schönste, was ich bisher erlebt habe. Vollkommen. Ganzheitlich. Stellt jedes künstliche Euphorikum in den Schatten, da bin ich sicher.

Leiser werdende Töne läuten das Finale ein und als der Song stoppt, stehe ich eng umschlungen mit Karlo da. Meinen Rücken an seinen Bauch und seine Brust gepresst.

Er hält mich.

Ich spüre seinen schnellen Atem an meinem Ohr, der sich den Rhythmus mit meinem teilt und pure Ekstase versprüht.

Keine Ahnung, wie viel Zeit verstreicht, ehe ich die Augen öffne.

»Das war ... unglaublich.«

»Du hast es, Judy.«

Noch immer lassen wir einander nicht los und es fühlt sich richtig an.

»Ich denke, es wird Zeit, dass du Aleksander mitbringst.« Karlo schluckt. »Um die Schritte auch mit ihm gemeinsam auszuprobieren.«

Aleks.

In Windeseile löse ich mich aus der innigen Berührung.

Dann stehen wir uns gegenüber und keiner sagt mehr ein Wort.

***

»Der will doch sicher nur sein Geld eintreiben«, grummelt Aleks und dehnt seine ineinander verschränkten Finger.

»Ich finde, es ist eine coole Idee, dass wir auch zusammen ein bisschen trainieren. Kann dem Hochzeitstanz nicht schaden, oder?«

»Hm.« Nachdenklich kreuzt er nun seine Arme vor dem Oberkörper.

Ich rechne damit, dass er mir jetzt verdeutlicht, dass er, im Gegensatz zu mir, keine Tanzstunden benötigt. Doch stattdessen lässt er sich in die Couch zurückfallen. Betrachtet erst die Wohnzimmerdecke und dann mich.

»Okay, wir machen's. Du hast recht.«

Diese zwei Sätze von ihm sind genug Zutaten, um ein Emotionspüree in mir zu kochen. Ich freue mich, dass er sich bereit erklärt, gleichzeitig macht mich die Vorstellung an unseren ersten *richtigen* gemeinsamen Tanz nervös.

Reiß dich zusammen, Judy. Er ist dein Geliebter. Der Mann an deiner Seite. Was du mit einem fremden Tanzlehrer schaffst, kannst du mit Aleks erst recht!

Ich rücke etwas näher an ihn heran und lasse mich schließlich mit dem Kopf auf seinen Schoß sinken.

»Das wird schön«, flüstere ich. Weiß nicht, ob ich mir selbst trauen kann. So, als hätte ich zwei Mojitos auf leeren Magen intus, die die Linien zwischen klugen und naiven Entscheidungen zuverlässig verschwimmen lassen.

Nur, dass ich stocknüchtern bin.

Aleks nickt langsam, als sich mir erneut eine ganz bestimmte Frage aufdrängt. Mein Herz klopft und ich taste nach seiner Hand. Halte sie fest.

»Du, Aleks?«

»*Laleczko?*«

Drei, zwei, eins. »Findest du mich selbstsicher?«

»Klar.«

»Was bedeutet das überhaupt?« Die Muskeln in meinen Beinen erhärten sich. »Also, natürlich weiß ich, was darunter zu verstehen ist. Nur wi...«

»Warum fragst du dann?« Leicht, nahezu unmerklich, beginnen seine Mundwinkel zu zucken. »Du bist eine schöne Frau, sexy, beliebt. Solche Sorgen hast du nicht nötig.« Mit den Fingerspitzen fährt er mir über die Wange, dann über mein Ohrläppchen bis hin zum Haar.

Ich bin wie erstarrt und noch dabei, den letzten Rest meiner Frage herunterzuschlucken, während er langsam meine Locken einwickelt. Mir auf den Mund starrt. Im nächsten Moment beugt er sich herunter und schließt die wenigen Zentimeter zwischen uns.

Kapitel 10

Karlo

Schweißgebadet renne ich mir die Seele aus dem Leib, will immer weiter, immer schneller.

Ich nehme nicht mehr wahr, welche Musik mir gerade über Kopfhörer in die Ohren dringt und an wie vielen Personen ich hier an der Alster vorbeilaufe. Seit Stunden wütet ein Sturm in mir und dieser Sturm lässt sich nur mit grenzenloser Erschöpfung bezwingen.

Jedes Mal, wenn mir erneut die Erinnerung an den letzten Tanz mit Judy in den Sinn schießt, zwinge ich mich zu noch mehr Tempo. Auch als ich Seitenstechen bekomme und meine Beine mich anflehen zu kapitulieren.

Kirschrote Lippen.

Schneller.

Ein Sternenmeer aus Sommersprossen.

Schneller.

Dieser engelsgleiche Gesichtsausdruck, als sie mir beim Wiener Walzer endlich die völlige Kontrolle überlassen hat. Dieser Moment, der Blitze in meiner Bauchregion freiließ und mir Hören und Sehen vergingen. In mir ist unvorhergesehen ein Feuerwerk explodiert und die Erinnerung daran nistete sich starrsinnig in alle Zellen ein. Während mein Herz sich aufführte, als wäre ich mit dreizehn zum ersten Mal verknallt, bahnte sich in meiner Hose noch was ganz anderes an. Gab mir den Rest.

So darf es auf keinen Fall weitergehen.

Jegliche Empfindungen in diese Richtung müssen vertrieben werden. Von Anfang an habe ich mir fest vorgenommen, nichts für die Frau von Aleksander Skrypczak übrig zu haben, und auch nach der vergangenen Zeit und gemeinsamen Stunden bin ich kein Stück bereit, von diesem Plan abzurücken.

Nicht einen einzigen lausigen Millimeter.

Ich überschlage mich fast, presse die Kiefer zusammen und sage dem letzten Rest Energie den Kampf an. Meine Lunge hat sich in loderndes Feuer verwandelt, jeder einzelne Schritt schmerzt.

Erst am Fuße der Kennedybrücke, auf der Seite des *Atlantic*, bleibe ich stehen. Umfasse das metallische Geländer – im Gegensatz zu meinem überhitzten Körper hat es sibirische Temperaturen. Für ein paar Atemzüge habe ich den Eindruck, dass der Kopf tatsächlich leiser wird und Ruhe gibt. Mein Blick schweift über das Wasser unter mir, etwas entfernt treiben Segelboote umher.

Wann, zur Hölle, hat meine Welt damit begonnen, sich so rasant zu drehen? Ich schließe die Augen. Atme frische Luft und spüre, wie sich der Puls wieder reguliert. Parallel dazu katapultiert mir mein Hirn erneut Bilder von roten Locken ins Bewusstsein. Gibt mir ausdrücklich zu verstehen, dass dieses Duell noch nicht beendet ist. Doch ich werde nicht aufgeben.

Nicht in dieser Sache.

***

Als mir am nächsten Tag die Sonne ins Gesicht scheint und mir vorheucheln will, dass die Welt in Ordnung ist, ziehe ich die Bettdecke bis über die Augen. *Vergiss es, Leben. Auf diese Finte falle ich nicht herein.*

Sobald es zu stickig wird, werfe ich den Stoff zurück und schnappe mir mein Handy.

Muss für heute absagn füle mich nicht gut.

Ohne zu zögern, schicke ich die Nachricht ab. Der Impuls, das Foto zum unzähligsten Mal anzugucken, auf dem sie mit einem aufgepeppten Coffee to go im alten Elbtunnel steht und breit in die Kamera grinst, hängt sich wie Blei an meinen Körper. Zieht mich noch tiefer ins Loch, aber ich widerstehe. Offensichtlich habe ich mich da in etwas ganz Beschissenes hineingeritten, das ich nur mit kaltem Entzug wieder in den Griff bekommen kann. Muss.

Spontan beschließe ich, auch alle weiteren Kurse in den Wind zu schießen, und informiere Eloise, dass sie heute den kompletten Tag sturmfrei haben wird. Die sämtlichen Fragezeichen, die keine Sekunde später auftauchen, lasse ich einfach so stehen.

Mir gehört das Tanzstudio. Ich bin schlicht niemandem eine Erklärung schuldig. Und war es nicht immerhin meine Kollegin, die mich von Anfang an vor zu viel Kontakt mit Judy gewarnt hat? Jetzt gibt es Grund zur Freude. Sie kann klatschen. Eine Party schmeißen. Whatever.

Dieser Tag wird mir helfen, wieder klar zu denken und alle abwegigen Gefühle abzuschütteln. Vielleicht räume ich die Wohnung ein bisschen auf oder besuche meine Eltern.

Eins ist in diesem chaotischen Müllhaufen von Leben jedenfalls klar: Alle Türen stehen sperrangelweit offen für den gefassten, professionellen, unantastbaren Mister Grumpy. Möge er über einen ausgerollten roten Teppich zu mir schreiten und meinen verdammten Schädel endlich zurück auf den Boden der Tatsachen holen. Wenn nötig, organisiere ich für seine große Rückkehr sogar Livemusik und Champagner.

Judy

Enttäuscht lasse ich mein Smartphone sinken und öffne die Balkontür, um mich auf einen der Stühle zu kauern und die frische Luft einzuatmen. Die vertrauten Klänge der Stadt – Motorengeräusche, Glockenläuten und Fahrradklingeln – verraten mir, dass Hamburg wach ist. Ein milder Windzug lässt mir meine Haare ins Gesicht fliegen, bis es an der Nasenspitze kitzelt.

Meine Vorfreude auf die nächste Tanzsession hat mich wie ein Flummi aus dem Bett springen lassen und nach Karlos Absage muss ich mir nun überlegen, wie ich meine Zeit anderweitig verbringe. Nachdenklich ziehe ich die Beine an den Oberkörper heran und stütze das Kinn auf die Knie. Dann öffne ich seine Mitteilung erneut. Dass einige Buchstaben einfach fehlen, erinnert mich an die private Vorlesung, die er mir gegeben hat. Seine Offenheit projizierte eine Tiefe in den Raum, die ohne Umwege auf mein Herz übergeschwappt ist und seither meine gesamte Wahrnehmung berührt.

Wie würde die Welt aussehen, stünden von jetzt auf gleich alle ein bisschen mehr zu ihren Einzigartigkeiten? Was, wenn wir aufhören würden, Besonderheiten mit Schwachstellen zu verwechseln?

Karlos Umgang mit seiner Legasthenie war unfassbar inspirierend. Die Echtheit dabei hat uns für den Augenblick auf abgefahrene Weise miteinander verbunden, sie ließ mich teilhaben und erdete mich. Ein Zustand mit einem Suchtfaktor, wie ihn auch warmes Popcorn im Kinosaal besitzt. Es soll zwar Menschen geben, denen es gelingt, nicht schon vor dem Film zu naschen, aber das halte ich für einen Mythos.

Nach einer Weile gleitet mein Daumen wie automatisch auf sein Profilbild. Arm in Arm steht er mit einem dunkelblonden Typen auf einem Flughafen, beide grinsen übers gesamte Gesicht. Ich zoome etwas näher heran, um Karlos Grübchen besser erkennen zu können. Zeitversetzt merke ich, dass sich sein Lächeln auf meinen Lippen widerspiegelt, und halte mir ertappt die Hand vor den Mund. Hastig schließe ich unseren Chat und werfe das Handy auf den kleinen Balkontisch.

Ein Stadtbummel, das ist es. Anstatt zu tanzen, werde ich einfach eine Runde durch die Innenstadt pilgern und mich von Brautmodengeschäften inspirieren lassen. Nichts passt jetzt besser, als den Tag mit Aktivitäten zu füllen, die werdende Ehefrauen nun einmal gern unternehmen.

***

»Kommen Sie ganz ohne Begleitung?«, fragt lautstark eine Dame in Bleistiftrock und flatternder Bluse.

Eine andere Frau, die gerade auf einem samteingefassten Hocker steht und ihren Freundinnen einen Traum aus weißer Spitze vorführt, guckt mitleidig zu mir rüber. Ihre Haare sind zu einer aufwendigen Frisur mit Perlen und hellen Blüten hochgesteckt. Schlagartig komme ich mir unfassbar underdressed vor.

»Ähm.« Ich räuspere mich und fahre mir unsicher durch den Pferdeschwanz, den ich mir noch schnell vorm Losgehen zusammengebunden habe. »Ich wollte nur schauen, die eigentliche Anprobe, so mit Sekt und passendem Look, kommt dann später.« Zur Erklärung deute ich zaghaft auf die Mädelsgruppe, die mit sprudelnden Getränken und schicken Kleidern ausgestattet ist, kam mir im gleichen Zuge lange nicht so verlassen vor. Zeitlupenartig sinkt mein Arm wieder herab. Ich fühle mich wie Aschenputtel 2.0 und prüfe kurz, ob ich zufällig in staubigen Erbsen und Linsen stehe.

»Sie sind also nicht einmal angemeldet.« Die Bleistiftrock-Dame nickt mit gespitzten Lippen, stemmt die Fäuste in ihre Taille und gibt die perfekte Stiefmutter. »Na gut. Sie können sich umsehen, aber bitte sehen Sie davon ab, die Stücke anzufassen.« Mit erhobenem Kinn deutet sie auf die Kleiderreihen, nicht ohne mich gründlich von oben bis unten zu scannen. Bei dieser Menge an Voreingenommenheit vergeht mir alles und ich verspüre den Drang, sofort wieder rückwärts aus diesem Laden zu marschieren.

»Moment mal!«, ruft plötzlich eine der Frauen und erhebt sich aus der Sitzlounge. »Sind Sie nicht die Verlobte von Aleksander Skrypczak?«

Einige ziehen scharf die Luft ein und auf einmal ruhen sämtliche Augenpaare auf mir.

Ruhig bleiben, Judy.

Gerade will ein schwerer Stein die Gelegenheit der unhöflichen Begrüßung und dem Gefühl des Alleinseins nutzen und sich in meinen Magen legen, als ich an Karlos Worte denke. Ich bekomme Selbstvertrauen. Nein. Ich *habe* Selbstvertrauen.

Entschlossen nehme ich die Schultern zurück und erinnere mich bewusst an das schwerelose, freie Gefühl während des letzten Walzers. Lasse zu, dass sich das berauschende Prickeln erneut in mir ausdehnt und mein Herz schneller klopft. Dann wandert mein Blick zur Empfangsdame, die inzwischen sorgenvoll ihre Brauen hochgezogen hat und vermutlich bereut, mit welchem Tonfall sie mir begegnet ist.

Ich räuspere mich. »Das stimmt. Aleksander Skrypczak und ich werden heiraten.« Die Bleistiftrockfrau wird gefühlt einen halben Meter kleiner. »Aber das spielt hier keine Rolle. Ich bin Judy Maifeld und habe eigentlich damit gerechnet, mich in einem Geschäft wie Ihrem wohlfühlen zu können.«

»Es tut mir leid, Frau Maifeld.« Sie richtet das dünne Brillengestell auf ihrer Nase und hat die herablassende Nuance in der Stimme gänzlich verloren. »Bitte sehen Sie sich um und ma...«

»Nein, danke. Ich habe genug. Das Leben ist wirklich zu kurz, um es mit uncharmanten Personen wie Ihnen zu verbringen. Und sicher habe ich nicht vor, mein Geld in diesem Geschäft zu lassen.« Mit diesen Worten nicke ich den Frauen zu, die mich weiterhin beobachten, und verlasse schwingenden Schrittes diese feine Bude.

***

Habe eben mein Selbstvertrauen benutzt. Danke, dass du mich neulich darauf hingewiesen hast.

Zufrieden schicke ich die Nachricht an Karlo ab. Das Grinsen einer Schneekönigin im Gesicht klebend, bestelle ich in einem nichtssagenden Café einen zweiten Haferlatte und schwinge mit entspanntem Seufzen meine Beine über die Stuhllehne. Mein Blick gleitet von den schwarzen Boots an meinen Füßen zum hellrosafarbenen Rock, mit dem sie einen verrückten Kontrast bilden. Ich bin stolz auf diesen Look und auch auf die Tatsache, dass ich mich neuerdings wieder mehr wie ich selbst fühle.

Meine Eigenarten registriere.

Ich bin Judy. Habe einen coolen Modegeschmack und lasse es nicht einfach über mich ergehen, wenn mich jemand ungerecht behandelt. Ziemlich in Ordnung. Oder?

Ob das alles wirklich am Tanzen liegen kann?

Trotz der unhöflichen Begegnung im Brautmodegeschäft komme ich mir seltsam befreit vor, was weiter bekräftigt wird, als die Bedienung zu mir an den Tisch tritt, mir ein offenes Lächeln schenkt und anerkennend nickt. Ich zwinkere und könnte mich an dieses aufgeweckte innere Gefühl wirklich gewöhnen. Ich möchte sogar noch viel mehr davon. Will endgültig den grauen Schleier entfernen, der auf Herz und Seele liegt, das Leben tief einatmen und auf Wattewolken tanzen.

Erneut zücke ich mein Smartphone und öffne den Chat mit Karlo.

Wenn wir schon nicht tanzen können, lass uns einander Hausaufgaben geben. Du weißt schon ... für mehr Freiheit, die im Kopf beginnt.

Es dauert nicht lange, bis er mir ein Fragezeichen schickt und ich meine Finger wieder über die Tasten fliegen sehe.

Okay, gib mir fünf Minuten, dann fange ich an.

Karlo

Einmal vegan kochen.
Eine Frau zum Essen einladen und Gentleman sein.
Einen Joint rauchen.

Immer wieder überfliege ich die drei Aufgaben, die Judy für mich auserkoren hat, und bin dabei weit entfernt von dem kühlen Kopf, den ich mir heute eigentlich durch Nichtstun erarbeiten wollte.

Nach der Erfahrung mit Jill habe ich momentan keine Lust auf ein weiteres Date und auch die Idee mit dem Joint erscheint mir wenig einladend. Gedankenverloren lasse ich meinen Blick über die Alster gleiten und strecke die Beine aus. Seit einigen Stunden sitze ich inzwischen am Ufer und schmiede Pläne, wie ich die Tanzstunde mit Skrypczak überstehen kann, ohne dass es mir den letzten Nerv raubt und ich durchdrehe. Zwar sagt mir mein Verstand, dass es nach all der Zeit keinen realen Grund mehr gibt, wegen dieses Typen aus der Haut zu fahren, doch trotzdem wird mein Blut mit Verdruss und Missgunst verseucht, sobald sein Name fällt.

Egal, wie viel Geld er mir am Ende für meine Arbeit geben wird. Im Grunde hat er alles und ich nichts.

Ich fühle mich matt und aufgewühlt, doch werde versuchen, meinen Stolz aufrechtzuerhalten. Nicht durchblitzen zu lassen, welche Toxine in mir brodeln und dass es längst nicht mehr nur um die Beleidigung geht, die er einst über meine Schwester rausgehauen hat. In Zukunft soll mich kaltlassen, was er und Judy machen oder nicht machen. Ich werde aufpassen wie ein Luchs, dass niemand je davon erfährt, dass ich in ihrer Gegenwart einen schwachen Moment erlebt habe. Und auch das kleine Spielchen, das sie sich nun für uns ausgedacht hat, werde ich easy wegstecken.

Entschieden schaue ich erneut aufs Handy und tippe drei Hausaufgaben für Judy in das Nachrichtenfeld.

Sie wünscht sich mehr Freiheit, die im Kopf beginnt.

Weil sie diese Worte offenbar nicht vergessen hat, muss ich schmunzeln.

***

»Wie schön, dass du spontan vorbeiguckst.« Dad zwinkert mir zu, zieht ein zweites Stuhlpolster aus der Box. »Eistee?«

Ich schüttle dankend den Kopf und nehme ihm das Kissen ab. Mein Blick gleitet über den Garten, in den meine Eltern einen Großteil ihrer Freizeit investieren. Anstelle von Zäunen ist das Grundstück mit meergrünen Hecken umrahmt, die kleine Treppe bis zum Teich mündet in einem Rosenbogen. Rote und rosafarbene Blüten leisten sich ein Duell, auf das Mom, seit ich denken kann, jedes Jahr von Neuem hofft.

»Heute gar nicht bei der Arbeit?« Dad setzt sich und schenkt mir sein typisches warmherziges Lächeln, das vom Mund bis zu den Augen reicht. Sein lockeres Holzfällerhemd in Kombination mit einer beigen kurzen Hose erinnert mich an Heimat. An Kindheit. Es kommt mir vor, als hätte er seit meinem letzten Besuch zwei oder drei kleine Fältchen dazubekommen.

»Ich habe mir freigenommen. Die vergangenen Wochen waren ziemlich voll.« Abwesend lege ich das Polster auf einen noch freien Gartenstuhl und lasse mich meinem Vater gegenüber sinken.

»Ja, so etwas in der Art hat Emely auch schon angedeutet.« Als er dezent nickt, bahnen sich unterschwellig Gewissensbisse an, weil ich die Regelmäßigkeit meiner Besuche ziemlich habe schleifen lassen.

»Wie geht es dir, Dad?« Ich erwidere seinen Blick und bemühe mich, in seinem Ausdruck zu lesen. Unser Gespräch wird von lautem Vogelgesang untermalt, am Teich quaken die Frösche. Ein Ausflug zu meinen Eltern ist jedes Mal das Eintreten in eine völlig andere Welt. Wirkt, als würden wir uns nicht mehr in Hamburg, sondern irgendwo auf dem Lande befinden.

»Wenn es meinen Liebsten gut geht, geht es mir auch gut, das weißt du doch.« Sein Lächeln wird noch ein Stück breiter und verdeutlicht, wie ernst er diese Worte meint. »Deine Mom geht in ihrem Gesangsunterricht auf, Emely hat ein Studium gefunden, das ihr gefällt, und mein Sohn führt sehr erfolgreich eine eigene Tanzschule. Glaub mir, Karlo, manchmal weiß ich gar nicht, womit ich all dieses Glück verdient habe.«

Einige Minuten erwidere ich nichts. Lehne mich zurück und unterliege einem Strom an Gedanken, der mich in einen tranceartigen Zustand hüllt.

»Wie hast du das alles geschafft?«

»Worauf möchtest du hinaus?«

»Dieses Leben. Alles, was bisher passiert ist. Glücklich zu werden und zu sein.«

Ein Spatz setzt sich zwei Meter entfernt auf die Wäscheleine und wendet sich meinem Vater zu, als wäre er ebenfalls gespannt auf seine Antwort.

Überrascht richtet Dad sich auf und mustert mich intensiv. Diese wissende Mimik, die er nun auflegt, ist es, die ihn aus meiner Sicht immer vom Rest der Familie unterschieden hat. Die mich verunsichert und unruhig werden lässt. Es dauert keine Sekunde, da bereue ich es schon wieder, dieses tiefgründige Thema angerissen zu haben.

»Das ist eine Frage, die ich wohl nicht mit einer pauschalen Checkliste beantworten kann.« Er schenkt sich Wasser ein und fährt sich dann durchs nahezu gänzlich ergraute Haar. »Nichts hält so viele Umwege und Geheimnisse bereit wie das Leben. Aber egal, wie oft es mich aus den Latschen gezogen hat, ich habe mich stets aufgerappelt und mich für das eingesetzt, was mir lieb und heilig ist.« Während er jetzt einen Schluck trinkt, zwinkert er mir über den Rand des Glases zu.

Kapitel 11

Judy

Weil Karlo mir aufgetragen hat, ein Buch zu lesen, habe ich meinen City-Tag mit einem Besuch in der Buchhandlung beendet. Noch immer liegt mir der Duft von bedrucktem Papier und Melancholie in der Nase, war ich doch früher fast wöchentlich im kleinen Lädchen mit der weißhaarigen Inhaberin, die sich irgendwie nie verändert. Heute hat sie mir so sehr von Anke Webers neuem Roman vorgeschwärmt, dass ich gar nicht anders konnte, als mich dafür zu entscheiden.

Zufrieden drehe ich den Schlüssel herum und stapfe die Stufen zu unserer Wohnung hinauf. Atme bewusst die Luft des Treppenhauses ein, die immer gleich nach einem Mix aus frisch gewaschener Wäsche und gewachstem Holz riecht, und halte einen Moment inne, sobald von drinnen Aleks' gelöstes Summen zu hören ist.

Mit einem leisen Klopfen trete ich ein.

»Hey, da bist du ja!«

Die Tür fällt hinter mir ins Schloss und ohne zu zögern durchquert Aleks mit langen Schritten das Wohnzimmer, um mich in die Arme zu schließen. Begleitet von einem festen Kuss auf den Haaransatz nimmt er mir meine Taschen ab.

Okay. Was ist hier los? Das letzte Mal wurde ich so empfangen, als die komplette Familie Skrypczak mit einer Lebensmittelvergiftung flachlag und deshalb ihren dreitägigen Besuch in unseren vier Wänden absagen musste. Weil das Ganze damals durch das Bigos seiner Tante Ewelina verursacht wurde, steht sie für ihn noch heute in dem hellen Licht einer Retterin.

»Alles gut bei dir?« Zögerlich streife ich die Schuhe ab, nicht ohne ihn im

Augenwinkel weiter zu beobachten. Aleks' gesamtes Gesicht leuchtet, sein Blick wirkt offen und wach.

»Alles bestens, mein Schatz.«

Schatz?

Während er für kurze Zeit die Lider schließt und das Grinsen noch breiter wird, stehe ich wie angewurzelt da.

»Der Drehtag war einfach genial, ich habe Neuigkeiten. Lass uns ausgehen!«

»Heute? Eigentlich habe ich mich jetzt auf einen gemütlichen Abend gefreut.«

Er verschränkt seine Finger mit meinen, zieht mich durch den Raum und stellt meine Sachen auf einen unserer Barhocker. Dann schnappt er sich auch meine andere Hand und macht einen Schmollmund, der durch das intensive Lächeln von eben irgendwie schief aussieht. »Komm schon, Judy. Letztens sagtest du noch, dass du gern mal wieder etwas unternehmen möchtest. Wir könnten am Hafen spazieren gehen oder ich organisiere uns Karten für die Abendvorstellung im Theater?« Aufgeregt drückt Aleks meine Finger und teilt die überschwängliche Energie mit mir, die mich schon so oft angesteckt hat. Damals, als wir zu zweit im Freibad eingebrochen und nackt schwimmen gegangen sind, bevor wir es auf der Wiese miteinander trieben. Oder als wir vom Weihnachtsessen bei meinen Eltern abhauten, weil sie sich stundenlang nur in den Haaren hatten und sich das heilige Fest zu einem bilderbuchartigen Eklat entwickelte. Aleks war schon immer der mutige Löwe. Ein Draufgänger, der seine Kraft in echt mitreißende Sachen gesteckt hat.

»Champagner to go? Oder sexy Ehemann in Abendgarderobe?«

Ich muss lachen und er wippt verführerisch mit den Augenbrauen. Durch seine Entspanntheit und die Tatsache, dass er mich sieht, wird mir ganz warm. Angestrengt überlege ich, wann wir das letzte Mal richtig guten Sex miteinander hatten.

»Okay, bei *sexy Ehemann* hattest du mich!« Ich stelle mich auf Zehenspitzen, küsse ihn, beiße sanft auf seine Unterlippe.

»Oder ...«, drängend erwidert er meine Berührung und lässt seine Hände zu meinem Po wandern, »wir machen es uns direkt hier zu Hause nett?«

Während ich die Augen schließe und sich eine behagliche Gänsehaut über Rücken und Arme ausbreitet, werde ich in Anbetracht seiner Idee fast schwach. Fühle mich emotional wie ein Aquariumfisch, der versehentlich viel zu lange nicht gefüttert wurde.

Aleks' Nähe ist eine Droge, eine gut dosierte Rarität, die es auszukosten gilt, wenn sich schon mal die Gelegenheit ergibt, meine Speicher wieder aufzufüllen. Entschlossen grabe ich meine Finger in seine Schulter und lehne mich zurück, woraufhin er mich herumdreht und mich an der Taille näher zu sich heranzieht. So fest, dass ich seine Erektion spüren kann. Zielsicher streift er meine Locken an die Seite und fährt mit den Fingern über meine empfindliche Stelle am Nacken, was ein wohliges Zittern durch mich hindurchschickt.

In dem Moment, als Aleks' Mund auf meinen Hals sinkt und er eine sanfte Spur mit seiner Zunge darauf hinterlässt, fühle ich mich ins Tanzstudio katapultiert, und statt des frischen Dufts meines Verlobten liegt mir plötzlich Zedernholz in der Nase.

»Scheiße«, keuche ich und reiße die Augen wieder auf.

Aleks greift in meine Haare und presst sich weiter gegen meinen Oberschenkel.

»So gut?«, fragt er und beißt sich siegessicher auf die Unterlippe.

»Theater«, erwidere ich atemlos. »Wir brauchen Tickets fürs Theater.«

***

Nach der Vorstellung schlendern wir noch durch das nächtliche Hamburg und ich verliere mich im Kontrast von pechschwarzer Nacht und unzähligen güldenen Lichtern. Wenn man die Fantasie schweifen lässt, sieht es aus wie Tausende flackernde Glühwürmchen.

In den vergangenen Stunden habe ich keine Gelegenheit ausgelassen, Aleks zu küssen. Zu spüren. Ihn und nichts und niemand anderen.

»Das war ein schöner Abend, *Laleczko*.«

»Ja. Und ich freue mich, dass du einen neuen Vertrag angeboten bekommen hast.« Wie zur Bestätigung lehne ich mich während des Gehens kurz an seinen Oberarm. »Du wirst sicher einmal weltberühmt.«

Zögerlich lacht er auf, doch spart sich eine Antwort.

Ich stelle mir uns an den schönsten Orten der Welt vor. Aleks in den luxuriösesten Unterkünften. Mit den teuersten Autos. Auf dem roten Teppich.

»Wenn es mit Karlo so gut läuft, können wir ja vielleicht auch schon ein gemeinsames Geburtstagstänzchen für dich hinlegen.«

Seine Aussage erschreckt mich und lässt mich hektisch die Luft einziehen. Angespannt richte ich meinen Blick auf die roten Lagerhäuser der Speicherstadt. »Sicher.«

**

»Ich habe *die* Idee!«, ruft Viola aus und ein neuer Stoß Lucky-Strike-Rauch liegt zwischen uns in der Luft.

»Hmm«, erwidere ich, ohne den Blick von meinem Buch zu heben.

»Alle bekommen einen Heliumballon mit eigenem Namen und einem kleinen Präsent als Anhänger! Das wäre absolut einzigartig und endlevel fancy! Wer braucht schon billige Inspiration aus dem Internet, wenn er mich zur besten Freundin haben kann?«

»Ja.«

»Hallo? Erde an Judy?«

Gespannt fliegen meine Augen nur so über die Zeilen, bis sie mich unsanft in die Seite knufft.

»Verdammt, Vi!« Schmerzerfüllt reibe ich mir die Rippen.

»Was ist nur los mit dir?« Erbost zieht sie die Brauen zusammen, eine dunkle Strähne fällt ihr in die Stirn. »Hast du mir vielleicht etwas zu sagen? *Irgendwas?*« Irritiert schüttelt sie nun den Kopf.

Kurz bin ich versucht, mir Luft zu machen und ihr einfach von meinem gestrigen gedanklichen Aussetzer zu erzählen. In all den gemeinsamen Jahren mit Aleks ist es zum ersten Mal passiert, dass sich beim Küssen ein anderer Typ in mein Bewusstsein geschlichen hat, und ich komme mir schuldig vor. So wollte ich nie sein, der Vorfall macht mich fertig. Unter meiner Oberfläche wabert eine ganze Menge Zeug, das ausgesprochen werden will und mir an den Nerven zerrt wie ein lästiger Ohrwurm, den man tagelang nicht loswird.

Aber das Ganze hier ist kein Spaß.

Unterschwellig, jedoch nicht minder kräftig, nagt auch Angst an meinen Eingeweiden, denn was erst einmal raus ist, fühlt sich real an. Lebt nicht mehr nur in mir, sondern wird in die Welt hinausgelassen. Und während meine beste Freundin – der Mensch, der sonst alles von mir weiß und immer zuerst erfährt, wenn mich etwas plagt – erwartungsvoll ihre Hand auf mein Knie legt, beschließe ich, diese eine Sache weiterhin in mir einzusperren.

»Die Heliumballons sind eine grandiose Idee und sie passen hervorragend zu *Rosy Castle*.«

Mir entgeht nicht, dass sie mich noch für den Bruchteil einer Sekunde skeptisch mustert, bevor sie sich wieder zurücklehnt und den Blick über das Balkongeländer schweifen lässt.

»So«, sagt sie und nimmt einen tiefen Zug von der Zigarette. »Seit wann habt ihr euch denn endgültig für diese Location entschieden?«

Ihre Worte erinnern mich an die Dusche aus schlechtem Gewissen, die sich seit gestern regelmäßig über mir ergießt und keine Anzeichen macht, wieder zu verschwinden. Ich bin eine junge Frau, die sich durch Loyalität und Prinzipien auszeichnet. Jemand, auf den man sich verlassen kann und der zweifelhafte Gefühle, die dies auch nur ansatzweise ankratzen, unter keinen Umständen duldet.

»*Rosy Castle* ist eine solide Option. Es war närrisch von mir, diesen Ort jemals zu hinterfragen.«

Karlo

Weil Emely sich zum Freddy-Besuch angemeldet hat, stelle ich eine Kanne Tee auf den Couchtisch, dazu zwei Tassen und eine Schale Walnüsse. Dann donnere ich noch schnell die Tageszeitung in den Papiermüll, die Eloise mir provokant und mahnend in die Hand drücken musste. Auf dem Titelblatt prangen eng umschlungen Judy und Skrypczak.

Als die kleine Metalltonne wieder zuscheppert, klingelt es und ich öffne.

»Bruderherz!« Emely fällt mir um den Hals und vergräbt ihre Nase in meinem Shirt. Ich umschließe sie mit beiden Armen. »Ich habe dir eine neue Vase mitgebracht – halt sie bloß fern von Valentino.« Bestimmt tritt sie einen Schritt zurück und zieht jadegrünes Porzellan aus ihrem Jutebeutel. Mit einem breiten Grinsen hält sie mir die Vase nur wenige Millimeter vor die Augen. »Tada!«

»Das wäre nicht nötig gewesen, ich hoffe, das weißt du.«

»Üb dich nicht in falscher Zurückhaltung, Karlo.« Mit einem liebevollen Augenzwinkern dreht sich Emely einmal um die eigene Achse und stellt das Mitbringsel auf die Kommode. »Blumen musst du dir aber selbst besorgen.«

»Das sollte ich schaffen.«

Ich halte ihre Handtasche, bis sie die Schuhe losgeworden ist und in mein Wohnzimmer hüpft, um Freddy ausgiebig zu begrüßen.

»Ich war vorhin sogar extra noch im Teeladen, um meine Sortenauswahl etwas aufzustocken. Habe dir würzigen Chai besorgt.«

»So kenne ich meinen fürsorglichen großen Bruder.« Zufrieden seufzend setzt sich Emely mit Freddy im Arm aufs Sofa und zieht die Beine zum Schneidersitz heran. »Wie geht es dir? Was macht das Studio?«

»Läuft alles«, entgegne ich und denke an die vergangenen Tage zurück, an denen ich das Unterrichten pausiert habe und Eloise die volle Verantwortung aufdrückte. Sicher wird sie mir die Leviten lesen, wenn sie mich zwischen die Finger kriegt. »Und bei dir? Alles gut?« In der Hoffnung, dass der schnelle Themenwechsel gelingt, beiße ich die Kiefer zusammen und bemühe mich im selben Zug um eine möglichst lockere Körpersprache. Ich setze mich meiner Schwester gegenüber und erwidere ihren Blick – möchte nicht den Anschein erwecken, etwas zu verbergen. Wachsam formt sie die Augen zu Schlitzen.

»Bei mir ist alles in Ordnung, das Studium läuft, ich habe die letzten beiden Prüfungen bestanden und die Tutoren sparen sich aktuell weitestgehend ihre unlustigen Sprüche.« Etwas nachdenklich kratzt sie sich an der Schläfe. »Hast du Lust, am Sonntag mal ein bisschen rauszukommen? Wir könnten einen Tagestrip nach Hannover machen, uns die Herrenhäuser Gärten anschauen oder so.«

»Geht nicht, ich habe einen Termin.«

Kurz schmollt sie und brummt enttäuscht. »Gibst du immer noch Privatunterricht?«

»Ja. Und bevor du Fragen stellst: Der Preis stimmt einfach. Ich bekomme ein gutes Sümmchen für diese Zusatzarbeit, das ich mir nicht entgehen lassen kann.«

»Oh, mein Gott.« Wie mechanisch setzt Emely Freddy neben sich auf eine zusammengelegte Sofadecke. Die Katze reagiert, indem sie meiner Schwester beleidigt ihr Hinterteil zuwendet und unzufrieden maunzt. »Du magst sie!«

Verdammte Scheiße.

Ich stöhne. Schnappe mir eines der Kissen und schlage es mir vors Gesicht.

»Karlo!«, ruft sie und zieht die Vokale dabei unnötig in die Länge.

»Hmpfd.«

»Gib zu, dass sie dir gefällt!« Emelys Stimme wird zunehmend fordernder.

Ich warte, bis ich zu ersticken drohe, und schmeiße das Kissen schließlich in ihre Richtung.

»Heute ist mein Glückstag.« Mit einem dumpfen Geräusch fällt das Polster auf den Holzfußboden, doch sie beachtet es nicht. Stattdessen faltet sie ihre Hände vor dem Mund zusammen und verzieht das Gesicht.

»Lass es. Eme...«

Ein furchtbar hohes Kreischen aus ihrer Richtung unterbricht meinen schwachen Protest. Ich umfasse meine Stirn und beobachte tatenlos, wie sie aufspringt, um die Couch herumläuft, mich von hinten umarmt, an meinen Schultern zupft, singt und mehrfach auf- und abspringt.

Freddy maunzt erneut, als wollte sie sagen, dass Emely ihr zu viel Unruhe stiftet. Damit wären wir schon zwei, die so denken. Irgendwann lässt sich der Flummi atemlos auf meinen Schoß fallen und legt seine Finger auf meine Wangen.

»Du musst sie mir vorstellen.« Sie intensiviert die Berührung, sodass meine Lippen unnatürlich nach vorn gedrückt werden und ich aussehen muss wie ein Fisch. »Bitte!«

»Kannst du mir einen Gefallen tun und dir ein anderes Gesprächsthema aussuchen? Nur dieses eine Mal?«, nuschle ich und verabscheue es, wie eine Walze über ihre Euphorie zu brettern. Aber diese Sache ist aussichtslos. Das Schlamassel muss ein Ende finden, bevor ich mich selbst vergesse.

»Warum bist du bloß so störrisch? Du bist die einzige Person auf dieser Welt, die dir Steine in den Weg schmeißt. Weißt du das eigentlich?« Emely lässt von mir ab, um wieder auf ihren ursprünglichen Sitzplatz zurückzukehren.

Indessen kämpfe ich mit einsetzendem Schwindel und hasse es, dass sie genau auf diesem einen Punkt herumtrampelt, den ich unbedingt aus meinen Sinnen verbannen wollte. Sei es mit anderen Frauen. Oder mit hemmungslosen Partynächten an Valentinos Seite, was vermutlich aufs Gleiche hinauslaufen würde.

Schweigend beobachte ich, wie Emely die Teekanne zu sich heranzieht und uns beiden eingießt. Ihre Stirn ist dabei in strenge Falten gelegt.

»Beantworte mir bloß eine Frage.«

Mir gelingt nur ein knappes Schulterzucken.

»Magst du sie?«

Nein, will ich sagen. Doch mein verräterisches Herz verlässt seine Deckung. Ich sehe Judys klare blaue Augen vor mir. Höre ihr herzliches Lachen. Spüre dem Moment nach, in dem sie sich auf der Tanzfläche völlig hat gehen lassen. Und da sind so viele Dinge, über die ich nur mit ihr gern philosophieren möchte.

»Karlo?«

»Scheiße. Ja, ich mag sie.« Ein abschätziges Schnauben überkommt mich und ist ein kläglicher Versuch meines Stolzes, den mitschwingenden Stich zu überschatten. Die Messerklinge, die sich eisern und kalt durch meine Rippen gräbt.

»Und ... hast du es ihr gesagt?« Emelys Stimme ist deutlich leiser geworden. Fast ehrfürchtig.

»Das wäre dann schon deine zweite Frage. Es gibt nichts zu sagen. Und selbst, wenn das eines Tages anders wäre, die Situation drumherum bleibt trotzdem gleich.« Wie in Slow Motion lasse ich meine Tasse über den Holztisch gleiten. Fokussiere mich auf den rauen Ton, der dabei entsteht, als könne er mich aus meinem Film befreien.

Ohne hinsehen zu müssen, ist mir klar, dass der Blick meiner Schwester auf mir ruht und sie sicher gerade dabei ist, mittels Gedankenkraft eine Erklärung aus mir heraufzubeschwören.

»Judy ist verlobt.«

Kaum ausgesprochen erklingt ein prustendes Geräusch und warmer Tee landet tropfenweise auf meinem Unterarm.

»Schande, Karlo!« Emely schnappt sich die nächstbeste Wasserflasche und trinkt hektisch daraus. Im nächsten Moment streckt sie die Zunge heraus und hechelt wie ein Hund.

»Welche Teesorte hast du noch mal kaufen wollen?«

Ihre Augen sind panisch aufgerissen und kurz frage ich mich, warum sie eigentlich manchmal so merkwürdig ist. Ein wahres Mysterium von Mensch, aus dem ich selbst in tausend Jahren nicht richtig schlau werden würde.

»Würzigen Chai«, antworte ich nüchtern und greife nach meinem Getränk, um herauszufinden, was es für ein Problem gibt.

»Probier es bloß nicht!« Wild gestikulierend unterstreicht sie ihren Ratschlag. »Chili. Das hier ist kein Chai, sondern Chili-Tee!«

Sicher hätte ich gelacht, wenn die Gedanken nicht so trüb wären und aufhören würden, mich förmlich gen Boden zu ziehen. Die Legasthenie hat mich im Laufe der Zeit schon das ein oder andere Mal in ungewöhnliche Situationen gebracht – manche waren ziemlich unangenehm, einige witzig. Vor der gesamten Klasse ins Lächerliche gezogen zu werden, indem meine damalige Deutschlehrerin mich zwang, an der Tafel vorzuschreiben, war zum Kotzen.

Das Weihnachten, an dem ich Moms Einkaufsliste abgearbeitet hatte und für alle Puschen anstelle von Punsch mitbrachte, wird hingegen für immer das Potenzial beibehalten, die gesamte Familie zum Lachen zu bringen.

»Wenn du sie datest, besorge ich den Tee, okay? Sonst denkt sie noch, du möchtest sie vergiften.« Entschieden schiebt Emely ihre Tasse von sich weg.

»Hast du mir eben nicht zugehört?« Inzwischen kann ich nicht mehr klar sehen und meine Knochen scheinen Tonnen zu wiegen. »Wenn du mir helfen willst, sollten wir daran arbeiten, mir diesen Mist aus dem Kopf zu schlagen. Beim nächsten Mal wird ihr Zukünftiger mit ins Studio kommen, damit ich mir die Technik von beiden zusammen anschauen kann.«

Emely nickt langsam. Das Strahlen hat ihre Mimik verlassen und sich mit Mitleid abgewechselt. Etwas, was ich mit aller Macht vermeiden wollte, weil ich es nicht gebrauchen kann.

»Ich ...« Sie hält die Luft an und drückt mit den Fingern den Stoff des Sofas zusammen. »Wenn es dir etwas bringt, könnte ich an dem Tag in die Tanzschule kommen und dich unterstützen. Ich würde auf Barkeeperin machen oder so.«

Ein schwaches Lächeln wagt es, sich auf meine Lippen zu legen, doch ich wische mit den Fingern darüber, als wäre es Dreck. Sicher würde die Anwesenheit meiner Schwester bedeuten, mich neben Skrypczak etwas besser zügeln zu können, allerdings würde ich sie niemals freiwillig mit ihm zusammen in einen Raum locken. Das steht fest.

»Nein, alles gut. Es ist keine große Sache und ich sollte sie auch nicht zu einer machen.«

»Ich kann mir vorstellen, dass das wehtut. Und ich würde dir echt gern beistehen. Zur Not nehme ich dich sogar mit zur astrologischen Beratung.«

»Bitte sprich nicht mit mir, als hätte ich *das* nötig.«

Sie gibt einen schnippischen Laut von sich, verschränkt die Arme vor der Brust und hebt das Kinn.

»Ich werde da sein.«

»Nein, das wirst du nicht!«

»Willst du mich etwa aussperren?«

»Wenn du es darauf ankommen lässt, auch das.«

Judy

»Brauchst du noch etwas oder bist du wunschlos glücklich?« Senay stellt meinen leeren Kaffeebecher auf ihr Tablett und lächelt. Ihre dichten schwarzen Wimpern und die dunklen Augen passen ausgesprochen gut zu ihrem schicken anthrazitfarbenen Jumpsuit und den hohen Pumps. Immer wenn ich sie sehe, denke ich daran, dass mich ihr eleganter Modegeschmack schon in der Schule fasziniert hat.

»Noch mal so einen, das wäre lieb«, antworte ich. Frei nach dem Motto: Solange das schwarze Gold meine Laune in die Höhe schießen lässt, ist es völlig okay, den empfohlenen Tagesbedarf von höchstens vierhundert Milligramm Koffein ganz geschmeidig zu ignorieren.

Senay nickt. »Was liest du da?«

Ich halte ihr mein Buch entgegen und beobachte, wie sie das Cover scannt.

»Klingt spannend.«

»Willst du dir den Klappentext durchlesen?«

»Gern. Warte, ich bringe das hier nur kurz in die Küche.« Mit einem schnellen Blick auf das Tablett huscht sie davon und ich ziehe einen der Stühle zurück, damit sie sich setzen kann. Das dezente Stimmengewirr der anderen Gäste umhüllt mich und verleiht mir ein gemütliches Gefühl, während die Luft gänzlich von verführerischem Duft nach geröstetem Kaffee und süßen Waffeln angereichert ist.

»Ich habe schon ewig keine Zeit mehr für ein gutes Buch gehabt«, sagt Senay, als sie mit klackernden Schritten zurückkommt und sich mir gegenüber sinken lässt. Übermütig schnappt sie sich die Lektüre aus meiner Hand und versinkt sogleich im Text auf der Buchrückseite.

»Wegen der Selbstständigkeit?« Ich versuche mir auszumalen, mit wie viel Bürokratie sie sich neben der täglichen Arbeit im *Vegan Waffle* auseinandersetzen muss.

»Absolut«, stöhnt sie und das hereinscheinende Sonnenlicht glänzt auf ihren makellosen mahagonifarbenen Nägeln. Als Senay das Buch an die Seite legt, presst sie ihre Lippen fest aufeinander und in ihren Augen spiegelt sich Sehnsucht. »Außerdem wohnt Amir im Moment bei mir, hat sich selbst einen Burn-out diagnostiziert und die Arbeit im Krankenhaus erst mal abgebrochen.«

»O Shit.« Reflexartig lege ich mir die Hand auf den Mund. Senay atmet langsam aus und ihre Schulterhaltung, für die sie sonst jeder Osteopath loben würde, fällt in sich zusammen. An ihren Zwillingsbruder Amir kann ich mich noch sehr gut erinnern. Er war damals ein richtiger Frauenmagnet und sonnte sich in unantastbarer Aufmerksamkeit, die sich bis ins Lehrerzimmer erstreckte. Amir schrieb die allerbesten Noten und machte seine Eltern mit seiner Berufswahl glücklich. Nichts und niemand schien ihm auf der Karriereleiter ein Hindernis gewesen zu sein.

»Ich habe mir immer seine Anerkennung gewünscht, aber auf diese Weise ist es nicht gerade einfach.« Senay schnieft und ich reiche ihr perplex meine Serviette. »Jeden Tag erzählt er mir, wie froh er ist, dass ich meinen Weg gegangen bin, und dass er viele seiner eigenen Entscheidungen bereut. Wenn er so spricht – absolut hoffnungslos –, mache ich mir wirklich Sorgen und wünsche mir das vor Selbstüberzeugung triefende Arschloch zurück.« Für wenige Sekunden schließt sie die Augen, um sich dann wieder aufzurappeln und ein Lächeln anzukleben. »Es tut mir leid, Judy. Du bist wahrscheinlich momentan unglaublich euphorisiert und hast nur Gedanken für einen der schönsten Tage deines Lebens.« Zögerlich fährt sie mir über die Schulter. »Ich wollte dich nicht mit meinem Ballast bedrücken.«

Ich schüttle den Kopf. »Bitte entschuldige dich nicht für deine Offenheit. Es ist eine große Chance, dass du dich und deine Gefühle so gut kennst und sie nicht verdrängst.« Auf einmal ist da ein Impuls und ich breite die Arme aus, in die sich Senay sofort hineinstürzt. Während ich sie halte, weicht alle Anspannung aus ihren Muskeln und ein paar Tränen versinken im Stoff meines T-Shirts. »Du bist eine starke Frau. Ich habe schon immer zu dir aufgeblickt.«

»Stark und einsam«, entgegnet sie und ihre Worte lösen ein Frösteln in mir aus.

Bis eben wirkte sie für mich nahezu gänzlich erfüllt und zufrieden. Ein Teil von mir sehnt sich sogar ein Stück der Unabhängigkeit herbei, die sie wie selbstverständlich ausstrahlt.

»Du kannst dich glücklich schätzen, die Liebe des Lebens gefunden zu haben. Ich glaube inzwischen, dass es absolut unwahrscheinlich ist, auf unserem Erdball dieser einen Person zu begegnen. Jemandem, der dir tief in die Seele blickt, dich inklusive Ecken und Kanten ehrt und schätzt. Ist doch auch krass, oder?«

Senay nuschelt in mein Oberteil, weshalb ich mich stark konzentrieren muss, ihr zu folgen. Trotzdem rieseln bei dieser Beschreibung Bilder einer Person in meine Gedanken, die ich definitiv nicht damit assoziieren sollte. Die mich innerlich unruhig machen. Bevor ich antworten kann, fährt sie fort.

»Milliarden Menschen, und bei einem von ihnen schlägt dein Herz einen schnelleren Beat. Völlig abgefahren.«

»Gute Frau, ich würde gern zahlen«, meldet sich ein Kunde und winkt in unsere Richtung. Mit einem Ruck löst sich Senay aus der Umarmung und tupft ein letztes Mal mit der Serviette unter ihren Augen entlang.

»Ich bin sofort bei Ihnen«, ruft sie dem Mann inklusive perfektem Lächeln zu. Dann zieht sie ihren Jumpsuit zurecht und steht auf. »Dein Haferlatte kommt auch gleich.«

In dem Atemzug, in dem sie sich abwendet, schießt mir eine Idee in den Sinn, die sie auf andere Gedanken bringen würde. Die vielleicht etwas Ablenkung spendet und den alltäglichen Stress für eine Weile einfach ausklammert.

»Senay?«

»Ja?«

»Hast du am kommenden Wochenende Zeit? Ich feiere meinen Geburtstag und würde mich freuen, wenn du dazukommst.«

***

Auf dem Fußweg zu *Annies Beautycenter* erwische ich mich, wie ich immer wieder an verschiedene Songs denke und mich dabei zu einem Takt bewege, der sich nur in meinen Gedanken abspielt. Das Herz hüpft, die Füße wollen tanzen. Zwar liegt die letzte Übungsstunde erst wenige Tage zurück, doch seit Karlos Absage scheint sich ein Bewegungsdrang in mir aufzutürmen, der gelebt werden will.

Völlig geistesabwesend drehe ich mich auf dem Gehweg um die eigene Achse, schüttle mein Haar und übe die graziöse Haltung der Arme, auf die er mich schon oft hingewiesen hat.

Nie hätte ich geglaubt, dass sich Aleks' Idee, meine Grobmotorik einzudämmen, in eine Leidenschaft verwandelt.

Inzwischen kommt es mir vor, als würde das Tanzen meine Seele anstupsen. Mich an Stellen meines Selbst führen, die ich zuvor nicht gekannt habe, und bewirken, dass ich immer wieder von berauschender Schwerelosigkeit überschwemmt werde.

Gerade als ich in Gedanken den kraftvollen Walzer Revue passieren lasse, in dem für mich die Grenzen zwischen Realität und Traum verschwommen sind, renne ich von hinten in einen Anzugträger hinein, dessen Kaffeebecher überschwappt und sich auf dem Asphalt ergießt.

»Entschuldigen Sie!« Eilig wühle ich in meiner Tasche, in der sich neben meinem Arbeitsoutfit auch Tücher befinden.

»Judy?«

Der Mann dreht sich herum und noch bevor ich aufblicke, erkenne ich an seiner Stimme, wer da vor mir steht.

»Was machst du denn hier?« Überrascht unterbricht meine Hand das Suchen und bleibt regungslos liegen.

»Ich hatte eine freie Minute und wollte dir vor Dienstbeginn eine Freude machen.« Nachdenklich kratzt Aleks sich am Kopf und deutet dann auf das fast gänzlich verschüttete Getränk. Ich sehe sofort, dass seine Visagistin seine Augenränder kaschiert hat, Brauen und Wangenknochen sind mit passendem Make-up betont. Richtig gesund und ausgeschlafen sieht er dadurch aus.

»Das ist lieb von dir«, sage ich lächelnd und drücke ihm einen Kuss auf die angespannten Lippen. »Ein halber Kaffee ist absolut super, ich war ohnehin bis eben bei Senay und habe meinen Tagesbedarf an Koffein schon meilenweit überschritten.«

Aleks nickt zur Antwort und dann stehen wir uns etwas unbeholfen gegenüber. Tatsächlich weiß ich nicht, wie ich mich in dieser ungewohnten Situation verhalten soll, und spüre, dass es ihm ähnlich geht.

»Okay, na dann.« Er wirft einen Blick auf seine Uhr. »Wir sehen uns später.«

»Ja, das tun wir.« Ich falle ihm um den Hals und atme den Duft von Theaterschminke und undefinierbarem Parfüm ein.

»Pass auf, *Laleczko*. Sonst ist gleich auch noch der letzte Tropfen dahin.« Mit mahnendem Unterton schiebt mein Verlobter mich zurück und drückt mir den Becher in die Hand, der am Rand schon aufweicht.

Kapitel 12

Karlo

»Ist irgendwas gewesen, was ich wissen sollte?«

»Du meinst, während du mit Abwesenheit geglänzt hast?« Eloise unterbricht das Zusammenlegen der Geschirrhandtücher und zieht streng ihre Brauen zusammen.

»Ich habe dich nicht eingestellt, damit du mir nach Lust und Laune Vorwürfe machen kannst.« Genervt, auch darüber, dass sie recht hat, atme ich aus und räume sauberes Geschirr in die Schränke hinter der Bar. »Es ist nicht verwerflich, sich hin und wieder eine Auszeit zu genehmigen.«

»Da bin ich ganz deiner Meinung. Aber deine Gründe dafür sind bedenklich.«

»Wir haben meines Erachtens nie über diese Gründe gesprochen.«

Eloise schnaubt und setzt ihre Arbeit mit aggressiveren Handbewegungen fort.

»Also? Gibt es nun etwas Neues?«

»Jill hat ihren Vertrag gekündigt, dafür habe ich die nächste Dame auf der Warteliste für Modern Jazz kontaktiert. Sie hat direkt unterschrieben und kommt bereits zur nächsten Stunde.«

Ich nicke. Im Hinblick auf unser wenig erfreuliches Treffen, kommt mir Jills Entscheidung absolut entgegen. Bis eben konnte ich nicht sicher einschätzen, ob sie hinschmeißt, weil sie im Training zu den ambitioniertesten Schülerinnen zählte und praktisch unermüdlich war.

Es ist besser so.

»Wie heißt die Neue?«

»Alina von Feldhausen. Sie war bereits hier und hat ihre Papiere abgegeben.« Schwungvoll öffnet Eloise eine der Schranktüren und verfrachtet die frischen Tücher dahinter. »Sie ist hübsch. Rotes Haar, süßes Lächeln. Ich kann mir vorstellen, dass sie genau dein Typ wäre.«

Als ich kapiere, was sie tut, verschränke ich ungläubig die Arme vor der Brust. Keine Ahnung, was erschreckender ist: die Tatsache, dass meine Kollegin davon ausgeht, dass ich Judy endgültig verfallen bin, oder dass sie eine unfassbare Angst vor Skrypczak zu haben scheint.

»Weißt du, was?« Meine Stimme klingt rau und kühl.

Mit angespanntem Kiefer blickt Eloise zu mir hoch. In ihrer Miene spiegelt sich die Angst, zu weit gegangen zu sein.

»Wenn Judy und Aleksander hier aufkreuzen, solltest du eine Extraschicht schieben. Dich selbst davon überzeugen, dass sich deine ganzen Panikszenarien nur hier drin abspielen.« Strapaziert deute ich auf ihre Stirn.

***

Nach einer großen Joggingrunde und fast einer kompletten Kanne Johanniskrauttee betrete ich am Sonntag das Studio, in dem Eloise bereits durch die neuesten Anmeldelisten stöbert. Für einige Kurse, die immer bis oben hin ausgebucht sind, werden inzwischen richtige Bewerbungsmappen abgegeben.

»Ich dachte schon, du kommst gar nicht mehr!« Erleichtert greift sie nach meinem Arm und drückt kurz ihre Wange an meine Schulter.

»Ich bin zwanzig Minuten vor der Zeit, entspann dich.«

»Bist *du* denn entspannt?« Ungläubig spitzt sie die Lippen und gerade will ich zu einer Antwort ausholen, als im Augenwinkel eine knallrote Vespa an den bodentiefen Fenstern vorbeisaust und auf dem Parkplatz zum Stehen kommt.

»Das darf nicht wahr sein!« Hektisch schmeiße ich meine Sweatshirtjacke und den Schlüssel auf den Tresen und sprinte zur Tür. Draußen setzt Emely ihren Helm ab und schüttelt sich das Haar, bevor sich unsere Blicke treffen. Krampfhaft umfasse ich die Klinke und blitze sie mahnend an. Emely hält einen Moment inne, dann zuckt sie mit den Schultern und schenkt mir ein freches Zwinkern. Entschlossen steigt sie von ihrem Roller ab.

Meine Geduld hängt am seidenen Faden.

»Wer ist das?«, fragt Eloise, die hinter mich getreten ist, aber ich habe keine Zeit, ihr zu antworten.

»Schließ die Tür ab, sobald ich draußen bin!« Energischen Schrittes eile ich in Richtung Parkfläche. »Emely, ich habe mich doch klar ausgedrückt!«

»Bruderherz, du übertreibst.«

»Und du gehst zu weit!« Wütend baue ich mich vor meiner Schwester auf und als sie sich an mir vorbeischlängeln will, versperre ich ihr den Weg.

»Ist es wirklich so unvorstellbar für dich, mich dabei zu haben? Ich dachte, meine Anwesenheit würde dir ein bisschen helfen.« Ihre Siegessicherheit weicht Enttäuschung und sie versucht es kein zweites Mal, das Studio anzusteuern. Emelys Augen schimmern verdächtig und ich lasse die Schultern sinken.

»Es ist nicht so, wie du denkst.«

»Dann erklär's mir.«

»Judy, ich meine ... ihr Verlobter ... Das ist niemand, den du gern sehen willst.« Während zu meinem Ärger die beruhigende Wirkung des morgendlichen Tees einfach so verpufft, lege ich den Kopf in den Nacken und sende stille Gebete ins Universum. Hoffe, dass es mir heute beisteht.

Mit quietschenden Reifen wie beim ersten Mal, nähert sich ein weiteres Fahrzeug und in Gedanken hisse ich die weiße Flagge.

»Oh«, sagt Emely.

»Ja. Am besten, du fährst jetzt.«

»Auf keinen Fall, denkst du echt, dass dieser Typ mich noch ansatzweise einschüchtert?«

Das ist der Moment, in dem zum ersten Mal die Erkenntnis durchsickert, dass meine kleine Schwester längst nicht mehr wirklich klein ist. Egal was ich gern für sie tun würde, wovor ich sie am liebsten für immer beschützen möchte. Ich habe schlichtweg nicht das Recht, gegen ihren Willen einzugreifen und damit die Erfahrungen zu beeinflussen, die zu ihrem Leben gehören. Die sie letztlich wachsen lassen, auch wenn sie im ersten Moment schmerzhaft sein könnten.

»Okay«, kommt es über meine Lippen und das Loslassen macht mich innerlich ein ganzes Stück freier.

»Wirklich? So einfach?« Fast misstrauisch verschränkt Emely nun die Arme und das verschmitzte Grinsen stiehlt sich erneut auf ihre Mundwinkel. Dann durchbricht der vertraute Duft nach Himbeershampoo unser Gespräch.

»Hey.« Judy hält mir zur Begrüßung die Hand hin und weicht meinem Blick rasch wieder aus. Sie beißt sich auf der Unterlippe herum und zupft an ihrem Rock. Das Nächste, was ich sehe, ist meine Schwester, die ihr stürmisch um den Hals fällt. Und Skrypczak, dessen Mund zu einem geraden Strich verzogen ist. Seine verschränkten Arme verkünden unverkennbar, wie wenig er von einer Begrüßung hält, und ich muss aufpassen, dass mich dieses arrogante Auftreten nicht direkt meine Selbstbeherrschung kostet.

Mit gestrafften Schultern wende ich mich ab und gehe auf das Studio zu, nur um festzustellen, dass Eloise hinter der Fensterfront steht und fragend die Arme hebt. Auch das noch. Als Tanzlehrer aus dem eigenen Revier ausgesperrt. Das macht natürlich großen Eindruck.

Möglichst unauffällig und elegant schenke ich meiner Kollegin ein vielsagendes Nicken und deute auf die Tür.

Mach einfach auf.

Unsicher legt sie die Finger an ihr Kinn und öffnet in der nächsten Sekunde eines der Fenster.

»Darf ich euch reinlassen?« Ihre Stimme ist weitaus lauter als notwendig und Emely presst sich eine Hand auf den Mund, was ihr Kichern auch nicht unterdrückt.

Ich setze ein breites Lächeln auf. Tue so, als würde ich überhaupt nicht bemerken, mich vor Aleksander Skrypczak zum Clown zu machen. Wie der letzte Narr einen Schritt nach vorn zu gehen und im Beisein aller in den Abgrund zu stürzen. Wen interessiert das schon?

»Ja, bitte. Du kannst wieder öffnen«, entgegne ich mit übertrieben ruhiger Stimme. Innerlich plane ich bereits Eloise' Gehaltskürzung.

Judy

Meine Gedanken rasen wie eine Loopingbahn; weil ich mit dem Verarbeiten all der Eindrücke nicht hinterherkomme, ist mir schlecht.

Eloise nimmt mir die Strickjacke ab, die ich bis eben verkrampft festgehalten habe, und bietet mir eine gekühlte Fritz Kola an. Ohne es bewusst zu registrieren, bedanke ich mich und nehme im nächsten Moment ein gefülltes Glas entgegen. Aleks verschränkt neben mir die Arme und schüttelt mit gekräuselter Nase den Kopf, als sie ihm ebenfalls etwas zu trinken geben will.

Weil mir die Beine zittern und ich Angst habe, den sicheren Stand zu verlieren, richte ich den Blick auf meine Schuhe. Für die heutige Übungssession habe ich extra die offenen, perlenbesetzten Riemchensandalen aus ihrem Karton geholt, die ich im Standesamt tragen werde. In Kombination mit meinem luftigen olivgrünen Rock kommen sie mir jetzt irgendwie too much und gleichzeitig verloren vor.

So, wie ich mir selbst.

»Hey«, flüstert Karlo. Seine weißen Sneakers treten in mein eingeschränktes Sichtfeld und sind damit das Einzige, was farblich zu meinem Schuhwerk passt. Als ich in Zeitlupe den Kopf hebe, treffen mich das Grün seiner Augen und sein einfühlsamer Ausdruck. Zusammen sorgen sie dafür, dass ich nicht in meiner Anspannung ertrinke.

»Bist du bereit?«

»Nein«, flüstere ich und erschrecke über das Zittern in meiner Stimme.

»Bevor ich mit meiner Zukünftigen tanze, könnt ihr ja mal zeigen, was sie bisher gelernt hat«, schlägt Aleks überzeugt vor und die Frau, die mir draußen um den Hals gefallen ist, bestärkt seinen Vorschlag mit einem lang gezogenen »Jaaa« und leuchtender Miene.

»Also?« Er richtet seinen Fokus einzig auf Karlo, der den stechenden Blick erwidert und alle Muskeln anzuspannen scheint. In Windeseile sinkt die Lufttemperatur zwischen den beiden Männern ab, bis sie schließlich kälter ist als die Eiswürfel in meinem Glas. Es ist so still, dass bestimmt alle mein aufgeregtes Herz hören.

»Ich würde vorschlagen, dass wir diese Entscheidung Judy überlassen.«
Karlos Tonfall ist gepresst und ebenfalls tiefgekühlt. Die Art, wie er die Hände zu Fäusten ballt, erinnert mich an die Situation auf der *Dom*-Feier, als er mich vor dem betrunkenen Mann schützen wollte.

Nur, dass er nun im Angesicht meines Verlobten steht. Beide sind auf einer Höhe, weil der Unterschied zwischen ihren Körpergrößen verschwindend gering ausfällt.

»Ach, würdest du das?« Aleks nähert sich Karlo einen Schritt, im gleichen Atemzug schlägt sich Eloise sichtlich verängstigt eine Hand vor den Mund.

»Karlo!« Die andere Frau tritt mutig in die kleine Lücke zwischen beiden und umschließt Karlos Wangen mit ihren Fingern.

Es sieht vertraut aus und mir fällt auf, dass sie die gleiche Augenfarbe teilen. Als er nach kurzer Zeit die Lider schließt und einen Schritt zurückgeht, erwache ich aus meiner Starre.

»Wir machen's.« Entschlossen stelle ich das Glas zurück auf den Tresen und blitze Aleks mahnend an. Wenn wir uns jetzt nicht allesamt zusammenreißen, entwickelt sich dieser Nachmittag zu einem Fiasko. Mit erhobenem Kinn lässt er sich auf einen Barhocker gleiten, die Arme erneut vor der Brust gekreuzt.

Karlo atmet schwer aus, dann verbindet er sein Handy wortlos mit der Musikanlage. Kurz darauf schallen die Klänge von *Halleluja* aus den Boxen und mir wird schwindelig.

»Stopp!«, ruft Eloise und starrt ihn fassungslos an. »Ich bin sicher, es gibt geeignetere Songs für diesen Anlass, findest du nicht?«

Immerhin eine Person in diesem Raum, die sich wie ich um Schadensbegrenzung bemüht. Wenn auch zwecklos: Karlos Iriden scheinen Blitze in ihre Richtung zu schießen, woraufhin sie nur tonlos die Hände hebt. Für einen Moment ringt die Welt nach Luft, dann startet er *den* Song erneut.

»Wollen wir?« Karlo tritt vor mich und ich genieße es, dass er nicht einfach nach meiner Hand greift, um loszulegen. Es ist schön zu wissen, dass er mich trotz dieser angespannten Situation immer noch nicht vergisst.

Tanzen ist eine Vertrauenssache, hat er mir ganz am Anfang gesagt.

Und ich liebe es, dass er seinen Worten Taten folgen lässt. Mich nicht übergeht.

Schwach nicke ich und taste mit meinen flattrigen Fingern nach seinen. Er umschließt meine Hand. Teilt seine Körperwärme mit mir und sofort fühle ich mich weniger allein.

Aus Versehen trete ich ihm auf den Fuß und beiße mir zur Strafe fest auf die Unterlippe.

»So ein Mist«, stöhne ich. Tränen der Anspannung sammeln sich merklich in meiner Wasserlinie. Ich will beschämt auf den Boden schauen, doch erinnere mich daran, wie wichtig Augenkontakt für einen gelungenen Tanz ist.

Der grüne Märchenwald in Karlos Augen zieht mich in seinen Bann und es wirkt, als hüllte er uns in einen sicheren Umhang. Einen, in dem mir die Blicke der anderen nichts mehr ausmachen und es mir gelingt, durchzuatmen. Unbeirrt führt Karlo mich durch diesen Walzer. Zuckt nicht einmal mit der Wimper, als ich erneut einen Patzer mache.

»Schließ die Augen, wenn es dir hilft.« Während er spricht, bewegen sich seine Lippen kaum.

Diese Worte sind nur für mich bestimmt. Sollen mir helfen, den inneren Stress zu bewältigen und an mich zu glauben.

Ich zögere.

Ein Teil von mir sagt mir eindeutig, dass es nicht in Ordnung ist, mich in seiner Gegenwart ein weiteres Mal gehen zu lassen. Die Welt um mich herum einfach zu vergessen. *Erst recht nicht bei diesem romantischen Lied!*

Gleichzeitig ist dies die einzige Gelegenheit, Aleks zu zeigen, was wir innerhalb der vergangenen Wochen erreicht haben. Nicht als Trampeltier und Versagerin dazustehen.

Ein tiefer Atemzug. Dann befolge ich Karlos Rat. Spüre seinen führenden Griff und wie der Rhythmus mich packt. Plötzlich werden meine Füße leichter und entwickeln ein Eigenleben. Die Erinnerung an Erdbeerflecken und Juke-Box-Musik läuft in mir wie ein Film ab. Löst ein Wunderkerzenfeuerwerk in meinem Herzen aus.

Ich tanze, als hätte ich mein gesamtes Leben nichts anderes getan.

Karlo

Während ihre zitternden Finger mit der Zeit Halt finden, schmilzt meine Wut wie eine jämmerliche einzelne Schneeflocke auf der Haut dahin. Löst sich auf und treibt davon, als wäre sie nie existent gewesen.

Heute geht es nicht um mich oder irgendeinen Egotrip.

Ich bin nicht die Hauptperson in diesem Film.

Im Grunde könnte man mich sogar, ohne zu zögern, aus dem Drehbuch streichen und müsste trotzdem nicht auf ein Happy End verzichten. Selbst wenn ein kleiner, naiver Teil von mir es sich anders erhofft, bin ich nicht einmal ansatzweise so relevant wie Neville Longbottom in *Harry Potter*.

Bitter zwinge ich mich dazu, die Fakten durchzugehen, um auch den letzten begriffsstutzigen Gedankenfunken auszumerzen, der es immer noch nicht schnallt: Aleks hat mich beauftragt, Judy zu unterrichten. Spätestens nach ihrer Hochzeit, wenn sie in die Flitterwochen starten, ist das Kapitel des unbedeutenden Tanzlehrers Geschichte und mein Alltag wird weiterlaufen, als wäre niemals etwas geschehen.

Judy schlägt die Augen auf. Der Blauton darin ist nicht mehr seicht oder sanft. Er zeichnet das Meer an einem stürmischen Tag, ist mächtig und droht mich mitzureißen. Mit dem Takt fallen ihre Locken zurück und sie streicht mit einer Hand an meinem Arm entlang, bevor sie die letzte Drehung tanzt und meine konsequente Führung dabei völlig überflüssig wird. Ihre Lippen schimmern dunkelrot und – fuck! – es kostet meine gesamte Kraft, mich an die eigene Vernunft zu klammern.

Schließlich verklingt das Lied. Hinterlässt ein einschneidendes Schweigen. Dann setzt übermütiges Klatschen ein, Emely jubelt und stupst Eloise dabei an der Schulter an.

»Danke«, flüstert Judy. Ihr Atem geht stoßweise und der Nachhall unserer Bewegungen wirkt auf meine Erregung wie ein Schwall Benzin auf eine offene Flamme.

Noch immer halte ich ihre Hand. Als hätte ich vergessen, wie Loslassen geht.

»Okay!« Ohne Vorwarnung drängt sich Eloise zwischen Judy und mich, legt uns jeweils eine Hand auf den Rücken und schiebt uns in Richtung der anderen. »Glückwunsch zu dieser gelungenen Einlage, Leute. Aber jetzt möchten wir gern das künftige Ehepaar Skrypczak bewundern!«

Je näher wir der Bar kommen, desto geladener wird die Luft, die ich atme. Riecht wie Sprengstoff. Es ist, als würde ich nach einer Explosion durch dichten Nebel und Rauch streifen, und presse die Zähne zusammen. Sobald ich Skrypczak gegenüberstehe, der mich mit zusammengekniffenen Lidern anstarrt, wird klar, in wem die Bombe losgegangen sein muss.

✳✳✳

»Das war …« Verwirrt lasse ich die Tür hinter Judy und Aleksander ins Schloss fallen. In meiner Hand ein Batzen Geld, den er mir beim Rausgehen ganz nebenbei zugesteckt hat.

»Grandios«, beendet Emely meinen Satz.

»Ein Albtraum«, meint Eloise und stürzt sich zum ersten Mal in meinem Beisein auf unseren Alkoholvorrat.

»Du triffst den Nagel auf dem Kopf, Frau Kollegin.« Ich pfeffere die Scheine auf meine Sweatshirtjacke und reiße den Hahn auf, um mir eiskaltes Wasser übers Gesicht laufen zu lassen.

»Warum seid ihr zwei derart pessimistisch? Liegt das vielleicht an der Energie deiner Räumlichkeiten?« Meine Schwester reicht mir ein Tuch und stemmt empört einen Arm in ihre Taille. Vermutlich plant sie bereits eine Räuchersession, mit der sie vermeintlich böse Geister aus der Tanzschule vertreiben will. Gedankenversunken tippt sie sich mit dem Zeigefinger gegen das Kinn.

»Karlo ist ein erfolgreicher Mann, der nicht erkennen will, was er alles zu verlieren droht, wenn Judy im Spiel ist.« Energisch öffnet Eloise den süßesten Schnaps, den das Regal hergibt.

»Also, ich finde sie reizend.« Emely fängt meinen Blick auf und zieht die Stirn kraus, sodass eine mitfühlende Miene entsteht.

»Das ist sie. Und genau da liegt der Hase im Pfeffer.« Ohne falsche Zurückhaltung schmeißt Eloise ihren Kopf in den Nacken und schüttet sich den hochprozentigen Alkohol in den Rachen. »Wollt ihr auch?«, keucht sie, die Augen leicht glasig, doch Emely und ich lehnen das Angebot synchron ab.

»Ich finde, du solltest um sie kämpfen.« Kaum ausgesprochen, entzieht sich auch der letzte Rest Farbe aus Eloise' Gesicht. Sie sieht aus wie ein Stück Kreide.

»Dies ist keiner deiner billigen Liebesromane, Em! Was erwartest du, bitte schön? Dass ich vor ihrem überteuerten Apartment auftauche und den armen, liebestrunkenen Typen gebe, der zwar leider sonst nichts zu bieten hat, aber wenigstens einen Strauß roter Rosen unterm Arm?« Geschockt über meine messerscharfen Worte beiße ich mir auf die Wangeninnenseite. Fürchte, sie verletzt zu haben, aber Emely verschränkt die Arme vor der Brust.

»Das wäre jedenfalls ein Anfang!« Fassungslos schüttelt sie den Kopf. »Ich habe es doch gesehen. Wir alle haben es gesehen, Karlo. So, wie diese Frau hast du zuvor noch niemanden angehimmelt. Und du wärst unbedarfter, als ich dir zugetraut hätte, wenn du sie tatenlos gehen ließest.«

»Scheiße!« Meine Kollegin lässt die Hände derart auf den Tresen knallen, dass es ein Wunder ist, dass das Schnapsglas nicht in tausend Stücke zerbricht. »Das hier ist verdammt noch mal kein Kindergeburtstag! Aleksander Skrypczak hat sein Management und seine Groupies an jeder Ecke. Dieses Paar badet in seinen finanziellen Mitteln, etwa Millionen Frauen wären gern an Judys Stelle und ob ihr es hören wollt oder nicht: Wenn Karlo sich in diese Person verliebt, ist das sein maßgeschneidertes Aus! Der Fall des allerletzten Vorhangs!« Eloise schüttet sich den nächsten Shot ein. »Nur, dass niemand klatschen wird.«

Ich schlucke. Bin endgültig am Ende. Nur noch Zuschauer eines Dramas auf meine Kosten.

Emely lässt ihren Fokus zwischen Eloise und mir hin und her gleiten. Die Arme weiterhin überkreuzt. »Deine Einwände sind durchaus berechtigt«, sagt sie mit unerwartet sanfter Stimme. »Nur leider ist es bereits zu spät für Hinweise dieser Art und ihr beiden seid lediglich zu feige, euch das einzugestehen.«

Kapitel 13

Judy

Mit vorgeschobenem Kinn sitzt Aleks im Auto, die Hände umschließen krampfhaft das Lenkrad, obwohl wir längst in der Parkgarage angekommen sind. Seit ich ihm erzählt habe, dass ich mir vorstellen kann, auch nach unserer Hochzeit weiterzutanzen, ist er grüblerisch.

»Ich verstehe das einfach nicht«, sagt er und starrt auf die dunkle Mauer, an der mit goldenen Schrauben unser Kennzeichen angebracht ist.

»Was verstehst du daran nicht?«

»Noch vor ein paar Monaten hattest du nichts mit Tanzen am Hut und nun?«

»Inzwischen habe ich gemerkt, dass es mir guttut. Ich habe endlich etwas gefunden, was mich neben meinem Beruf und unserem Alltag ausmacht, ist das nicht Grund genug?«

Aleks lässt vom Steuer ab und verschränkt eingeschnappt die Arme vor der Brust. »Unser Alltag langweilt dich also.«

Missmutig lasse ich meinen Kopf in die Lehne sinken und fange ebenfalls damit an, das lähmende Nichts vor unserer Nase zu betrachten.

»Ich habe einfach herausgefunden, dass es wichtig ist, auch an sich selbst zu denken, damit man langfristig gesehen glücklich bleiben kann. Durch das Tanzen schaffe ich es, weniger im Kopf zu sein und mich mehr mit mir selbst zu verbinden.«

Einige Sekunden bleibt es still und ich frage mich, ob Aleks fühlen kann, was ich mit meinen Worten ausdrücken möchte. Die Vorstellung, mich in Zukunft nicht mehr im Takt der Musik zu vergessen, schießt Pfeile in mein Herz. Viel zu gern möchte ich mich noch besser kennenlernen, viel zu abhängig machen die Glücksgefühle, die durch meine Blutbahnen jagen, wenn ich die Augen schließe und davontreibe. Rein in eine Welt, in der niemand Erwartungen an mich stellt, in der ich genau spüre, was ich selbst will und bin.

»In letzter Zeit redest du ganz schön viel ...«, Aleks stockt und fährt sich mit den Fingern über die Kiefermuskeln, »sentimentales, fast spirituelles Zeug.«

»Findest du?« Ich denke an meine Kindheit zurück, in der ich Heilsteine gesammelt habe und im Sandkasten so tat, als würde ich wirkungsvolle Kräutermischungen herstellen, die Menschen gesund machen sollten. Wenn ich früher einen Hang zur Spiritualität ausgelebt habe, dann bin ich inzwischen meilenweit davon entfernt.

»Ja, schon.« Nachdenklich nimmt er meine Hand und konzentriert sich auf den Verlobungsring. »Aber mir soll es recht sein, solange es dich glücklich stimmt. Es muss ja nicht dauerhaft Karlo Sander sein, der dich unterrichtet, oder?«

Weil sich bei dieser Frage sofort wieder ein Bild von dem dunkelhaarigen Wuschelkopf in mein Bewusstsein schleicht und das schlechte Gewissen erneut bei mir anklopfen lässt, finde ich Aleks' Einwand absolut sinnvoll und nicke: Selbstfindung ja, Egoismus definitiv nein.

»Du hast recht. Sicher gibt es auch viele andere gute Tanzschulen.«

Er schenkt mir ein zufriedenes Lächeln, dann steigen wir aus und gehen schweigend zum Gebäudeeingang.

»Na endlich!«, ruft Viola, sobald sie uns sieht. Mit nach innen gekehrten Fußspitzen und ihrer geliebten Sonnenbrille in Herzform sitzt sie auf unserem Treppenabsatz und bläht genervt die Wangen auf.

»Was machst du denn hier?«, frage ich.

»Hab mich ausgesperrt und am Wochenende kostet der verdammte Schlüsseldienst fast das Doppelte! Kann ich für eine Nacht bei euch einziehen?« Meine beste Freundin setzt ein schiefes Grinsen auf und weil Aleks und ich zu überrascht sind, um sofort zu antworten, stemmt sie eine Hand in die Seite. »Ich biete euch dafür auch meine italienischen Kochkünste an.«

»Ist gebongt«, antwortet mein Verlobter und ich reiche Viola eine Hand, um ihr aufzuhelfen.

»Wieso hast du nicht angerufen?«

Sie lacht. »Dein Ernst? Ich hab's ungefähr zweihundertfünfzigmal versucht, aber offenbar wird es von meiner heißen Tänzerin überbewertet, zwischendurch mal aufs Handy zu gucken.« Mit einem Augenbrauen-Wackeln gibt sie mir einen Klaps auf den Po.

***

»Wenn man euren Vorrat so checkt, könnte man meinen, hier lebt ein ambitioniertes Kochteam!« Anerkennend schwenkt Viola die Kräutermischung, die uns meine Eltern während ihres letzten Heimatbesuchs mitgebracht haben.

»Wir sorgen einfach nur vor, für den Fall, dass eines Tages eine begnadete Köchin bei uns einziehen will.« Ich muss lachen und stupse ihr auf die Nase.

»Aleks, willst du uns nicht helfen?« Gekonnt entfernt Viola die Haut einer Zwiebel und schneidet sie mit wenigen Handgriffen in symmetrische kleine Würfel. Wohlgemerkt: Ohne dabei zu heulen! Früher waren die Hauspartys unter ihrem Dach besonders beliebt, weil es kein Geheimnis blieb, dass Viola alle Gäste mit den köstlichsten Speisen versorgte und am nächsten Tag das perfekte Katerfrühstück zaubern konnte.

»Braucht ihr mich etwa?«, grummelt es vom Esstisch, an dem Aleks seinen Kopf hinter dem Laptopbildschirm versteckt.

»Natürlich nicht, wir sind zwei emanzipierte und noch dazu wunderschöne Erscheinungen, die ganz gut allein klarkommen.« Meine beste Freundin streckt den Rücken durch und ich bewundere ihr überzeugtes Auftreten. Würde ich diese Worte sagen, kämen sie mir irgendwie nur halb so wahr vor. »Aber die italienische Küche lebt von der Gemeinschaft und das Essen wird besser, je mehr Leute mitwirken.« Viola wirbelt herum und schnappt sich eine weitere Zwiebel. »Judy, du bist für die Tomaten zuständig. Pack sie kurz in kochendes Wasser, dann kannst du die Schale ganz leicht entfernen.«

»Und ich dachte immer, zu viele Köche verderben den Brei?« Aleks lugt siegessicher am Rand des Computers hervor.

»Spinn nicht rum, sondern beweg lieber deinen süßen Hintern und schmeiß Musik an!«

Schwerfällig steht er schließlich auf und gehorcht.

Ich bin mir relativ sicher, dass er sich von mir nicht so leicht hätte umstimmen lassen, aber Vi wusste schon immer, wie sie mit ihm umgehen muss.

Mit einem Piepton springt unsere Musikanlage an, die zum Teil in der Wand installiert ist und bei Bedarf alle Wohnräume gleichzeitig beschallen kann. Aleks entscheidet sich für einen Latin-Mix und sobald der peppige Rhythmus erklingt, kribbelt es in meinen Beinen.

»Habt ihr noch den Lambrusco von eurer Verlobungsfete?« Angefixt schwingt Viola ihre Hüften am Herd und die Stimmung in unserer Küche wird zunehmend lockerer. Ich schenke Aleks ein vielsagendes Grinsen, das er mit einem Zwinkern erwidert und daraufhin im Vorratsraum verschwindet. Beseelt stelle ich drei Weingläser bereit und muss über meine beste Freundin lächeln. Das Taktgefühl liegt ihr einfach im Blut und es ist schon viel zu lange her, seit ich sie das letzte Mal frei tanzen gesehen habe.

»Los, Süße, zeig mir, was du draufhast!« Zielstrebig legt sie das große Schneidemesser an die Seite und bewegt sich mit schwingenden Schritten auf mich zu. Aus den Boxen strömt *Obsesion* von Aventura und Judy Santos, als sie mit beiden Händen von hinten meine Taille berührt und ich daraufhin von ganz allein anfange, mich der Musik hinzugeben.

»Genau so und nicht anders!« Viola feuert mich an und pfeift, während ich mich elegant in die Knie sinken lasse und mich mit einer gelösten Drehung wieder aufrichte. »Aleks, deine Verlobte ist einfach nur hot!«, ruft sie, sobald er die Küche betritt und den Rotwein in unsere Gläser schüttet.

»Denkst du, das ist mir nicht klar?« Indem er sich uns nähert, bewegt er ebenfalls seine Hüften und für einen Moment fühlt es sich an, als wären wir gerade zehn Jahre in die Vergangenheit gereist. Die Energie im Raum ist von Sorglosigkeit durchtränkt und die Außenwelt, in der Erwartungen, große Entscheidungen und vielleicht Trübsal auf uns warten, rückt einfach in den Hintergrund. Mit einer Hand schnappt sich Vi eines der Weingläser, mit der anderen greift sie nach meiner Hand und dreht mich ein. Als sie mich loslässt, mache ich den gleichen Move mit Aleks und sehe im Augenwinkel, dass sie einen guten Schwung Wein in einen der Kochtöpfe gießt.

Karlo

»Willst du echt nicht?« Unsicher nehme ich den Joint, den Valentino mir entgegenstreckt, bevor er sich auf mein Sofa fallen lässt.

»Nein, ich fliege in zwei Wochen wieder und da hört der Spaß für mich auf.« Mit den hochgezogenen Brauen sieht er unfassbar verantwortungsbewusst und souverän aus, gar nicht wie der Scherzkeks, den er sonst so oft heraushängen lässt.

Ich nicke langsam. »Das ist richtig so.«

»Und wie kommst du auf den Stoff? Ich meine, wa...«

»Frag nicht«, unterbreche ich ihn, weil ich wenig motiviert bin, ihm von den Aufgaben zu berichten, die Judy und ich uns gegenseitig gegeben haben.

»Okay.« Er wippt mit dem Knie. »Aber wenn du es ausprobieren willst, kann ich gern dabei sein.«

»Val, du hast früher auf jeder Party gekifft und jetzt machst du dir Sorgen um *mich*?« Belustigt schnippe ich die Tüte auf meinen Wohnzimmertisch und lehne mich zurück.

»So ein Quatsch. Die Erfahrung hat einfach gezeigt, dass es cool ist, in guter Gesellschaft zu sein, wenn die Wirkung das erste Mal kickt.«

»Alles klar. Ich werde vielleicht darauf zurückkommen, wenn es so weit ist.« Lachend fange ich seinen Blick ein. Genau diese Seite an Val ist es, die ihn zu meinem besten Freund macht. Egal wie chaotisch und unberechenbar er sein kann, sobald es darauf ankommt, gibt er hundert Prozent und die absolute Rückendeckung.

»In zwei Wochen bist du also wieder weg?« Nachdenklich fahre ich mir durchs Haar und Valentino erwidert ein Nicken.

»Es geht nach Frankreich, für mich erst mal One Way. Hab mir Urlaub genommen.«

»Oh, okay. Schick mal 'ne Postkarte.«

Er lacht auf und ich stelle mir bildlich vor, wie er sich am Strand mit Sonnenbrille auf der Nase und mindestens einem Caipirinha in den Händen goldbraun brutzeln lässt.

»Nimmst du mich vorher wenigstens noch einmal mit ins Tanzstudio, damit ich Eloise selbst nach ihrer Nummer fragen kann?« Das sagt er mit einer Stimmlage, die impliziert, was für ein beschissener Kumpel ich wäre, würde ich ihm diesen Gefallen ausschlagen. Also stimme ich ergeben zu.

***

Die metallische Klinge an meinem Hals ist kühl und ich spüre, wie sie langsam über meine Pulsader fährt. Das Geräusch dabei ist rau und markant.

Mit an die Decke gerichteten Augen genieße ich den kleinen Adrenalinschub, den mir der Besuch beim Barbier nach all den Jahren immer noch verschafft. Weil Eduard wohl der einzige Mensch auf diesem Erdball ist, den ich auch nur ansatzweise mit einem Messer an meine Haut heranlasse, wird er für mich automatisch zu einer Vertrauensperson der besonderen Art.

»Wirst du je damit aufhören, die Luft anzuhalten, als hättest du Angst, dass ich dich kaltblütig kille?« Während er das fragt, wendet er den Blick kein Stück von seiner Arbeit ab und zieht mit der Rasierklinge spürbar eine saubere Linie.

»Vertrauen ist gut, Kontrolle ist besser.«

»Das ist ausgelutscht.« Eduard greift nach einem großen Pinsel und streicht mit gleichmäßigen Bewegungen die Schnitthaare aus meinem Gesicht, bevor er es mit einem kühlen Tuch weiterbehandelt. »Nur wer das Risiko genießt, erlebt den Kick.«

Obwohl der heutige Besuch im Männersalon nicht zuletzt dazu gedacht war, für die Frauenwelt das Beste aus mir herauszuholen und bestimmte vergebene Personen ein für alle Mal aus meinem Verstand zu operieren, blitzen innere Bilder auf, die das Gegenteil bedeuten.

»Das sagt ausgerechnet der Dude, der seit eineinhalb Monaten den Verlobungsring für seine langjährige Partnerin mit sich herumträgt?« Eduards Kollege Noah knufft ihn im Vorbeigehen in die Schulter und schenkt mir ein wissendes Zwinkern.

»Verräter«, faucht Eduard und presst verbissen seine Lippen aufeinander, was aus meiner Perspektive ziemlich witzig aussieht. »Wenn du den Kerl im

Team hast, brauchst du echt keine Feinde mehr.« Er sagt das an mich gerichtet, jedoch in einer Lautstärke, die offensichtlich bis zu Noah durchdringen soll.

»Du willst sie heiraten?« Obwohl sich der Kontakt zu Eduard auf meinen monatlichen Besuch im Salon beschränkt und ich seine Freundin nie persönlich kennengelernt habe, rührt mich diese Information. Führt mir vor Augen, wie lange ich nun schon ein und denselben Barbier besuche. Ich weiß noch, wie er vor zig Jahren über diese »dreiste Person« im Einkaufszentrum hergezogen ist, die ihm die letzte Mayonnaise im Glas vor der Nase weggeschnappt hat, als er gerade danach greifen wollte. Er war echt aufgebracht und entrüstet, was mir in lebhafter Erinnerung geblieben ist, weil ich an diesem Tag deutlich mehr Angst vor einem folgenschweren Schnitt in meinen Hals hatte. Während seine Flüche den Raum ausfüllten, habe ich mich schon in einer Blutlache am Boden gesehen.

Kaum zu glauben, dass es exakt dieser Mensch ist, der ihn damals so verärgert hat, für den er nun offenbar einen Verlobungsring mitführt.

»Definitiv.« Eduard positioniert sich hinter mir und träufelt ein wenig Bartpflegeöl auf seine Fingerspitzen, als sich unsere Blicke im Spiegel treffen.

»Worauf wartest du dann noch?« Wachsam kneife ich die Lider zusammen und beobachte, wie sich seine Kiefermuskeln krampfhaft anspannen.

»Tamara ist schwanger und ich habe Angst, dass sie glaubt, mein Antrag käme nur deshalb.«

»Krass!« Mir fällt die Kinnlade herunter, gerade als er damit beginnt, die Lotion aufzutragen.

Das Bild im Spiegel – er mit hängenden Schultern in seinem schwarzen Oversized-Shirt und ich mit überraschter Mimik – ist selten brillant.

»Ich gratuliere dir, Mann.«

»Danke. Es wird ein Dezemberbaby.« Diese Worte malen ein breites Grinsen in sein Gesicht und wenn er nicht gerade dabei wäre, in kreisenden Bewegungen das Bartöl zu verreiben, hätte ich ihm gern auf die Schulter geklopft.

»Nun, ich denke, du hast recht«, sage ich stattdessen und werde von einer herben Wolke aus Zedernholz umhüllt.

»Was meinst du?«

»Na, mit dem, was du gesagt hast.« Etwas unbeholfen hebe ich eine Hand, um ihn zum Verstehen zu bringen, doch er zieht fragend die Brauen hoch. »Der ganze Kontrollscheiß ist ausgelutscht. Aufs Risiko kommt es im Leben an.«

Diese Sätze aus meinem Munde hören sich ein wenig billig an. Fast lachhaft. Immerhin bin ich der Typ, der es nicht mal packt, der eigenen Realität mutig entgegenzublicken.

»Du meinst also, ich soll sie einfach fragen?«

Ich nicke. »Klar. Du gehst nun schon so lange Seite an Seite mit ihr. Und das, obwohl sie frecherweise das letzte Mayoglas erbeutet hat! Denkst du also echt, sie wird dir nicht abkaufen, dass es dir bei diesem Antrag um sie geht?« Ich zucke mit den Schultern, dann bewegt sich für einige Atemzüge niemand mehr von uns.

»Stimmt!« Eduards Spiegelbild richtet sich auf, in seinen Augen flackert es. »Scheiß auf die ganzen Sorgen, Alter. Die Energie, die ich in das Grübeln stecke, sollte ich lieber in einen anständigen Antrag investieren!« Er stößt seine Handflächen gegeneinander, um im nächsten Moment notdürftig den Frisiertisch aufzuräumen und mir das Fläschchen Bartöl in die Hand zu drücken. »Hier, für dich. Das geht so was von aufs Haus.«

Ich nehme es ihm gerade noch rechtzeitig ab, bevor er es einfach loslässt und ungehalten gegen einen Gegenstand läuft, den ich von meinem Platz aus nicht definieren kann.

»Danke.« Etwas perplex über den schnellen Stimmungsumschwung umfasse ich mit einer Hand das weiche Leder meines Stuhls und rücke nach vorn, um die Füße umständlich neben den Hocker abzustellen, den Eduard nicht eingeklappt hat.

»Ich mache Feierabend!«, ruft er, indem er sich einen Besen schnappt und in Windeseile um mich herumfegt.

»Bitte was?« Noah nähert sich kopfschüttelnd. »Wie wäre es, wenn du Karlo zuerst von seinem Umhang befreist?«

»Geht schon, geht schon.« Irgendwie gelingt es mir, aufzustehen und blind den Haken vom Frisierkittel zu öffnen.

»Tut mir leid, ich bin gerade etwas nachlässig.« Eduard nimmt mir den Umhang ab, lehnt den Besen an den Spiegel und tritt dann zwischen Noah und mich. Im nächsten Moment legt er uns jeweils einen Arm um den Hals und räuspert sich andächtig. »Männer, ich werde heiraten.«

Judy

Vor einem abgerockten Kiosk nahe der Mönckebergstraße, in dem sich Viola neue Zigaretten kauft, strömen Touristenmassen an mir vorbei und scheinen mich in meiner Position an der Wand kaum zu bemerken. Fast, als wäre ich ein schlechtes Graffiti oder eine nichtssagende Skulptur. Jedenfalls kein echter Mensch, den man grüßt.

Weil sich die Leute unbeobachtet fühlen, fahren sie ihre Gespräche nicht herunter, während sie in meiner Nähe stehen oder gehen. Binnen kürzester Zeit höre ich zig verschiedene Wortfetzen, die zusammen amüsante Poesie ergeben.

»Du hast ihn besoffen geküsst?«, fragt eine blonde Frau ihre Freundin, die sich beschämt die Augen zuhält.

»Seitdem bekommt mein Kater Antibiotikum«, kommt von einem vollbärtigen Mann und ich muss kichern.

Hamburgs sommerlicher Charme strömt in jeden Winkel und durchflutet alle, die hier die Luft atmen. Das bunte Treiben macht mich frei, die unterschiedlichen Klamottenstile der Passanten sind eine Ode an Einzigartigkeit und Individualität.

»Entschuldige, würdest du kurz ein Foto von uns schießen ... Hallo?«

Jemand tippt mir auf die Schulter und ich erschrecke, weil ich nicht damit gerechnet habe, registriert zu werden.

»Ähm, natürlich, klar!« Hektisch greife ich nach dem iPhone, das mir eine Frau erwartungsvoll entgegenstreckt. Sie nickt zum Dank und schmeißt sich dann in die Arme ihres Freundes, der ihr fürs Foto einen Kuss auf den Haaransatz drückt.

»Bitte so, dass auch die Gebäude mit drauf sind.« Sie deutet auf die Einkaufsläden aus Beton, Glas und Stahl, die ich sicher nicht zur schönsten Fotokulisse Hamburgs zählen würde, und zieht sich den Rock zurecht, der gerade so ihren Po bedeckt. Gehorsam folge ich ihren Anweisungen, bösen Blicken und Rempeleien von Passanten zum Trotz. Sie lassen mich deutlich spüren, dass ich an die Hausfassade gepresst besser aufgehoben war.

»Und noch mal im Querformat«, bestimmt die Frau, ihr Partner küsst sie jetzt zur Abwechslung auf Mund und Wange.

Ich gebe mein Bestes, strecke mich, gehe in die Hocke und schieße gefühlt fünfzig Fotos, bis im Hintergrund plötzlich ein vertrautes Gesicht auftaucht. Alarmiert reiche ich dem Typen das Handy und taumle zurück zum Kiosk. Mit flachen Händen presse ich mich an das raue Mauerwerk und wünschte, es würde mich einfach verschlucken.

»Judy?«

»Nein. Ich meine, hi.«

Karlo bleibt direkt vor mir stehen und kratzt sich etwas verwirrt an der Schläfe. »Was tust du hier?«

»Ich warte auf Viola, sie ist da drin und ...«

»Judy?« Meine beste Freundin tritt aus der Tür heraus, deren rote Farbe bereits großflächig abblättert. »Was zur Hölle ist mit dir los?« Weil sie sich nun neben Karlo platziert und die Arme verschränkt, komme ich mir vor wie in einem Kreuzverhör und stammle zusammenhanglose Wörter.

Energisch packt Viola mich bei der Schulter und zerrt mich ein Stück nach vorn, sodass ich nicht mehr übergangslos mit dem Beton verschmelze.

»Ich war nur ... Da war eben eine ... eine Spinne.«

»Eine Spinne«, wiederholt sie mit großen Augen und zieht sich eine Kippe aus der Schachtel. Dann wendet sie sich Karlo zu, als wäre es das Normalste der Welt, dass er auf einmal bei mir steht. »Du auch?«

Er schüttelt den Kopf und die Art, wie er mich betrachtet, versetzt mein Herz in aufgeregtes Stolpern. War er beim Friseur? Seine Haare stehen weniger in alle Richtungen ab als sonst, der Bart wirkt frisch rasiert. Mir fällt auf, dass das Tageslicht seine Augen noch viel grüner strahlen lässt.

Verdammt, Judy. Reiß dich zusammen.

»Was machst du hier in der Innenstadt?« Viola nimmt einen langen Zug und verschränkt die Arme. Ich bin froh, dass sie den Fokus nun auf Karlo und nicht mehr auf mich richtet.

»Nur ein paar Erledigungen.« Er hält eine große Tüte Trockenfutter für Katzen hoch und wäre ich nicht verstummt, hätte ich ihn gern gefragt, wie es Freddy geht. »Und ihr?« Nach kürzester Zeit schweift sein Blick wieder von ihr zu mir.

»Wir wollten frühstücken gehen«, stammle ich.

Karlos Brauen verengen sich. »Es ist gleich Mittag.«

»Spät zu frühstücken reduziert das Risiko, irgendwann an Diabetes Typ zwei zu erkranken.« Das Lächeln meiner besten Freundin ist zuckersüß und zeigt keinen Funken Verunsicherung.

Es ist mir schleierhaft, woher sie immer ihre schlagfertigen Sprüche nimmt, doch sie kriegt es hin, die Situation zumindest ein kleines bisschen weniger verklemmt aussehen zu lassen.

»Alles klar, dann will ich euch nicht länger aufhalten.« Sein Grinsen fordert seine Grübchen zu einem schelmischen Tanz auf und ich bin froh, dass er sich mein äußerst merkwürdiges Verhalten nicht anmerken lässt. »Sehen wir uns die Tage im Studio?«

»Ja klar. Ich freue mich schon.« Zu meinem Glück klingt meine Stimme nicht mehr, als stünde ich kurz vor einer mündlichen Prüfung, und ich schaffe es sogar, ein Lächeln zu erwidern.

Weil du dich wirklich auf ihn freust, wagt es, mein Unterbewusstsein zu sagen.

Aufs Tanzen, kontert forsch die Vernunft.

Süß, wie naiv du bist. Es ist er.

Das Tanzen! Was hast du dir schon wieder eingeworfen?

»Alles klar. Guten Appetit euch.« Karlo presst die Lippen aufeinander und winkt zum Gruß.

Sobald er sich umdreht, falle ich an die Wand zurück und vergrabe kurz das Gesicht in den Händen. »Gib mir einen Zug«, befehle ich Viola.

»Auf keinen Fall.«

»Vi, ich habe nicht gefragt. Los jetzt!« Entschlossen ziehe ich ihr Handgelenk heran und führe die Zigarette damit zu meinem Mund. Der beißende Qualm jagt mir durch die Lunge und versetzt meinen Körper in einen kurzen Schockmoment, ehe ich huste und nach Luft ringe.

»Drehst du jetzt durch?«

»Scheint ganz so.« Ich fächere mir eine frische Brise zu und bin trotz der morgendlichen Dusche schweißgebadet. Ohne den Blick heben zu müssen, sehe ich Violas Gesichtsausdruck bildlich vor mir: fragend und analysierend, die Brauen einen Millimeter angehoben.

Kapitel 14

Karlo

Zufrieden umrunde ich die Mitglieder meines Paartanzkurses und male mir den Tag aus, an dem wir Ende des Jahres zum zweiten Mal einen Bus mieten, um zur Meisterschaft zu fahren. Diese Gruppe, die sich neben ihrer Beständigkeit durch flächendeckende Hingebung und gegenseitige Unterstützung auszeichnet, hat es in sich. Wenn sie tanzt, reichert sich das komplette Studio mit ihrem pulsierendem Vibe an und hat die Macht, jeden noch so kleinen Zentimeter Trübsal durch pure Kraft einfach auszuschwämmen. Ein Teilnehmer hat deswegen irgendwann angefangen, den Kurs *Upgrade für individuelle Emotionslagen* zu nennen, was es ziemlich exakt auf den Punkt bringt.

»Wenn ihr so weitermacht, fürchte ich fast, dass wir dieses Jahr mit einem Titel nach Hause gehen und ich das Studio für interessierte Jurymitglieder aufhübschen muss«, merke ich lachend an, sobald das Lied leiser wird.

Die Damen vollenden noch eine Drehung und pünktlich zum Verklingen des letzten Takts finden sich alle fehlerfrei in der Endpose ein.

»Das ist natürlich ein Grund, dass wir hier und da mal einen Patzer einbauen, oder was denkst du?« Marlon klopft mir auf den Rücken und die Gruppe verliert sich in losgelöstem Lachen und Klatschen.

»Niemals!« Nele, Marlons Frau, lehnt ihren Kopf an seinen Oberarm und mustert mich dabei mit großen Augen. »Dass du nicht putzen willst, hättest du dir überlegen müssen, *bevor* du uns so erstklassig ausgebildet hast.«

Ihre Worte lassen den Beifall noch mal aufflammen und trotz der Ironie darin entgeht mir das Kompliment keineswegs. Unaufhaltsam sickert es durch mein gesamtes Körpersystem. Stärkt mich. Lässt mich wieder einmal dankbar dafür sein, meine Leidenschaft zum Job gemacht zu haben.

»Du spielst nicht fair, Nele. Ihr habt mir zwei Jahre lang verschwiegen, dass das Interesse an einem Wettkampf besteht. Als ihr dann damit rausgerückt seid, wart ihr schon viel zu gut – mir waren also die Hände gebunden.« Ich zwinkere ihr zu, bevor meine Aufmerksamkeit durch die gesamte Runde schweift. »Nein, mal ohne Scheiß, Leute. Ich bin echt stolz auf euch und sehe im Hinblick aufs Turnier großes Potenzial. Weiter so!«

Alle Augen strahlen. Basti formt mit seinen Fingern ein Herz, das ich mit einem Luftkuss beantworte und die Session für heute beende.

»Ziehst du mir bitte noch ein Wasser ab?« Nele knufft mich anerkennend. Der Schweiß hat ihr den dunkelhaarigen Pony an die Stirn geklebt, die Wangen glühen rot.

»Klar.« Gemeinsam schlendern wir Richtung Bar, als eine wohlvertraute Gestalt an der Fensterfront vorbeihuscht und sich schließlich durch die Tür schiebt.

»Hey! Was machst du denn heute hier?«

Judy hebt zaghaft die Schultern.

»Ich war gerade in der Nähe und wollte dir Bescheid sagen, dass wir erst in zwei Wochen wieder üben können.« Sie drückt kurz die Lippen zusammen. »Wir haben eine volle Agenda, weißt du. Endlich einen Termin zum Probeessen, die Location muss bestätigt werden.«

Wir.

Skrypczak und sie.

Sie weicht meinem Blick aus und starrt stattdessen auf den Fußboden.

»Karlo?« Nele tippt mich an und ich konzentriere mich auf ihren Getränkewunsch, um nicht zu kollabieren. Alles in mir zieht sich beim Gedanken an Judys Hochzeit zusammen.

»Passt.« Ich nicke ihr über die Schulter hinweg zu ... werde nicht den verletzten Typen raushängen lassen, während sie ihre Flitterwochen bucht. »Melde dich einfach, sobald du wieder kannst.« Mit Daumen und kleinem Finger deute ich ein Telefon an. Dann stecke ich eine Zitronenscheibe an den Rand von Neles Glas und reiche es ihr.

Ich zeige an Judy gewandt auf meine Schülerin. »Wenn du mich jetzt entschuldigen würdest.« Die Stimme ist tiefgefroren, das eben noch begeisterte Herz scheint nun die Apokalypse in mir anzuführen.

Sie zeigt mir wortlos einen Daumen nach oben und spart sich ein weiteres Wort, ehe sie sich mit energischen Schritten aus dem Raum entfernt.

Judy

Je weiter ich mich vom Studio entferne, desto stärker wird das Gefühl der Trauer in meiner Brust. Sein Blick, kalt wie Stahl, hallt in meinem Unterbewusstsein nach und obwohl es sich beschissen anfühlt, bestätigt es mich in der Entscheidung, Abstand zu nehmen.

Alles, was wir in der letzten Zeit zusammen erlebt haben, nagt zu sehr an meiner Konzentration und lenkt von den wirklich wichtigen Aufgaben, der Hochzeitsplanung, ab.

Da das Tanzen halbwegs klappt, braucht es weniger Aufmerksamkeit: Karlo hat es geschafft, dass ich Aleks am Tag der Hochzeit nicht blamiere, das Ziel ist also erreicht. Und nach der gestrigen Begegnung in der Stadt habe ich beschlossen, zur Vernunft zu kommen.

Ich bin eine Frau, die Strukturen liebt und darin aufgeht, ausgeklügelte Pläne für ihr Leben zu schmieden. So war es die letzten Jahre und nur, weil ich es eine Zeit aus den Augen verloren habe, heißt das noch lange nicht, dass mich die Tanzerei grundsätzlich verändert hat. Vielleicht habe ich mir dieses Upgrade für mein Leben gewünscht, aber jetzt will ich es doch nicht mehr.

Aus, vorbei, return.

An einer roten Ampel bringe ich den Wagen zum Stehen. Wische mir entnervt unter den Augen entlang, die plötzlich tränennass sind.

***

Am späten Morgen meines Geburtstags sitze ich allein am Frühstückstisch und stecke eine Kerze in einen der Cupcakes. Wie jedes Jahr hat Viola mir ein ganzes Blech voll vor die Tür gestellt. Und wie jedes Jahr sind sie mit dem rosafarbenen Topping verziert, das ich so liebe.

Ich ziehe die Beine fest an den Bauch heran und schnappe mir das Feuerzeug, das neben einer durchsichtigen Tüte Gras auf Aleks Lieblingsplatz am Tisch liegt. In Gedanken an die Tatsache, dass er heute bis spät arbeiten wird, entfache ich das Feuer, zünde die Kerze an und lasse den Daumen noch ein paarmal über das metallische Rädchen gleiten.

»Happy birthday to me«, stöhne ich und werfe das Feuerzeug zurück auf die hölzerne Platte. Das Küchlein vor meiner Nase verströmt einen Duft nach Himbeere und Schokolade. Eine Kombi, die mir im Normalfall das Wasser im Mund zusammenlaufen lässt und die Frage aufwirft, wieso man eigentlich nur einmal im Jahr Geburtstag haben kann. Heute empfinde ich beim Gedanken an die süße Versuchung keine Vorfreude. Die Flamme tanzt aufgeregt darauf herum und ich zücke mein Handy, um das obligatorische Geburtstags-Cupcake-Foto für meine beste Freundin zu schießen.

Neben einigen Benachrichtigungen von Instagram und je einem entgangenen Anruf von Mom und Dad, ploppen auch Sprachnotizen von Senay und Savannah auf.

Geistesabwesend scrolle ich durch die Chats, ohne bereits etwas durchzulesen oder abzuhören. Registriere, dass Karlos Profilbild weit nach unten gerückt ist, und ertappe mich bei einem sehnsüchtigen Seufzer.

Es ist das Tanzen. Der selbst auferlegte Entzug drückt ein wenig auf meine Lebensfreude.

Schnell öffne ich die Kameraapp, um das Foto zu schießen, weil das Wachs inzwischen tröpfchenweise an der dünnen Kerze entlangrinnt. Dann schließe ich die Augen und wünsche mir etwas für das kommende Lebensjahr.

Scheiße, Judy. Niemand sollte sich an seinem Geburtstag derart verloren fühlen. Beweg deinen Hintern.

Entschlossen drehe ich unsere Anlage voll auf, als wäre ich im Begriff, eine Party mit mindestens zwanzig Leuten zu veranstalten. Schalte die Playlist aus dem Tanzunterricht an und schließe für ein paar Minuten die Augen, während die Musik in meine Adern schießt und der Beat den Takt meines Herzens bestimmt.

Mit der Euphorie kehrt auch der Appetit zurück und ich schnappe mir den Cupcake, ehe ich vom Stuhl aufspringe und in Schlafshorts und XXL-T-Shirt durch die Räume springe. Ich singe lauthals *Mangos mit Chili* von Nina Chuba mit, denke mir seltsame Moves aus, steige über Stühle und das Sofa. Ich lasse los und feiere mich, bis die Intensität einem Work-out nahekommt und ich schweißgebadet bin.

Gerade slide ich zurück in die Küche und drehe mich dabei zweimal auf Zehenspitzen um die eigene Achse, da steht Aleks in der Tür, und der Schock lässt meinen kompletten Körper zusammenzucken.

Tonlos klappt sein Mund mehrfach auf und zu, was auch daran liegen kann, dass die Boxen durch den Bass fast auseinanderfliegen. Hastig reduziere ich die Lautstärke und lehne mich erschöpft gegen die Kochinsel.

»Hast du schon Feierabend?«

Die vier Meter zwischen uns fühlen sich an wie eine unüberwindbare Kluft.

Aleks nickt und hat es noch nicht geschafft, seine Schuhe auszuziehen. Dass er wie eingefroren dasteht, steigert mein Unwohlsein und ich komme mir neben ihm, seinen gemachten Haaren und dem glatten Hemd ein bisschen vor wie ein Clown.

»Konnte es einrichten, eher zu gehen.« Er wippt mit dem Bein. »Für den Fall, dass du dich einsam gefühlt hättest.«

Ich lächle gezwungen und er erwidert es angespannt.

»Danke.« Langsam hebe ich die Hand, in der noch das leere Küchleinpapier liegt. »Auch einen Cupcake?«

Wieder nickt er.

»Aber bitte auf einem Teller.«

Karlo

»Solche Momente habe ich vermisst«, seufzt Emely und tippt dabei grinsend Nachrichten in ihr Handy. »Sommerabende auf einer Picknickdecke an der Alster fühlen sich wie Silvester im Herzen an, oder nicht?«

Ich werfe Valentino einen raschen Blick zu, der schulterzuckend ein Astra öffnet und es mir reicht.

»Ja, weil du heute auch so aufmerksam bist und kaum in deinen Chat vertieft.« Er knufft meine Schwester sanft in die Schulter und wenn mich nicht alles täuscht, steigt ihr die Röte ins Gesicht. Rasch steckt sie das Handy in ihren Jutebeutel und zwickt Valentino.

»Ich bin anwesend! Und so oder so ist das hier eine gute Maßnahme, damit mein mürrischer Bruder mal was anderes zu sehen kriegt als seinen Alltag in Graustufen.«

»Alltag in Graustufen«, schnaube ich. »Du hast vielleicht bescheuerte Begriffe auf Lager.«

»Treffende, meinst du.«

»Ansichtssache.«

Es nervt mich, wie recht sie hat. Seit dem letzten Aufeinandertreffen mit Judy herrscht Funkstille und ich fühle mich wie vernebelt. Als würde durch das Wegfallen unserer Tanzstunden mein kompletter Alltag aus den Fugen geraten und meine Laune von einem trüben Schleier umhüllt werden. Den gesamten Tag über halte ich meine Finger im Minutentakt davon ab, sich mein Handy zu schnappen und ihr eine Nachricht zum Geburtstag zu hinterlassen.

Emely zwinkert mir überlegen zu und ich verschränke die Arme. »Erzähl uns doch lieber mal, mit wem du am Handy deine Zeit verbringst.«

Sofort reißt sie die Lider auf und schüttelt vehement den Kopf. Ich kann nicht fassen, dass sie offenbar etwas verbirgt, jedoch gleichzeitig Meisterin darin ist, meine Privatsphäre zu behandeln, als wäre sie eine blinkende Werbewand auf dem New Yorker Broadway. Gerade will ich den Sachverhalt klären, da öffnet sie eine Dose und präsentiert uns Mini-Pancake-Spieße mit frischen Erdbeeren, Heidelbeeren und veganer Nougatcreme.

»Wer will, stellt keine weiteren Fragen!« Ihr strenger Blick ist an mich gerichtet, während Val sich bereits eines der Häppchen schnappt und uns amüsiert mustert.

»Kleines Biest«, murmle ich, doch willige ergeben ein, weil Emelys selbst gemachte Snacks zu ihrem Glück immer der Himmel auf Erden sind. Triumphierend rückt sie einen der Spieße heraus und ich lehne mich kopfschüttelnd auf der Decke zurück.

Wie fast jeden Abend in den Sommermonaten ist die Alsterwiese auch heute gut besucht. In unregelmäßigen Abständen sitzen Menschengrüppchen verschiedener Altersklassen, Paare und Einzelpersonen. Einige haben eine Flasche Rotwein dabei, andere schmökern in Zeitschriften oder Büchern, leise dringt Musik zu uns durch.

Dass es hier regelmäßig nach gegrilltem Fleisch, Käse und Tofu riecht, verleiht mir die absoluten Sommergefühle und ich bekomme eine Vorstellung davon, was Emely mit ihrem Silvestervergleich meint.

»Ich würde dir und Eloise dann die Woche mal einen Besuch abstatten«, sagt Valentino und ich hebe nur geistesabwesend einen Daumen.

»Du kennst Eloise?« Emely wirft ihm fragende Blicke zu.

»O ja, aber leider noch nicht gut genug.« Ein schwärmerischer Ausdruck legt sich auf Valentinos Züge.

»Was sagst du dazu, Em? Er und meine Kollegin?« Weil sie ihm einfach nicht aus den Gedanken geht, muss ich lachen.

Sie räuspert sich und zupft an ihrer Bluse. »Na ja, trinkfest sind die beiden ja, wie ich beim letzten Mal gesehen habe. Aber da hattest du ihre Nerven ja auch erfolgreich blank gelegt.«

»Das schafft sie ganz gut selbst, wenn sie sich in Gegebenheiten reinsteigert, die fernab der Realität liegen.«

»Judy?« Unbeirrt nimmt sich Valentino einen neuen Spieß und schiebt sich alles auf einmal in den Mund.

Ich verfluche ihn innerlich. Wieso landen wir seit Tagen eigentlich immer bei dem einzigen Thema, um das ich absichtlich einen Bogen mache. Emely nickt wissend und mit sorgenvoll erhobenen Brauen in seine Richtung.

»Leute, fangt gar nicht erst damit an. Sonst geselle ich mich zu der Gruppe mit dem Kugelgrill und frage, ob sie mich aufnehmen.«

»Eure Geheimniskrämerei scheint in der Familie zu liegen.« Valentino verschränkt kauend die Arme hinter dem Kopf und schließt die Augen. »Wenn das mit Eloise und mir was wird, verschone ich euch garantiert nicht mit Details.«

»Ja, leider«, antworte ich und Emely zieht ihren Cardigan so eng an sich heran, dass es aussieht, als würde sie sich selbst umarmen.

Dann sagt niemand mehr etwas – eine Weile scheinen wir alle mit unseren eigenen Gedanken beschäftigt. Abgedriftet in drei Universen, während wir uns eine Decke und Bier teilen.

»Falls es mit der Liebe nichts wird, haben wir wenigstens immer noch uns drei.«

Die Worte meines besten Kumpels dringen wie durch eine Wand aus Watte zu mir durch und als er seine Flasche anhebt, erwidere ich die Geste ganz automatisch, damit wir anstoßen können.

Kapitel 15

Judy

Mit funkelnden Augen nimmt Viola dem Kellner ein Tablett aus der Hand, auf dem diverse quietschbunte Schnapsgläser stehen. Leise meldet sich in mir eine Stimme, um mich zu warnen, dass dieses Zeug nach Kopfschmerzen schreit, doch die zwei vorausgegangenen Cocktails spülen die Zweifel in Sekundenschnelle davon und ich entscheide mich für eine lilafarbene flüssige Sünde.

»Der letzte Geburtstag als Madame Maifeld!«, grölt Viola mit bereits heiserer Stimme und hält das Tablett jetzt zwischen Senay und Aleks.

Im selben Moment wird mir kurzzeitig so übel, dass ich den Schnaps erst mal abstelle. Die Zeiten, in denen wir jedes Wochenende feiern waren – der Alkohol ein regelmäßiger Begleiter – sind lange vorbei, weshalb ich offenbar ein wenig aus der Übung gekommen bin. Krampfhaft schlucke ich den Kloß in meiner Kehle hinunter und nehme nur entfernt wahr, wie ich dabei die Finger in meinen Oberschenkel grabe.

»Da ich heute Früh unsere Location gebucht habe und die Reservierungsgebühr überwiesen ist, gibt es einen doppelten Grund zum Anstoßen!« Aleks zwinkert mir zu, was meine Mundwinkel anhebt, obwohl sie sich bleischwer anfühlen. Meine Freundinnen kreischen vor Freude um die Wette.

»Also ...« Senay hebt ihren gelben Schnaps in die Höhe. »Auf das heiße Geburtstagskind Judy und auf die Party des Jahres – eure Hochzeit!«

Das Grinsen auf ihren Lippen erreicht das gesamte Gesicht und ich wünschte, ich könnte mich ebenfalls so tief freuen. Nie hätte ich geglaubt, dass der Planungsstress und die Aufregung meine Vorfreude auf unseren Tag derart hemmen würden.

Jetzt heißt es: Augen zu und durch. Auf den Moment warten, der wieder

Entspannung mit sich bringt und das unwohle Gefühl aus meinem Bauch verbannt.

Wann dieser Zeitpunkt wohl eintreten wird?

Nachdenklich fixiere ich Aleks, der bei der lauten Clubmusik regelrecht losgelöst wirkt. In den vergangenen Stunden hat er noch kein einziges Mal angespannt seine Kiefer zusammengepresst oder nervös mit dem Bein gewippt. Es erleichtert mich, dass er einen entspannten Abend verbringt. Heute haben wir uns hier getroffen, um gemeinsam Spaß zu haben. Locker zu sein. Das neue Lebensjahr gebührend einzuleiten. Offenbar haben die anderen es richtig gemacht und alle Sorgen gleich bei der Garderobe mit abgegeben.

Ich sollte mir ein Beispiel nehmen.

»Cheers!«, rufe ich und konzentriere mich kurz darauf auf die leicht brennende Spur, die der Schnaps in meiner Kehle hinterlässt. Gleichzeitig verschwimmen die Linien im Raum, alle Geräusche vereinen sich zu einem grellen Netz und schießen Blitze durch jede einzelne Körperzelle. Als hätte mir dieser Shot die Erleuchtung gebracht, springe ich auf, streiche mein hautenges Satinkleid glatt und breite die Arme aus. Eine Strähne löst sich aus meiner Hochsteckfrisur und ich fühle mich für den Moment unwahrscheinlich sexy. Mein verschwommener Blick wandert zu Aleks. Ich habe Lust, den letzten Rest Verstand für heute auszustellen und die Realität mit ihm gemeinsam zu vergessen.

Es dauert ein paar Sekunden, Viola wedelt auffordernd mit beiden Händen vor Aleks Nase herum und Senay versichert, dass sie eine Weile auf unsere Taschen aufpassen wird. Schließlich erhebt er sich und fährt sich durchs blonde Haar, was dank des fortgeschrittenen Abends nicht mehr millimetergenau glatt und steif gestylt ist. Endlich. Es sieht ein bisschen so aus, als stünde der Aleks von vor einem Jahrzehnt vor mir. Heiß. Ich will ihn spüren. Vom Verlangen gesteuert stolpere ich ihm entgegen und lasse mich in seine Arme fallen. Weil sich meine Haare in den Knöpfen seines Hemdes verhaspeln, bahnen sich weitere Locken ihren eigenen Weg und befreien sich aus den Spangen, mit denen Viola sie vor einigen Stunden mühevoll bezwungen hat.

Ich habe die seltsame Enge in meiner Bauchgegend satt. Möchte stattdessen dem Gefühl nahe sein, das uns an diesen Punkt unseres Lebens gebracht hat. Ich will nach langer Zeit mal wieder mit meinem Verlobten auf einer Welle treiben und alle Pflichten, Aufgaben und Menschen für diesen einen Abend vergessen.

Entschlossen halte ich mich an seinen Hüften fest und stoße mich daran ab, um die Gelegenheit zu bekommen, in seinen Augen zu lesen.

»Tanzfläche?«, kommt es über meine Lippen und die brüchige Stimme dabei bringt mich zum Grinsen.

Zur Antwort neigt Aleks sich nach vorn, ich spüre seinen Atem auf meinem Hals und kichere. Seine Lippen streifen mein Ohr und er knabbert daran. Im selben Moment wechselt das Lied und Peter Fox' *Tuff Cookie* verleiht meinen Beinen einen ruckartigen Bewegungsimpuls.

»Oder wir verschwinden kurz?«

»Aleks!« Ich schüttle amüsiert den Kopf und spüre, wie Viola mich ungeduldig anstupst. Ich winde meinen Kopf, um besser sehen zu können, aber weil mein Verlobter mich festhält und mir dabei laut ins Ohr stöhnt, schaffe ich es nicht.

»Aleks, ich will tanzen.«

»Und ich will *dich*.«

»Dann lass uns doch zusammen auf die Tanzfläche gehen.« Entschlossen drehe ich meinen Oberkörper und löse mich aus seiner Umklammerung, nur damit er mich sofort wieder am Arm packt und dabei Violas Finger wegstößt.

»Hast du sie nicht gehört?« Trotz der lauten Geräuschkulisse erkenne ich deutlich, dass der Tonfall meiner besten Freundin spitz und geladen ist. »Sie will tanzen!«

Endlich lockert Aleks die Berührung und nähert sich stattdessen lachend Viola. Er wankt, streckt seinen Arm aus und verpasst ihr eine leichte Kopfnuss. »Entspann dich.«

Mit einem entnervten Seufzen drückt sie ihn weg und richtet ihre Frisur.

»Alles okay bei dir?« In ihren Augen schimmert Sorge, die ich trotz meines angetrunkenen Zustandes noch klar herausfiltern kann. Ich nicke eilig. Möchte nicht riskieren, dass die Stimmung kippt, und lenke meine Konzentration bewusst auf das Lied, das mich eben noch in einen Schwall der Ekstase gehüllt hat.

»Lasst uns endlich tanzen.« Ohne mich zu versichern, ob die beiden mir folgen, bahne ich mir den Weg durch die feiernde Masse. Vorbei an laut grölenden Männergruppen, sich küssenden Pärchen und Frauen, die wild gestikulierend in Gespräche vertieft sind. Auch als ich mit jemandem zusammenstoße und ein halbes Glas Gin Tonic auf meinem Kleid landet, stoppe ich keine Sekunde, sondern verliere mich selbst im Beben der Musik.

Karlo

»Du hast meinen Geburtstag vergessen«, sagt Judy, sobald ich den Anruf angenommen habe. Ihre Stimme klingt verwaschen und heiser.

Ich werfe den Haustürschlüssel auf die Ablage und fasse mir dann mit geschlossenen Augen an die Schläfe. »Das habe ich nicht.«

»Aber du hast dich nicht gemeldet.«

»Ja, das stimmt. Mir war nicht klar, dass du dir das wünschst.«

Am anderen Ende der Leitung knistert es. Dann nuschelt Judy undefinierbare Worte und im Hintergrund ertönt das Rauschen einer Straße.

»Hast du getrunken?«

»Mich zu ignorieren ist unhöflich, du dickköpfiger, nein, du oberdickköpfiger Mister Grumpy.«

»Es tut mir leid«, erwidere ich, während sich ein mulmiges Gefühl in meiner Brust ausbreitet. »Judy. Wo bist du?«

»Am Club.«

»Bist du allein?«

»Nein. Meine Freundinnen und Aleks treiben sich hier auch irgendwo rum.« Ihr grelles Kichern hört sich an, als könne es jeden Moment in Weinen umschwenken, weshalb ich instinktiv meine Schuhe anlasse und erneut nach dem Schlüssel greife.

»In welchem Club seid ihr?«

»Möchtest du herkommen und ein nachträgliches Geburtstagstänzchen mit mir hinlegen?«

Für einen Moment presse ich die Augen zusammen. Fühle mich in die Vergangenheit katapultiert, in der ich an Wochenenden, die Emely auf Partys verbrachte, regelmäßig von Sorgen verfolgt wurde. Ich habe mir oft die schlimmsten Szenarien ausgemalt – meine Schwester betrunken im Graben liegend oder im Auto eines zwielichtigen Typens mitfahrend. Noch heute mache ich drei Kreuze, dass sich all das nie bewahrheitet hat. Seit sie ihre Zeit lieber auf Poetry-Slams und Lesungen verbringt, bin ich ziemlich entspannt geworden, doch Judys Anruf weckt alte Muster.

Mit aller Kraft zwinge ich mich, einen klaren Kopf zu wahren.

»Das wäre eine Option. Dann könnte ich den fehlenden Anruf wieder entschuldigen, oder was meinst du?« Mit eiligen Schritten laufe ich zur Küche, klemme das Handy zwischen Ohr und Schulter ein und öffne ein abendliches Trostmenü für Freddy, weil ich sie schon wieder allein lassen werde.

»Ich weiß nicht, ob mir das zur Wiedergutmachung genügt«, erwidert Judy mit gedämpfter Stimme und fast gleichzeitig verliere ich die Kontrolle über meine Finger. Mit einem widerlichen Brennen durchtrennt die scharfe Kante der Dose meine Haut und sofort tropft das Blut auf die Fliesen.

»Fuck!«

»Nein, so schlimm ist es auch wieder nicht. Ich mach doch nur Spaß.« Wieder vernehme ich ihr Kichern und das Hupen mehrerer Fahrzeuge in unmittelbarer Nähe.

»Judy, bitte sag mir, wo ihr feiert. Dann mache ich mich auf den Weg.«

»Um diese Uhrzeit? Du kleiner Scherzkeks!«

Notdürftig wickle ich mir mehrere Schichten Küchenrolle um den lädierten Finger und fülle Freddy das Futter in ihren Napf, wobei sie mir irritiert um die Beine schleicht.

»Du weißt doch: Spontane Ideen sind meistens die besten! Erinnerst du dich an unseren Besuch auf dem *Dom*-Fest?«

»Natürlich! Wie könnte ich jemals die Erdbeerflecken auf deinem weißen Shirt vergessen?«

»War ja klar, dass das die prägnanteste Erinnerung ist.«

»Ja, direkt nach deinen süßen Grübchen, die dir fast den gesamten Tag nicht aus dem Gesicht gewichen sind.«

Ich stocke. Für einen Atemzug fühlt sich mein kompletter Körper stahlhart an und ich vergesse, wie Gehen funktioniert.

Sie ist betrunken. Hör auf, dich wie der letzte Spinner aufzuführen!

»Na ja. Jedenfalls bin ich am *Hafenklang*, aber ich habe keine Lust mehr, die anderen zu suchen.« Mit diesen Worten verändert sich Judys Tonlage und sie schnieft einmal kräftig. Ich verfluche Skrypczak, dass er nicht besser auf sie geachtet hat, während mein Schockzustand einfach verpufft und ich regelrecht aus der Tür stürme.

»Bleib, wo du bist. Ich komme vorbei.«

***

Obwohl das Nachtleben in vielen Teilen Hamburgs immer lebendig und grell ist, kommt mir die Stadt heute noch voller vor. Nach nie enden wollenden Fahrten im Kreis schaffe ich es endlich, den Wagen am Arsch der Welt im Halteverbot zu parken, und duelliere auf dem folgenden Fußmarsch mit dunklen Bildern in meinem Kopf.

Wenigstens kenne ich den Club und weiß, wo ich hinmuss.

Es ist kein Bonzenschuppen, wie ich es von Skrypczak erwartet hätte. Tatsächlich findet sich im *Hafenklang* eine nette Location wieder, die aus einem alten Tonstudio geboren wurde und deshalb einen ganz eigenen Charme besitzt. Gerüchten nach hat Udo Lindenberg hier seine ersten Songs aufgenommen und mittlerweile ist es ein beliebter Treffpunkt für Insider und Touristen – nicht zuletzt wegen seiner Lage direkt am Wasser.

Wasser.

Bei der Vorstellung, dass Judy betrunken und allein durch die Straßen taumelt, an der Nordelbe entlang, erreicht mein Puls eine völlig neue Ebene der Geschwindigkeit. Er pocht in meinen Ohren, gleichzeitig höre ich mich selbst unregelmäßig atmen und sprinte an vereinzelten Menschen vorbei. Alle Sinne sind auf nur einen Fokus ausgerichtet. Sie scannen die Umgebung, suchen nach einer rothaarigen Frau mit wilden Locken und vermutlich einem ihrer Lieblingsröcke am Körper.

Sobald ich den maroden Eingang des Clubs erreiche, bleibe ich in einer Traube von Leuten stehen; die meisten rauchen. Andere beleuchten lallend alle möglichen Aspekte des Lebens, jemand beschwert sich lautstark über sein miserables Sexleben.

Von Judy oder Viola keine Spur.

Ob sie wieder reingegangen ist?

Unruhig frieme ich mein Handy aus der Hosentasche und entsperre den Bildschirm, als mich plötzlich jemand von hinten umarmt und mir sofort das kleine Muttermal auf der linken Hand ins Auge fällt.

»Ich hätte nicht gedacht, dass du dein Wort hältst.«

Mit einem Schlag gibt die gesamte Anspannung meine Schultern frei und ich danke dem Universum, dass sich mein Kopfkino nicht bewahrheitet hat.

»Jetzt bist du es aber, die hier unhöflich ist.«

Judy kichert ungehalten, dann drückt sie mich enger an sich und bei dem Farbgewitter, das ihre Berührung in mir auslöst, muss ich wieder die Augen schließen. Ob ich es will oder nicht: Ihre Nähe fühlt sich wie zu Hause an. Sicher. Auf merkwürdige Weise tief verbunden.

Ich habe dich vermisst, will ich sagen, doch beiße mir rechtzeitig auf die Zunge.

»Du fühlst dich gut an, habe ich dir das je gesagt?« Während sie ihre Nase in mein Shirt gräbt, besinne ich mich auf die Tatsache, dass der Alkohol momentan über ihre Sinne herrscht, und drehe mich vorsichtig herum.

»Ich bin froh, dass du in Ordnung bist«, raune ich, überwältigt davon, wie wahr diese Aussage ist, als ihr offener und direkter Blick mit meinem verschmilzt. Auf ihren Wangen haben sich rußfarbene Schlieren von Wimperntusche mit golden glitzerndem Lidschatten vermischt und sind dort inzwischen getrocknet. Es erinnert mich an den Himmel in sternenklarer Nacht. Und daran, dass Skrypczak ein Arschloch ist.

»Wieso bist du nicht bei den anderen?«

»Mir war es drinnen zu stickig«, antwortet sie und ein rätselhafter Nebel scheint das Funkeln ihrer Augen zu verdecken.

Ich zögere einen Atemzug lang. »Du hast geweint.« Meine Stimme wird von einem kaum merklichen Beben begleitet.

Judy öffnet ihre dunkelroten Lippen, doch es kommt keine Antwort. Stattdessen berührt sie mich erneut mit ihrem Kopf, dieses Mal auf Höhe der Brust. Ihr Haar riecht nach Qualm und Hochprozentigem, der Himbeerduft lässt sich dennoch nicht gänzlich verdrängen.

Wie in Zeitlupe hebe ich meine Arme und lege sie um sie herum. So leicht, als wäre sie zerbrechliches Porzellan.

Als würde ich durch diese Geste meine Kapitulation besiegeln.

Sie schnieft, was mich endgültig nachgeben lässt. Ich überschreite eine klare Grenze aus Flatterband, Alarmanlagen und narrensicheren Beschilderungen und ziehe sie fester an mich heran.

»Ich bin bei dir«, flüstere ich. »Ich muss nicht wissen, warum du heute traurig warst. Ab jetzt bist du nicht mehr allein.« Meine Finger verselbstständigen sich und gleiten durch ihre Locken, die in dieser Nacht noch eine Spur zerzauster aussehen. Gleichzeitig hämmert das Herz in meiner Brust und ich bin fast sicher, dass es mich verrät.

»Niemand sollte an seinem Geburtstag allein sein, findest du nicht auch?« Unter meinen Händen lässt Judys Wimmern langsam nach und sie hört sich ein bisschen beruhigter an. Ihre Worte zeichnen ein Lächeln auf meinen Mund.

»Du hast recht.«

Sie nickt und reibt leicht ihre Wange an mir, was mich an Freddys katzisches Verhalten erinnert.

»Gehen wir ein bisschen zum Wasser?«

»Gern. Und dann bringe ich dich nach Hause, wenn wir deine Leute bis dahin nicht gefunden haben, okay?«

Indem sie ihren Kopf zurückneigt, verbindet sie sich erneut mit meinem Blick.

»Karlo Sander, du bist einer von der guten Sorte.« Das dezente Schmunzeln, was sich jetzt auf ihre Lippen legt, erleichtert mich. Gleichzeitig suchen sich ihre Worte ihren Weg durch meine Zellen. Sie wollen sich dort verankern. Einen festen Platz finden. Und mein Verstand ist im Begriff, es ihnen zu gestatten, als mich etwas mit voller Wucht nach hinten zieht. Kurz darauf prallt eine eiskalte, starre Faust in mein Gesicht.

Ich sehe Sterne. Und schmecke Blut.

Dann wird es dunkel.

Judy

In dem Augenblick, in dem Karlo durch den Schlag von Aleks ins Taumeln gerät und schließlich zu Boden sackt, wird der letzte Rest Dunst aus meinem Hirn gespült, den der Alkohol hinterlassen hat. Ich halte die Luft an, mein Körper erstarrt und obwohl mir die Welt nie lauter erschien, will kein Geräusch zu mir durchdringen.

Tiefrot zieht der eindeutige Beweis, dass ich mich nicht in einem üblen Traum befinde, seine Bahnen aus Karlos Mund und Nase. Ich falle auf die Knie, stütze seinen Kopf und taste panisch nach seinem Puls. Aleks hört dabei nicht auf, an mir zu zerren, und ich kann es nicht unterlassen, ihn anzuschreien. Seine ungehaltene Gestik macht mich zum ersten Mal im Leben nicht nervös. Stattdessen treibt sie die pure Wut in meine Adern sowie den Entschluss, dass ich mit aller Kraft dafür sorgen werde, dass er Karlo nicht mehr anfasst. Nie war ich derart bereit zu kämpfen wie in diesem Moment.

Viel zu spät taucht Viola schattenartig hinter mir auf und stellt sich Aleks, sodass ich beide Hände frei habe, um Karlos Gesicht zu umfassen. Auf ihn einzureden. Zu flehen, dass er seine Augen öffnet.

Doch er macht es nicht.

Stattdessen tropfen meine Tränen – bestehend aus Salz und all unseren gemeinsamen Erinnerungen – auf seine Wange. Unbeirrt vermischen sie sich dort mit seinem Blut, werden zu einer Konsistenz, die all den Lügen, die ich mir in den letzten Wochen selbst erzählt habe, endgültig ein Ende setzt.

Plötzlich weiß ich, warum ich mich leicht und echt fühle, sobald wir unsere Zeit miteinander teilen.

Warum seine Grübchen das Letzte sind, an das ich vor dem Einschlafen denke.

Und warum es sich anfühlt, als hätte Aleks nicht ihn, sondern mich mit seiner Faust erwischt.

All das wird mir in diesen Sekunden so deutlich wie ein strahlender Vollmond in glasklarer Nacht und ich gebe mir keine Mühe mehr, meine Gefühle zu leugnen und zurück in ihre staubige Schublade zu verschanzen. Meine Finger gleiten durch Karlos Haar und erinnern mich schmerzhaft an den Abend, an dem er mir vorgelesen hat. Ich habe ihn von der Seite angeschaut und wurde vom Anblick seines Profils – den hauchzart angehobenen Mundwinkeln, den dichten schwarzen Wimpern und den feinen Lachfältchen neben seinem Auge – in einen anderen Kosmos teleportiert. Ich wollte die Hand ausstrecken. Ihn berühren.

Indem er mir wie selbstverständlich die ehrlichste Version seiner selbst vorgestellt hat, schlich er sich still in mein Herz und reservierte sich dort, ganz zuwider meines Verstandes, einen Platz. Unsere Tänze brachten mir nicht nur die leise Idee, dass sich mein Herz, meine wahre Natur in einem Käfig befindet, sondern legten auch eine Spur zum Schlüssel, mich zu befreien. Leuchtende Pfade aus Sonnenschein, Glücksgefühlen und Erdbeergeschmack. Die mich trotz ihrer Schönheit mit unverhüllter Angst konfrontieren, weil sie mächtig sind.

Mächtig und fremd.

Pausenlos sende ich stumme Gebete an das Universum, bis mich ein Sanitäter sacht, aber bestimmt zur Seite schiebt und eine Verbandstasche neben die reglose Gestalt zwischen leere Bierdosen und Zigarettenstummel wirft. Eilig ziehe ich meinen dünnen Bolero aus und stopfe ihn unter Karlos Kopf. Beobachte, wie sich der weißhaarige Mann mit neonoranger Weste über ihn stützt, um die Atmung zu prüfen. Dann nickt er mir eine Millisekunde besänftigend zu und obwohl diese Geste erleichtert, verliere ich mich mit jeder verstreichenden Sekunde weiter in einem Heulkrampf. Zittere so sehr, dass sich meine Gestalt sicher einfach auflöst. Verblasst. Nur eine Regenpfütze in der heißen Mittagssonne.

»Komm. Jetzt. Mit.«

Drei Worte, die es schließlich durch meine Filter schaffen. Kantig und erpressend, als stünde zwischen jedem einzelnen ein Punkt, fallen sie mir vor die Füße. *Auf* die Füße. Machen, dass sich die Lichter im Hintergrund für einen kurzen Moment scharf stellen und ich genau sehe, wie Aleks mit den Kiefern mahlt und die Lippen zu einem Strich formt.

»Nein.« Mein unkontrolliertes Schreien hat sich verflüchtigt und obwohl ich nun leiser spreche, ist der Ton geschliffener und unmissverständlicher denn je. Ich will es noch mal sagen, weil es in meinem Mund wie ein delikates, neu entdecktes Gericht schmeckt. »Nein, Aleks. Ich werde nicht mitkommen.«

Er steht da. Wäre dies ein Cartoon, täte sich jetzt eine Schlucht zwischen uns auf. Mit einem Wummern und Geröll, dass gar nicht genug Sprechblasen für *BOOM, Krawumm* oder *ZZZZ* auf die Seite passen würden. Im echten Leben verläuft das alles stiller. Schmerzhafter irgendwie. Aleks schüttelt den Kopf, seine Kiefer sind nun gänzlich steif. Dann dreht er sich weg und verschwimmt mitsamt meiner Sinneswahrnehmung in der Nacht.

Viola kniet sich zu mir und drückt mich fest an sich, ihr Mund bewegt sich tonlos. Wieder kann ich nichts verstehen.

Und noch immer bleiben Karlos Augen geschlossen.

***

Ein Schlag ins Gesicht dauert den Bruchteil einer Sekunde.

Die Fahrt ins Krankenhaus bei guter Verkehrslage zwanzig Minuten. Ansatzweises Nachlassen des Schocks ist auch nach Stunden nicht zu verzeichnen.

Mit angezogenen Beinen hocke ich auf dem Besucherstuhl neben Karlos Bett, nachdem Viola mich an der Rezeption erfolgreich als seine Schwester ausgegeben hat. Das enge Geburtstagskleid klebt zerrissen und dreckig an meiner Haut. Es stinkt nach Gin und Zigarettenrauch. Erinnert mich zu jeder Sekunde an die schrecklichste Nacht meines bisherigen Lebens.

Seit dem Verlassen des Clubs war ich weder auf der Toilette noch habe ich etwas getrunken oder mich im Spiegel gesehen, inzwischen blitzen erste Sonnenstrahlen des neuen Tages durch die schweren Vorhänge hindurch. Sie heucheln mir vor, dass alles besser wird.

Wenigstens war er wach. Der Moment, in dem er die Augen aufschlug und sich kurz darauf in eine Schale, die ihm die Schwester hingehalten hat, übergeben musste, löste tonnenschwere Steine aus meiner Brust. Endlich ein Lebenszeichen. Sie haben ihm den Großteil des Blutes aus dem Gesicht gewaschen und ihn zugedeckt, während ich wie eingefroren im Raum stand und die Verbindung zum eigenen Körpergefühl verlor.

»Ihr Bruder wird wieder auf die Beine kommen, aber wir behalten ihn zur Beobachtung hier«, hat sie mir zugeraunt und mir erlaubt, zu bleiben. »Es kann sein, dass ihm erneut übel wird, der Schlag hat sein Nervensystem ziemlich beansprucht und irritiert. Wir können außerdem dankbar sein, dass das Jochbein nur angebrochen ist.«

Immer wieder spielen sich die Sätze der Arzthelferin in meinem Kopf ab und jagen mir einen eiskalten Schauer nach dem nächsten über den Rücken. Ich schäme mich. Weiß nicht, ob Karlo jemals wieder mit mir sprechen wird. Und gerade, als die Vorstellung in mir aufsteigt, mich nie mehr in seinen mystischen Augen zu verlieren, springt die Zimmertür aus ihren Angeln.

»Was hast du dir nur dabei gedacht?«

Mit spitzer Stimme nähert sich mir die Frau, der ich neulich schon im Tanzstudio begegnet bin. Die, die sich die Form der Augen mit Karlo teilt. Und die Haarfarbe.

»Ich bin sein Notfallkontakt und wurde nicht informiert, weil man dachte, dass seine Schwester bereits anwesend ist. Das darf echt nicht wahr sein!«

Emely.

Aufgebracht wirft sie ihre Tasche an die Seite und sobald sie Karlos Bett erreicht, presst sie sich eine Hand auf den Mund. Obwohl ich sicher war, alle Tränen der Welt aufgebraucht zu haben, läuft meine Wasserlinie jetzt erneut über.

»Es tut mir so leid«, kommt es mir von den Lippen, doch diese nutzlosen

Worte hätte ich mir sparen können. Sie erinnern an den berühmten Tropfen auf heißem Stein. Sind nicht aufzuwiegen mit dem, was ich eigentlich sagen will. Was ich fühle.

Emelys Blick kreuzt meinen und während sie mich scannt, vergesse ich zu atmen.

»Judy ...« Sie holt tief Luft und nimmt Karlos reglose Hand. »Ich denke, du solltest jetzt gehen. Das hier ist verdammt noch mal kein Spiel.«

Karlo

Seit Stunden liege ich auf der Alsterwiese, spüre, wie Grashalme mich an der Wange kitzeln, und vergesse den Rest der Welt.

Im Zusammenspiel ihres Kleides, das trotz des dämmrigen Lichts noch jede einzelne ihrer Kurven betont, mit den Locken, die ungebändigt über ihre Schultern fallen, sieht Judy aus wie eine Königin. Die Königin des Mondes und der Sterne. Eine Sinfonie aus Feuer und Wasser. Leidenschaft und Sanftmut. Ich kriege nicht genug von ihrem Anblick. Genieße, wie sie durch ihre Anwesenheit meinen Herzschlag beschleunigt und alle überflüssigen Gedanken ausnahmslos aus meinem Verstand fegt. In ihrer Gegenwart verliere ich die Kontrolle und unterliege dem Rausch.

Lächelnd bewegt sie sich auf mich zu, meine gesamte Aufmerksamkeit gehört nur ihr. Ich kann nicht anders, als mich aufzurichten und meine Hand auszustrecken, damit sich unsere Finger vorsichtig miteinander verschränken. Judys Haut ist heiß und glüht unter dieser Berührung.

Eine harmlose Geste mit der Kraft eines Orkans.

Dass sie es auch fühlt, wird mir endlich klar, indem sie sich der prickelnden Energie hingibt und sich auf meinen Schoß sinken lässt. Mein Atem setzt aus, während sie mit den Fingerspitzen über meine Lippen gleitet. Der Blick folgt der Spur, in ihren Augen schimmern die Lichter der Straßenlaternen. Jede Faser meines Körpers verlangt nach mehr. Viel zu lange haben wir uns zurückgehalten, also greife ich in ihr Haar und umfasse ihren Hinterkopf, was sie leise seufzen lässt. Ihre wunderschönen, leicht geöffneten Lippen erzählen von Sehnsucht und Begehren. Von einem Appetit, den nur unser Kuss befriedigen kann. Langsam, doch entschlossen ziehe ich sie näher heran. Koste jede einzelne Sekunde, jede kleine Bewegung ihrerseits, jedes leise Stöhnen aus.

»Karlo!« Jemand rüttelt an meiner Schulter. Im selben Moment verblasst Judys Gestalt, ich will sie festhalten, aber meine Kräfte lassen mich im Stich.

»Karlo, kannst du mich hören?«

Ich schlage die Augen auf. Brauche einige Sekunden oder Minuten, um zu begreifen, dass Emely vor mir steht und unter Tränen lächelt.

»Du hattest einen Albtraum«, sagt sie und schnieft. Dann drückt sie meine Hand.

Durch das helle Licht im Raum sieht sie aus wie ein Engel, der erschienen ist, um mir höchstpersönlich diese Botschaft zu überbringen, doch ich verstehe nur die Hälfte. Im Schneckentempo nicke ich und starre durch sie hindurch.

»Sie war hier.« Beim Sprechen wirkt es, als bestünde meine Zunge aus Blei. »Ich hätte schwören können, dass sie bei mir gewesen ist.«

***

Als Emely nach ihrem fünften Anlauf meine Wohnungstür hinter sich schließt, liegt immer noch der süßliche Duft ihres Notfallplans in den Räumen. Sie hat mich nach Hause gefahren, Valentino informiert, weil mein eigenes Handy die Grätsche gemacht hat, und schließlich noch darauf bestanden, aus meinen dürftigen Vorräten vegane Pfannkuchen zuzubereiten.

Zuckerteig als Maßnahme im Ernstfall. Trick siebzehn, unser Familiengeheimnis. Früher hat Mom sich in die Küche gestellt und Pfannkuchen gezaubert, wenn etwas vorgefallen ist – während Emely mit ihrem ersten Liebeskummer zu kämpfen hatte oder nachdem ich die unzähligste Sechs in Deutsch nach Hause schleppte, weil die Lehrkraft einen Scheiß auf meine Legasthenie gab. Mit der Zeit wurde die Liste aus Anlässen für Pfannkuchen mit Apfelmus länger und länger, aber ein blitzblaues Veilchen, ein mehr oder minder gebrochenes Jochbein und eine zerfleischte Wangeninnenseite zählten bis jetzt nicht dazu.

Wie ein nasser Sack lasse ich mich auf die Couch sinken. Betrachte den Whisky, den Valentino als Trostpreis neben die Rechnung der Abschleppfirma platziert hat, bei der er heute mein Auto eingesackt hat. Ein Gedanke, der mich ungläubig den Kopf schütteln lässt, um dann direkt eine Retourkutsche in Form eines spitzen Schmerzes zu kassieren. Wenn ich es nicht besser wüsste, würde ich wetten, dass die Szenen der letzten vierundzwanzig Stunden einem richtig abgefuckten Film entsprungen sind, auf gar keinen Fall meinem eigenen Leben.

Karlo Sander – ein Mann, der alles verliert, was er nie besaß, kreiere ich einen möglichen Titel und setze Freddy auf meinen Schoß, die etwas verwirrt an mir heraufschaut, sich dann jedoch ausstreckt und den Kopf an meinen Unterbauch schmiegt.

»Oder, was sagst du dazu: *Hilfreiche Lifehacks – wie man seinen Namen am besten in den Dreck zieht.*« Dass mein Vorschlag sie langweilt, zeigt Freddy, indem sie demonstrativ die Augen schließt und einschläft.

Also keine Unterhaltung. Auf einmal ist es so still, dass man eine Stecknadel auf den Boden fallen hören könnte.

Alles und nichts hat sich geändert und obwohl mir die Wohnung vertraut sein sollte, wirkt sie mit meinem angeschwollenen Auge doch irgendwie fremd.

Jede kleine Bewegung wirft die Frage auf, welches Maß an Hass und Eifersucht nötig sind, damit ein derart präziser Haken ausgeführt werden kann, wie Skrypczak ihn abgeliefert hat. Ob er wohl genug Kohle besitzt, um ein mögliches Verfahren gegen ihn auf Eis zu legen? Um sich freizukaufen, als wäre nie etwas vorgefallen? Wie weit es machbar ist, Rechte und Pflichten durch Geld zu beeinflussen, habe ich mich schon öfter mal gefragt.

Aber da ist noch eine andere Sache, die mich beschäftigt. Etwas, das weitaus wichtiger ist als Aleksander Skrypczak oder sein Strafmaß.

Mit jedem neuen Atemzug zieht Unruhe in meinen Magen ein, bis sie selbst die Wirkung der besten Pfannkuchen übertrumpft und Trick siebzehn damit zum ersten Mal im Leben scheitert.

Kapitel 16

Judy

»Das war's«, stöhnt Aleks und schleudert seinen Schlüsselbund auf den Küchentisch. Dann ballt er die Finger zur Faust und instinktiv ziehe ich meine Strickjacke näher an den Körper heran. Ich habe keine Lust nachzufragen, was ihn in diese Stimmung versetzt hat. Bin nicht bereit, seine Seelsorgerin zu spielen, solange er nicht den Hauch einer Einsicht zeigt und sich nicht dazu entschließt, sich persönlich bei Karlo zu entschuldigen.

Seit dem Horrorgeburtstag sind inzwischen drei Tage verstrichen. Drei Tage Dauermigräne durch Kopfzerbrechen. Drei Tage, in denen ein Video im Netz aufgetaucht ist, worin Karlo blutverschmiert vor dem *Hafenklang* liegt und ich hysterisch weinend meine Arme um ihn schließe. Weil ein Großteil von Aleks' Fans und Kritikern glaubt, mich identifiziert zu haben, kursieren seither wilde Gerüchte, sein Management kann sich vor Anrufen kaum mehr retten und die Dreharbeiten pausieren, bis sich die Gemüter beruhigt haben. Einzig die Tatsache, dass der Clip ausschließlich meinen Rücken und den Hinterkopf zeigt, hat uns haarscharf an einem medialen Skandal vorbeischlittern lassen, der derart kurz vor unserer Hochzeit sicher nicht so schnell abgeebbt wäre. Eigentlich hätte Aleks also für die nächsten fünf Jahre einen Grund zur Freude. Völlig anders als Karlo, der seit jener Nacht weder auf Nachrichten noch auf Anrufe reagiert. Nicht einmal mein verzweifelter Stopp am Tanzstudio hat Aufschluss über seinen Zustand gegeben.

Meine Energiereserven sind längst erschöpft. Die Tage fühlen sich an wie altes, lang gezogenes Kaugummi und vom kleinsten Funken Kraft und Motivation, die Hochzeitsvorbereitungen fortzusetzen, gibt es keine Spur. Es reicht nicht einmal, um nur ein normales Gespräch mit meinem Verlobten anzufangen.

Nicht so.

Nicht unter diesen Voraussetzungen.

Angespannt grabe ich meine Fingernägel in mein Knie und bin kurz davor, die Balkontür zu schließen, um Aleks und seine Laune nicht länger ertragen zu müssen. Derweil umspielt der heiße Juliwind eiskalt meinen Nacken. Ich fröstle.

»Dieser Typ bekommt verdammte dreitausend Euro, wenn er das Interview bei der Zeitung durchzieht und auspackt.« Ein wütendes Knurren, dann prallen Fingerknöchel auf Holz und es ist, als würden kalte Klauen mein Herz umschließen. »Du musst mit ihm reden, Judy. Bis zu diesem Termin bleibt uns nicht mehr viel Zeit.«

Uns? Die Klauen packen fester zu und entfesseln dabei ungetrübte Wut. »Du«, setze ich an und erschrecke mich über den finsteren Tonfall. »Du musst mit ihm reden! Und zwar, um Reue zu zeigen! Um ihn um Verzeihung zu bitten!«

»Sollte er den Mund aufmachen, kann ich mich von meinen neuen Verträgen verabschieden. So ein Aufsehen verkraftet die Filmbranche nicht und Schlägertypen werden schon lange nicht mehr gehypt.«

»Wurden sie das jemals?«

»Wenn man es richtig verkauft hat, schon. Damals, als das Land noch nicht von Ökos und Esoterikfreaks erobert wurde.«

Fassungslos schließe ich die Augen und spüre, wie sich alle Muskeln in mir verkrampfen. »Du solltest dich sprechen hören.«

Ich kann es nicht ertragen, dass es ihm nur um sein Ansehen und den Aufstieg auf der Karriereleiter geht. Dass er mit keiner Silbe erwähnt, sich für seine Taten zu schämen, wo er doch eigentlich vor schlechtem Gewissen zerfließen müsste.

Aleks gibt ein verzweifeltes Stöhnen von sich, dann tritt er zu mir auf den Balkon und spielt an den Lichterketten herum, die Viola liebevoll durch das Geländer gewoben hat. Seine Zornesfalte auf der Stirn hat sich eingebrannt.

Sie bleibt, obwohl sich die Gesichtszüge wieder entspannt haben, und lassen ihn dadurch ein bisschen wie Ian Somerhalder aussehen – nur blond. Und ... verbittert.

»Ich bitte dich. Rede mit Karlo«, wiederholt er und klingt dabei auf eine konzentrierte Weise gelassen. Wie ein Kind, das begriffen hat, mit Nörgeln nicht weiterzukommen, und sich zusammenreißt, um die Gewinnchancen zu erhöhen. Mittlerweile ist mir eiskalt und am liebsten würde ich mich nur hinlegen. Die Fenster zuziehen. Decken und Kissen über mir stapeln, bis die Welt endlich leiser wird.

»Du hast ihn geschlagen, weil er ... mit mir gesprochen hat. Ich kann nichts für dich tun«, raune ich stattdessen. Lasse den Blick auf meine Fingernägel sinken. Verfluche den abblätternden Nagellack, der perfekt auf mein Geburtstagsoutfit abgestimmt war.

»Ich habe geglaubt, dass mich meine zukünftige Ehefrau mehr unterstützt.«

»Und ich war fest davon überzeugt, einen Mann mit Herz und Verstand zu heiraten.« Adrenalin überschwemmt mein Inneres, gelangt aber nicht an die Oberfläche. »Vor allem mit Herz.«

Einige Sekunden ist es, als hätte jemand auf *Pause* gedrückt und die Welt einfach angehalten. Ich würde gern aussteigen. An einen anderen Ort spazieren, an dem die Katastrophe noch aufzuhalten wäre. Im Nachhinein betrachtet hätte ich mich lieber beim Tanzen vor Aleks' kompletter Familie und Fangemeinde blamiert, gern mit Stolpereinlage und Sturz in die Torte, wenn ich Karlo dadurch aus dieser Scheiße hätte raushalten können.

»Na gut.« Aleks überkreuzt die Arme. »Dann müssen wir ebenfalls ein Interview geben und den Menschen zeigen, dass sich an unserer gemeinsamen Situation nichts verändert hat.«

***

Am Nachmittag sitze ich wortlos in Violas Auto und starre aus dem Fenster. Die Landschaft sieht heute gräulich aus, obwohl die Menschen ihre Balkone mit Blumenkästen und bunten Möbeln dekoriert haben.

Damit wir im Café in Ruhe etwas trinken konnten, hat Senay extra einen Tisch für uns vom eigentlichen Besucherbereich separiert. Das letzte Mal, als Aleks' Management die Empfehlung aussprach, dass ich nicht allein in der Stadt verweile, liegt schon Jahre zurück. Damals war es einem Journalisten gelungen, ein Bikinifoto von mir auf Violas Terrasse zu schießen. Weil sie mich darauf umarmt, veröffentlichte eine bekannte Zeitung die Prognose, dass ich Aleks für eine Frau verlassen werde, und entzündete damit einen riesigen Shitstorm. Ich hatte es vorher nie für möglich gehalten, wie wenig Raffinesse es benötigt, um eine Lüge mit den Gewändern der Wahrheit zu kleiden und sie dann den Menschen zu überlassen, die sie nicht hinterfragen. Der Schock darüber, dass das Rezept, um online Hasskommentare zu verfassen, zu pushen und einer anderen Person zum Teil sogar den Tod zu wünschen, aus lediglich zwei Zutaten bestand, zwängt sich seit den letzten Tagen erneut in mein Bewusstsein. Im Wesentlichen brauchte es bloß ein Foto, das meine Privatsphäre verletzt hat, und eine hoch motivierte Artikelschreiberin, der ich nie begegnet bin.

Es hat Ewigkeiten gedauert, bis ich mich wieder allein draußen bewegen konnte, ohne von Angst und Panik verfolgt zu sein, und nun scheint sich das Schicksal zu wiederholen. Die Leute unterstellen mir, Aleks für Karlo hintergangen zu haben, und benutzen das Video als hieb- und stichfesten Beweis.

Ich fühle mich schäbig und habe Angst. Weniger, weil mir erneut Illoyalität vorgeworfen wird und ich verurteilt werde, vielmehr, da sich niemand zu fragen scheint, wer Karlo so zugerichtet hat und wie es ihm inzwischen ergeht.

Was sagt das über unsere Gesellschaft aus?

Ob er mich je wieder anschauen wird?

»Hey.« Viola legt ihre Hand auf meinen Oberschenkel. Heute ist einer der Tage, an denen unsere geliebte Playlist ausgeschaltet bleibt. An dem im Vorfeld schon klar ist, dass sowieso kein Song der Welt die Stimmung verbessern würde und selbst die glücklichsten Lieder von Trübsal befleckt werden könnten.

»Es kommen wieder leichtere Zeiten«, sagt sie und obwohl ich es ihr nicht glauben kann, fühlt es sich gut an, sie in meiner Nähe zu wissen.

Menschen wie Viola sind wie der erste kräftige Sonnenstrahl nach eiskaltem Winter oder wie eine verdammt gute Pizza, auf die man sich den gesamten Tag gefreut hat. Sie meine beste Freundin nennen zu dürfen, macht mich zu einer reichen Frau.

Ich nicke schwach und schaue zu ihr hinüber. Hoffe, dass sie in meinen Augen zu lesen weiß, was ich durch mein Ausgelaugt-Sein nicht über die Lippen bringe. Sofort blinzelt sie mich von der Seite an und lächelt kaum merklich, um dann wieder die vor uns liegende Elbchaussee anzuvisieren.

»Ich habe gesehen, dass du ihn magst.«

Viola nimmt die Hand von meinem Bein und umschließt jetzt fest das Lenkrad. Gleichzeitig bleibt mir der Atem in der Kehle stecken.

»Und ich frage mich seitdem, was ich für eine jämmerliche Freundin bin, die es nicht viel eher gecheckt hat.«

»Vi, ich ...«

»Du musst nichts sagen. Ich hätte es wissen können! Wie glücklich und ausgelassen du bist, wenn du mit ihm getanzt hast. Du lachst dann so viel, wie ich es nur aus ganz früheren Zeiten von dir kenne. Und parallel dazu gehen dir die Hochzeitsvorbereitungen eher schwerfällig von der Hand. Ich bin eine Närrin und es tut mir leid.«

Dass sie schniefen muss und ihre Augen glasig werden, bricht mir mein ohnehin lädiertes Herz. »Sag so etwas nicht. Du bist der tollste Mensch auf dieser Welt. Meine Seelenschwester, schon vergessen?«

Sie grummelt abschätzig. »Mit mir hast du echt einen Griff ins Klo gemacht.«

»Wohl eher andersherum. Ich scheine absoluter Profi darin zu sein, den Menschen in meinem Umfeld wehzutun.«

»Quatsch.« Sie bringt den Wagen an einer roten Ampel zum Stehen und fährt sich nachdenklich über den Oberarm. »Die Liebe ist eben eine merkwürdige Angelegenheit, auf die du wenig Einfluss hast, Süße. Wichtig ist die Frage: Wie machen wir weiter?«

Dass sie sich freiwillig etwas von meiner Schlamasselsuppe auftun will, anstatt sie mich selbst auslöffeln zu lassen, gibt mir ein bisschen Körperwärme zurück. Was nichts daran ändert, dass wir uns in einem ausweglosen Labyrinth bewegen.

»Warum gleich so eine anspruchsvolle Frage?«

»Hmm. Dann anders: Wann wirst du Aleks sagen, dass die Hochzeit nicht stattfindet?«

Worte, die mich heftig zusammenzucken lassen. »Viola!« Mit aufgerissenen Augen starre ich sie an, will die Ironie in ihrer Mimik lesen, doch ernte lediglich ein Schulterzucken. »Ich werde heiraten. Ihn. Meine Jugendliebe.«

»Und fast hätte ich dich mit Leib und Seele dabei unterstützt. Wäre die Erste gewesen, die mit teuerstem Champagner auf dich angestoßen hätte, und die Letzte, die von der Tanzfläche gekrochen wäre. Meine durchgerockten Schuhe in den Händen tragend.«

Während sie redet, steigen mir unweigerlich bittere Tränen in die Augen.

»Aber jetzt bin ich endlich wach geworden.«

Karlo

Ich denke noch darüber nach, wie ich jemals wieder aus diesem Glaskasten von Bürogebäude herausfinden soll, als sich jemand mit entschlossenen Schritten nähert und mir kurz darauf einen frischen Kaffee in die Hand drückt – vermutlich aus Bestechungsgründen.

»Schön, dass Sie unsere Einladung angenommen haben.« Mein Gegenüber trägt einen anthrazitfarbenen Anzug und passende Loafer. »Ich bin Marco Voß, wir hatten bereits Mailkontakt.« *Die* Mail.

Die Mail, in der mir die Presse mehrere Tausend Euro anbietet und einen kostenlosen Werbespot für das Studio.

Ich nicke nur gezwungen und umfasse die Lehne meines Stuhls, der eigentlich schon fast einem Sessel gleicht. Dass Marcos Krawatte sich den auberginefarbenen Ton mit der Polsterung und den Gardinen vor den bodentiefen Fenstern teilt, macht die gesamte Atmosphäre künstlich. Es stinkt nach einer Kombination aus erhitzter Laminierfolie und Klassenzimmer.

Einzig Valentinos Worte halten mich davon ab, nicht sofort wieder aufzustehen. »Wenn du diese Gelegenheit nicht nutzt, hat dir der Typ wohl mehr Hirnzellen weggeschmolzen, als ich dachte«, meinte er, weil ich nicht sofort vor Freude gejubelt hatte, als die Nachricht der Zeitung bei mir einging. Letztlich war es auch er, der den Termin in meinem Namen bestätigt und mich bis vor die Tür des Pressehauses begleitet hat, damit ich keinen Rückzieher mache.

»Die Formalitäten sind Ihnen klar?« Marco nippt an seinem Getränk und streicht dann einen Berg Papier glatt, der zwischen uns auf dem Beistelltisch liegt.

»Sie fragen, ich antworte. Korrekt?«

Er neigt reserviert den Kopf, was ich offenbar als Bestätigung auffassen soll. Automatisch überlege ich, ob wohl alle Mitarbeitenden dieses makellose Grinsen einstudieren müssen, wenn sie sich hier um eine Festanstellung bemühen.

»Am Schluss würde unser Kamerateam gern noch exklusive Fotos von Ihren Blessuren aufnehmen.«

Na, herzlichen Glückwunsch. Das, wo ich seit der Nacht am *Hafenklang* nicht mehr ohne meine Cap auf die Straße trete und sie mir tief in die Stirn ziehe, um *möglichst wenig* Schrecken zu verbreiten. Allerdings habe ich festgestellt: Wird mein Gesicht zu großflächig getarnt, entsteht ein mindestens ebenso erstklassiges Gangsterflair und Menschen wechseln bei meinem Anblick die Straßenseite, weshalb ich mich täglich in der richtigen Zentrierung übe.

»Ich komme mir vor wie ein Zootier.«

»Wir können uns zu einem späteren Zeitpunkt noch darüber beratschlagen.« Er zückt sein iPad. »Bei der Prämie, die wir Ihnen bieten, wäre ein wenig Entgegenkommen wünschenswert.«

Im allerletzten Moment schaffe ich es, mir auf die Zunge zu beißen, um keinen giftigen Kommentar loszulassen. Sosehr mich diese Angelegenheit auch abfuckt, Auberginen-Marco erledigt lediglich seinen Job. Er kann weder etwas für meine gereizte Laune noch dafür, dass ich aussehe wie ein Geheimagent nach missglückter Mission.

»Dass die Auseinandersetzung am vergangenen Wochenende stattgefunden hat, können Sie bestätigen?«

Ich nicke.

»Welche Uhrzeit in etwa?«

»Kurz nach Mitternacht.«

»Ich würde gern aus Ihrem Munde erfahren, wer Ihnen Ihre Verletzungen beschert hat und ob es sich auf dem Videoclip um Judy Maifeld handelt, die zukünftige Ehefrau von Aleksander Skrypczak?« Während Marco die Lippen aufeinanderpresst und den Apple-Pencil gezückt hält, wird die Luft um mich herum knapper. Krampfhaft rutsche ich etwas höher und setze alles daran, aufblitzende Bilder von Judy aus meinem Verstand zu verbannen. Sie zu verdrängen, bis sie sich auflösen wie Tusche im Wasserglas, doch anstatt sich in blasse Schlieren zu verwandeln, werden die Linien mit einem dicken Filzstift nachgezogen.

Ich bin am Arsch. Die Sorgen, die ich mir seit jener Nacht um Judy mache, überkommen mich mit aller Kraft und treiben dabei sogar Valentinos unnachgiebige Ratschläge in die Ecke. Solange ich nicht weiß, dass sie in Ordnung ist und Skrypczak seinen Frust nicht auch bei ihr abgeladen hat, kann ich hier nicht sitzen und aus dem Nähkästchen plaudern.

Recht und Rachegedanken hin oder her.

»Entschuldigen Sie.« Unbeherrscht stehe ich auf und kann gerade noch verhindern, dass der gesamte Kaffee auf die guten Möbel tropft. »Das hier ist Zeitverschwendung.«

Auberginen-Marco klappt mehrfach seinen Mund auf und zu, aber da stürme ich schon Richtung Tür. Schlängle mich durch die elendig langen Gänge, stoße zweimal leicht mit fremden Leuten zusammen und fluche unkontrolliert vor mich hin.

Warum hat es in diesem Saftladen eigentlich niemand für nötig gehalten, wenigstens den Ausgang auszuschildern?

Bei den Fahrstühlen angekommen drücke ich wahllos irgendwelche Knöpfe, nur um mich dann doch für die Treppe zu entscheiden, weil ich nicht warten kann. Auf dem besten Wege, mir auch noch einen Beinbruch zuzuziehen, ertönt schließlich ein greller Ruf von oben.

War das mein Name? Ich bin so zugedröhnt mit Adrenalin, dass ich den Weg einfach fortsetze. Nicht anhalte. Durch die Drehtür im Foyer stolpere und endlich frische Luft atme.

Ich kneife die Augen zusammen und stütze mich auf den Oberschenkeln ab. Alles dreht sich und weil ich kurz damit rechne, wirklich umzukippen, gehe ich in die Hocke.

»Karlo!«

Halluzination. Mein Gehirn scheint nicht mehr richtig durchblutet zu sein.

»Hey, Karlo, ist alles okay?«

Ich spüre zaghafte, warme Hände auf meinem Schulterblatt. Bin nicht imstande, die Augen zu öffnen. Lieber bleibe ich ein bisschen in meiner Fantasie und vergesse die reale Welt um mich herum. Mit jedem Atemzug erwarte ich, dass sich die Berührung verflüchtigt und mit der nächsten Brise verweht.

Doch sie bleibt.

Streichelt vorsichtig auf und ab und hinterlässt dabei eine prickelnde Spur aus Energie.

»Judy?« Ich frage leise. Flüsternd.

»Ja. Ich bin da.« Das Kraulen streift bis zu meinem Hinterkopf und mündet im Haar, wobei die Cap verrutscht. »Ich weiß, du willst mich nicht sehen. Und ich kann das absolut verstehen. Bitte sag mir nur, dass du hier eben die Wahrheit ausgepackt hast.«

Sie schnieft und ich erwache aus meiner Starre. Traue mir selbst kaum über den Weg, als ich mich aufrichte und sie vor mir sehe. In ihren Augen sammeln sich Tränen und die Arme hängen nun schlaff herunter. »Ich mache mir solche Sorgen.«

»Wie kommst du darauf, dass ich dich nicht sehen will?«

»Bitte mach darüber keine Witze.« Ein hilfloser Augenaufschlag, dann zieht sie behutsam die Cap zurecht. »Du reagierst nicht auf meine Nachrichten, ich habe deine Schwester gebeten, dass sie dir einen Gruß ausrichtet und ...« Judy schluckt und hält den Atem an, als meine Hand ganz automatisch nach ihrer greift. Langsam schmiegen sich ihre Finger an meine. Erst kaum merklich, dann kräftiger. Der Punkt, an dem sich unsere Körper treffen, glüht, wird in Flammen gesetzt, bis schließlich ein Funken auf mein Herz überspringt und ich es in ihren Augen lodern sehe.

Judys Atem geht stoßweise, die Farben um uns herum verwandeln sich und transformieren wie bei einem Kaleidoskop. Nur ihr roter Mund sticht heraus. Er lässt mich flehen, dass sich niemand von uns bewegt, weil ich sonst den letzten Rest Disziplin verlieren würde, als ihre Hand plötzlich zurück in meinen Nacken wandert und mich entschlossen zu sich herunterzieht.

»Verdammt«, keuche ich, dann verbinden sich unsere Lippen, pressen sich sehnsüchtig aufeinander. Während Judy ihren Mund öffnet, damit meine Zunge eindringen kann, drehe ich sie herum und drücke sie leicht gegen die Fassade des Pressehauses. Ihr Duft verschleiert mir die Sinne, ich bekomme nicht genug von ihrer zarten Haut unter meinen Handflächen.

Judy

Karlo schmeckt wie der Sommer.

Seine Küsse senden elektrisierende Wellen durch meine Blutbahnen und machen, dass mein Herz sich zu Hause fühlt.

Immer wieder koste ich von seinen Lippen. Grabe hungrig meine Finger in seinen Rücken und zerfließe unter dem regelmäßigen Pulsieren zwischen meinen Beinen. Während er meinen Hals entlangstreichelt, vergesse ich, dass uns die Gefahr mit jedem Schritt, jeder Bewegung weiter auf die Schliche kommt und bereits angriffslustig ihre Tentakel nach uns ausstreckt.

Hier in seinen starken Armen kann mir nichts geschehen.

Hier ist es völlig egal, was sich um mich herum abspielt und dass ich nur einen Millimeter davon entfernt bin, den Medien zum Fraß vorgesetzt zu werden.

Sobald ich meine Hüfte fest an ihn presse und ihm leicht auf die Unterlippe beiße, zieht er sich mit einem Ruck zurück und taumelt drei Schritte nach hinten. Um den Halt nicht zu verlieren, lege ich meine Hände an die Hauswand und konzentriere mich darauf, zu atmen.

Ein und aus.

Ein und aus.

»Scheiße, scheiße, scheiße«, entfährt es mir schließlich und ich gehe hektisch mit der Hand durch meine Haare, als könnte das noch irgendetwas retten. Als gäbe es im Leben eine Löschtaste.

Karlo verschränkt mit aufgerissenen Augen die Arme hinter seiner Cap und lehnt sich an eine Straßenlaterne. Sein Brustkorb hebt und senkt sich in einem unnatürlichen Tempo.

»Es tut mir leid. Das hätte auf keinen Fall passieren dürfen!« Krampfhaft ballt er die Hände zu Fäusten und mein Magen rebelliert, sobald die Amygdala auf Angst umschwenkt und ich mich panisch in der Gegend umsehe. Bis auf einen Typen, der gerade in ein Sandwich beißt und herzlich wenig Interesse an uns zeigt, ist niemand zu sehen.

»Ich schäme mich, dass du in diese Katastrophe hineingeraten bist.«

»Judy, du ...«

»Nein, hör auf. Nichts auf dieser Welt könnte all den Mist jetzt noch besser machen.«

Die Art, wie er sich nun für den Bruchteil einer Sekunde mit den Fingern über die Stirn fährt und nickt, schiebt mir in Slow Motion eine Klinge in den Rücken. Langsam bahnt sie sich ihren Weg, setzt alles daran, die Schmetterlinge auszurotten, die in mir komplett fehl am Platz sind, und präsentiert mit einem zuckersüßen Lächeln, wie meisterhaft ich mein Leben an die Wand gefahren habe.

»Ich muss jetzt gehen.« Meine Stimme zerbricht. »Bitte nimm keine Rücksicht auf mich. Wenn dir durch diese Situation noch irgendetwas Gutes widerfahren kann, dann zögere nicht, es anzunehmen. Auch der größte Shitstorm geht eines Tages vorüber und ich werde das überstehen.«

Mit jeder Silbe trenne ich mich weiter von Karlo. Dem Mann, der mich daran erinnert hat, welche Kraft in mir schlummert und wie farbenfroh das Leben sein kann. Der Mensch, der mich vom ersten Tag an wirklich gesehen hat.

Obwohl mich das Messer bald gänzlich durchstochen hat, bin ich mir sicher, das einzig Richtige zu tun. Abstand nehmen und größeren Schaden vermeiden.

Das war's also.

»Ich habe keine Informationen rausgegeben«, sagt er mit vibrierendem Unterton und richtet sich auf. »Verlange nicht noch einmal von mir, dass ich dir in den Rücken falle!«

Wieder knistert die Luft zwischen uns, doch dieses Mal ist der Brennstoff rohe Wut.

»Willst du nicht verstehen, dass ich schuldig bin? Ohne mich gäbe es dieses Drama nicht! Du wärst unversehrt und würdest dein normales Leben führen. Keine verdammte Klatschzeitung hätte dich auf dem Kieker, hör mir doch zu!« Sein Blick trifft meinen. Die Kluft zwischen uns wirkt auf einmal unüberwindbar.

»Ja, o Wunder: Auch wenn ich bloß ein mittelloser Tanzlehrer bin, verstehe ich sehr wohl.« Während er mir diese Sätze vor die Füße spuckt und mich anfunkelt, schüttelt er den Kopf. »Nur, dass Loyalität und echte Gefühle gewaltig wenig mit der Schuldfrage zu tun haben. Möglicherweise wird dir das eines Tages klar.«

Weil mein Körper bebt, verschränke ich die Arme und presse sie krampfhaft vor die Brust. Vielleicht hilft das, um beim Aufprall in der Realität nicht in Einzelteile zu zerspringen. Die Wahrheit über meine Situation drängt sich mir auf und löscht skrupellos das Feuer, das Karlo eben erst entfacht hat. Lässt kübelweise Verzweiflung regnen, doch keiner von uns hat einen Schirm.

»Ich muss gehen«, flüstere ich wieder. Ertrinke schon jetzt in den Pfützen aus für immer unergründeten Emotionen. »Danke für alles.«

**

Gerade als ich den Schlüssel ins Schloss prokele, öffnet sie sich von selbst und Aleks steht in seinem besten Hemd und mit frisch gemachten Haaren vor mir. In seinen Augen spiegelt sich neben Sorge noch etwas anderes.

Etwa Trauer?

»Du bist spät dran, das Kamerateam schlägt hier jeden Moment auf. Ich habe dich angerufen.« Anstelle des tiefen Vorwurfs, den ich erwartet habe, höre ich Nuancen von Resignation aus seinem Ton heraus. Wie damals, als er zu Viola und mir gezogen ist und sich des Weges nicht mehr sicher war.

Scheiße.

Das Interview. Das Interview, in dem ich einem Haufen fremder Leute die glückliche Verlobte präsentieren muss. Eine mit einem Lächeln, das bestenfalls bis nach Hannover reicht, damit es Zweifeln und Gerüchten den Kampf ansagen kann. Wie vom Donner gerührt blicke ich an mir herab. Socken mit Punkten, eine viel zu zerschlissene Jeans und das unkomplizierteste Top, welches mein Kleiderschrank heute Morgen hergegeben hat. Es musste schnell gehen und so sehe ich nun auch aus.

Mein Name ist Judy alias Abrissbirne.

Es ist, als würde ich händeringend versuchen, wieder in die Balance zu kommen, die mir irgendwann klammheimlich entglitten ist, aber das Leben hat andere Pläne. Immer wenn ich hoffe, wieder aufspringen zu können, schubst es mich um und sprintet dann vor mir davon.

Doch nicht jetzt.

Egal wie viel Unausgesprochenes zwischen Aleks und mir in der Luft liegt, ich werde nicht riskieren, noch mal etwas zu vermasseln. Kein Journalist sollte die Macht bekommen, über seine Karriere zu entscheiden oder sie zu beeinflussen. Auch wenn er eine Person des öffentlichen Lebens ist, hat es niemanden zu interessieren, was wirklich bei uns los ist. Jetzt heißt es: aufraffen und das qualifizierteste Pokerface ausgraben, das mein Equipment zu bieten hat.

»Gib mir zehn Minuten«, sage ich entschlossen und er nickt hoffnungsvoll, ehe ich in Richtung Badezimmer eile. Noch im Gehen zerre ich mir die Klamotten vom Leib, um sie gegen schickere Teile einzutauschen. Stolpere ein paarmal und umklammere schließlich den Waschbeckenrand.

Der Blick in den Spiegel verrät, dass ich der Sache mit etwas Concealer und Puder schon ein ganzes Stück näher kommen werde.

Und Lippenstift.

Als der Blick auf meinen Mund fällt, erstarre ich für einen Moment. Langsam fährt mein Daumen ihn nach.

Karlo

Als ich mich etwas beruhige, weil alles gesagt ist, hängt mein gereizter Wortschwall weiterhin in der Luft und füllt das komplette Studio aus. Ich kann mich an keine frühere Situation erinnern, in der ich jemals ähnlich wütend auf meine Schwester war. Mit aufgerissenen Augen steht sie an Eloise' Seite, beide können meinen Blick nicht länger als eine Sekunde erwidern.

»Okay.« Frustriert spannt sich meine Schultermuskulatur an, weil niemand sich bequemt, mir Antworten zu liefern. Ich habe große Lust, etwas durch den Raum zu schleudern. »Danke, dass du hier eingesprungen bist, Emely. Jetzt bin ich wieder fit und brauche deine Hilfe nicht mehr.«

»Fit?« Eloise hebt langsam den Arm und deutet auf mein Gesicht.

Die Wunden und blauen Flecke sind immer noch da, doch das, was in mir abgeht, übertönt den äußeren Schmerz bei Weitem. Skrypczaks Schlag ist dagegen eine Lachnummer.

Langsam fängt Emely an, ein paar Sachen in ihren Jutebeutel zu räumen. »Ich habe einen schlechten Weg gewählt, aber ich wollte dich nur beschützen.«

»Beschützen? Wovor?« Seit der Begegnung mit Judy überlege ich hin und her, rauf und runter, was der Grund für ihre Geheimniskrämerei ist. Warum sie mir verheimlicht hat, dass nach mir gefragt wurde. »Du warst es doch, die von Anfang an etwas in Judy und mir gesehen hat.«

»Ja, verdammt!« Mit Schmackes knallt Emely ihre Tasche zurück auf den Tresen. »Bis ich dich aus dem Krankenhaus geholt habe, nachdem du eine halbe Ewigkeit nicht ansprechbar gewesen bist! Nicht zu vergessen, dass ich mich auch noch durchtelefonieren musste, niemand hatte eine Ahnung, wo du steckst!« Ihre Augen füllen sich mit Tränen, die Stimme überschlägt sich fast.

Tröstend legt Eloise ihr eine Hand auf den Rücken und ich realisiere, dass mein persönlicher Albtraum für Emely wahr geworden ist. »Und das alles, weil Judy sich als deine Schwester ausgegeben hat und dabei nicht eine Sekunde an mich dachte. Ehrlich, Karlo, ich bin durch die Hölle gegangen. Meinetwegen verurteile mich dafür, doch eins ist sicher: In diesem Augenblick fiel mir schlicht nichts Besseres ein, was ich hätte tun können.« Sie zuckt mit den Schultern.

Meine Gedanken und inneren Bilder toben. Schwanken zwischen Großstadttumult und leer gefegter Steppenlandschaft. »Sie war da?«

Zum ersten Mal treffen sich unsere Blicke wirklich. Emely nickt langsam. »Ja. Sie war da.«

Kapitel 17

Karlo

Wer hätte je geahnt, dass ein *Danach* mal so eine große Bedeutung für mich haben würde. Im Grunde durchleben schließlich alle zu jeder Zeit, in jeder Millisekunde, verschiedene *Danachs*:

Nach dem Essen.

Nach dem Regenschauer.

Nach dem Einatmen.

Und weil es danach immer noch ähnlich ist wie davor, merkt niemand, dass die einzelnen Funken der Zeit nur kurz aufflackern und dann für immer erlöschen.

Nach dem Kuss mit Judy hingegen ist nichts mehr, wie es war.

Obwohl der Tangokurs lange vorbei ist, schlurfe ich noch über die Tanzfläche. Die Tage sind mit Arbeit, Extraterminen und überzogenen Stunden vollgestopft, meistens schließe ich die Tanzschule erst spät in der Nacht zu.

Mein Leben hat sich verändert. Das, was vorher noch überspielt und verdrängt werden konnte, hat *danach* schlagartig sein Depot in der Isolation verlassen. Ich komme mir so lachhaft vor, dass ich in Gedanken schon eine Instagramseite für ironische Tipps und Memes zum Verlieben und Scheitern eröffne. Nie einen großen Wert auf Beziehungen gelegt zu haben, um dann ausgerechnet einer verlobten Frau zu verfallen, muss man immerhin erst mal schaffen.

Ich bin erledigt. Sobald wie jetzt der letzte Takt getanzt ist und draußen die Straßenlaternen anspringen, holen mich die Gedanken ein und fressen sich Stück für Stück durch mein Herz.

Judy in meinem Arm hatte die Wirkung von viel zu guter Livemusik, die einen schon mit Sehnsucht erfüllt, wenn das Konzert noch längst nicht vorbei ist. Wenn man sich frei und unbeschwert fühlt, die Luft des müde werdenden Tages atmet und auf eine abgefahrene Weise mit der ganzen Welt im Einklang ist. Sie so zu spüren war der Schlüssel zu einer besonderen Art des Ankommens und was bleibt, ist das Gegenteil. Nichts als Kopffickerei.

Obwohl ich sie nicht mehr gesehen habe, strömt mir immer wieder der Duft ihres Haares und ihrer Haut in die Nase. Ergibt sich auch nur ein einziger Moment der Stille, spielt sich unser Kuss in Dauerschleife vor meinem inneren Auge ab.

Mir ist klar, dass sie sich deshalb mit Gewissensbissen herumschlagen wird, die sie so kurz vor der Hochzeit nicht gebrauchen kann. Ich war ein Ausrutscher.

Oder?

Warum habe ich in der Art, wie sie sich an mich geschmiegt und mit ihrer Zunge über meine Lippen gefahren ist, Hoffnung geschmeckt? Die Anziehung war echt – ich kann und will nichts anderes glauben. Judys Art wohnt ein Feuer inne, das mich von Anfang an gepackt und begeistert hat, ohne dass ich irgendetwas dagegen hätte tun können. Unser Kuss war die Erfüllung einer tiefen Sehnsucht.

Ausgelaugt schüttle ich den Kopf, lasse mich in der Mitte des Raums flach auf den Boden sinken und starre an die hellen Deckenpaneele. Bevor ich die Akademie eröffnet habe, verbrachten Valentino, Dad und ich zwei Wochen lang jeden Abend damit, unzählige kleine LEDs anzubringen, um eine Sternenhimmeloptik zu erschaffen. Wir haben geflucht und geschwitzt, aber das Ergebnis war jede Mühe wert.

Die Erinnerung daran, dass diese Arbeit auch täglich Pizza vom Lieferdienst und kistenweise Fritz Kola bedeutete, ringt mir ein Lächeln ab. Ich schließe die Augen, konzentriere mich bewusst aufs glatte, vertraute Parkett unter meinen Handflächen, atme seinen herben Geruch ein.

***

»Hey, warum liegt Karlo da und schläft?«

Kleine Trippelschritte nähern sich mir ein Stück, dann werden sie wieder etwas leiser. Es dauert einen Moment, bis ich realisiere, wo ich bin, und den Wortwechsel um mich herum zuordnen kann.

»Karlo?«

Mein Name wird mit lang gezogenem O formuliert, dann höre ich wieder die Schritte und kurz darauf stupst mir ein kleiner Finger auf die Nase.

»Bist du etwa müde?«

Ich schlage die Augen auf und werde von der Sonne geblendet, die ungehemmt durch die Fensterfassade knallt. Zwei-, dreimal blinzle ich und erkenne schließlich ein neugieriges graugrünes Augenpaar direkt über mir.

»Ja, Jonas, der Karlo ist richtig dolle müde gewesen. Er hat bestimmt die ganze Nacht Tanzen geübt.« Eloise schiebt das sommersprossige Gesicht sanft zur Seite und hält mir ein gefülltes Glas Wasser hin.

Benommen setze ich mich auf. »Danke.«

Obwohl sie es liebt und absolut wichtig findet, bei der Arbeit stets ein professionelles Auftreten an den Tag zu legen, erkenne ich jetzt keinen mahnenden Ausdruck in ihren Zügen. Dezent heben sich ihre geschlossenen Lippen zu einem Lächeln. Es soll mich sicher aufheitern, aber wirkt eher wie ein Trauerspiel. Eloise kniet sich auf den Boden und zieht Jonas neben sich, der mich weiterhin interessiert mustert.

»Wir wollen hier gleich tanzen, dann musst du woanders schlafen.«

»Das kriege ich hin.« Ich zwinkere ihm zu und revanchiere mich mit einem Nasenstupser.

»Ja, aber du hast noch zehn Minuten, Jonas ist heute einfach früh dran.« Meine Kollegin streichelt dem Jungen durchs strohblonde Haar, ihr Blick ruht dabei weiterhin auf mir. Ich nicke ihr besänftigend zu, damit sie sich nicht weiter sorgt.

»Wenn du willst, kannst du aber auch mit uns tanzen.« Der Kleine verschränkt die Arme vor der Brust und legt gnädig den Kopf schief.

Seine Augen sehen so herrlich klar und ehrlich aus. Ich wünschte, ich könnte die Welt für einen Atemzug durch sie betrachten. Nur einmal kindliche Unvoreingenommenheit empfinden. Nicht wissen, wie es sich anfühlt, Besitzer eines gebrochenen Herzens zu sein. Lachen. Vergessen.

»Karlo muss sich noch eine Runde ausruhen«, antwortet Eloise für mich und Jonas schiebt enttäuscht die Unterlippe vor. »Langweilig!«

Stimmt. Und bitter. »Du hast recht, das wäre unfassbar langweilig. Außerdem habe ich genug Schlaf bekommen.« Entschlossen stehe ich auf und reiche Jonas eine Hand. »Wenn deine Tanzlehrerin nichts dagegen hat, mache ich eine Schnupperstunde bei euch mit.«

Judy

Judy Maifeld und Aleksander Bennett Skrypczak - eine Liebe, die seit Schulzeiten besteht, wird nun mit dem Bund der Ehe besiegelt. Lesen Sie auf Seite zwei weiter und erfahren Sie fünf Tipps, die uns das glückliche Paar mit auf den Weg gibt.

Ich klappe die Zeitschrift auf und muss schlucken, als mein eigenes Grinsen mir nahezu entgegenspringt. Auf dem Foto lehne ich an Aleks' Schulter und schaue zu ihm hinauf, während er den Blick zu mir senkt. Zum Verderben süß.

Beim Umblättern wiegt das dünne Papier Tonnen.

Tipp eins: Dating. Unsere Turteltäubchen schwören darauf, sich immer wieder neu kennenzulernen und romantische Dates miteinander zu vereinbaren, die dafür sorgen, dass die Liebe auch nach Jahren nicht verstaubt. Gerüchte verheißen, dass das vegane Café von Senay Gülay, direkt an der Elbe, einer ihrer Treffpunkte ist.

Über diesen Einschub, den ich extra habe einfließen lassen, um die Reichweite des *Vegan Waffle* zu steigern, muss ich schmunzeln.

Tipp zwei: Communication is key. Laut der werdenden Braut

kann eine Beziehung nur wachsen und aufblühen, wenn beide sich frei fühlen, ihre Gedanken und Emotionen miteinander zu teilen. Dabei spricht sie nicht von dem Anspruch, seine Erwartungen mit aller Macht durchzubringen, sondern meint, sich auf Augenhöhe zu begegnen und ehrliches Interesse an dem zu haben, was das Gegenüber mitbringt und ist.

Tipp drei: Insider. Auch, wenn wir es uns gewünscht hätten, Judy und Aleksander haben nicht alles mit uns geteilt! Für das gewisse Etwas, die süßen Früchte auf dem Vanilleeis, sollte jedes Pärchen seine Geheimnisse wahren. Die schweißen zusammen.

Tipp vier: Ecken und Kanten anerkennen. Wir alle wissen schon lange: Niemand ist perfekt! Und trotzdem verleiten uns beständige Beziehungen manchmal dazu, die Schwächen des Partners oder der Partnerin auf die Goldwaage zu legen. Warum nicht einfach mal den Blickwinkel ändern und aufhören, den Schatz auf seine Makel zu reduzieren? Wir sind der Meinung, das geht auch ohne rosarote Brille - der Schauspielstar und seine Fast-Gattin machen es uns vor!

Tipp fünf: Lachen. Und zwar so richtig! Uns mal ordentlich gemeinsam zu amüsieren sorgt nämlich nicht nur für eine Extrapackung Endorphine, sondern hemmt auch die Ausschüttung von Adrenalin und kurbelt das Immunsystem an. Lachen ist der ultimative Boost für deine Beziehung, denn wer verbringt seine Zeit schon gern mit einem Miesepeter?

Wir haben uns ein exklusives Bild vom zukünftigen Ehepaar Skrypczak gemacht und vertreten hinsichtlich der brodelnden Gerüchteküche die Auffassung: Shut up, spread love and get married!

Immer wieder überfliege ich die Zeilen, bleibe an verschiedenen Wörtern hängen und merke erst spät, dass sich meine Fingernägel so kräftig in meinen Unterarm graben, dass er anfängt zu bluten. Vor mir liegt eine Odyssee aus Lügen – aufgetischt von Aleks und mir, fein säuberlich in Szene gesetzt und häppchenweise zubereitet seitens der Presse. Die Leserschaft muss nun nichts weiter tun, als das Besteck zu zücken und die Informationen genüsslich in sich aufzunehmen. Mit etwas Glück reicht dieser Artikel aus, um einige böse Zungen zum Schweigen zu bringen, denn im Prinzip geht es oft lediglich um die Aufmachung und Plakativität der Berichterstattung – und diese Doppelseite hat es in sich.

Na dann. Enjoy your meal.

Ich male mir aus, wie das Video von Karlo und mir binnen der kommenden Tage an Bedeutung verlieren wird und die Leute sich wieder verstärkt auf Aleks und die Hochzeitsfeier konzentrieren. Auch beim letzten Mal, nachdem ich eine halbe Ewigkeit zur Zielscheibe gemacht worden war, ebbten die Gespräche schlagartig ab und transformierten zu Schnee von gestern.

Niemand blickte mehr zurück. Keiner hinterfragte, was all die Falschaussagen, Lästereien und Drohungen mit mir angestellt hatten, und nicht einmal ich selbst begriff lange Zeit, dass ich mich veränderte. Anstatt immer näher an meine innere Mitte zu gelangen und zu leben, was ich liebe, kümmerte ich mich darum, Herz und Seele zu verschanzen. Einzusperren, damit sie so leicht niemand mehr malträtieren konnte. Die Angepasstheit wurde zu meiner Strategie. Einem Muster, das sich mit meinem Charakter mischte und dadurch unsichtbar blieb. Während die echte Judy Maifeld in ihrem eigenen Schatten verschwand, schaffte sie Raum für eine maskierte Unbekannte, die sich der Gesellschaft beugte, nie mehr negativ auffallen wollte und sich als eine preisgekrönte Meisterin in dieser Disziplin bewies. Der Plan, im Verborgenen zu bleiben, funktionierte einfach von selbst, war bis zu dem Zeitpunkt, in dem ich zum ersten Mal das Tanzstudio betreten habe, mein täglich Brot.

Bis ich anfing, wieder zu spüren. Durchzuatmen. Eine tiefe Energie freizulassen und ausgelassen über Erdbeerflecken zu lachen.

Leidenschaftlich zu küssen.

Wie mechanisch schiebe ich meinen Stuhl zurück und stehe auf, die

Klatschzeitung fest in der Hand. Ob Aleks die Zeilen über uns wohl schon gelesen hat? Sicher werden sie ihn beruhigen.

»Hey«, sage ich, sobald ich das Wohnzimmer erreicht habe, in dem er auf der Couch liegt und sich eine undefinierbare Comedyshow reinzieht. »Das Interview in unseren vier Wänden hat sich gelohnt.« Demonstrativ wedle ich einige Male mit dem Blatt und beobachte, wie seine Augen anfangen, erleichtert zu strahlen.

»Das ist eine gute Nachricht, *Laleczko*.« Sofort richtet er sich auf und schnappt sich die Zeitschrift. »Kommst du her? Wir können kuscheln und uns alles noch mal gemeinsam durchlesen.«

»Nein, ich habe mir schon gegen meinen Willen jedes einzelne Wort gemerkt.«

Er nickt schnell, den Fokus bereits auf den Artikel gerichtet.

Ich hüstle. Dann noch einmal lauter, doch er schaut nicht mehr auf. Meine Brust flattert, mir ist schwindelig und ich muss mich am Türrahmen festhalten, damit ich nicht umfalle.

»Aleks?«

»Hmm?«

»Kannst du mich ansehen?«

»Gleich, warte einen Moment.«

Und obwohl ich gern noch die Kraft zusammengekratzt hätte zu warten – die Reserven sind erschöpft. Ich kann nicht mehr, fühle mich vom Leben gedrängt und halte es keine Sekunde länger aus, mein Herz zu hintergehen. Eine Heuchlerin zu sein.

»Es ist aber wichtig.«

»So viel Zeit wird ja wohl noch sein.«

»Nein, Aleks. Ich kann dich nicht heiraten.«

***

Mit geschlossenen Augen hoffe ich, dass er öffnet.

Ich möchte nichts sagen. Mich nicht erklären. Nichts planen. Keinen Gedanken an die Welt verschwenden, die mich in letzter Zeit so viel gekostet hat. Alles, was ich mir wünsche, ist, in seiner Nähe zu sein und zu schweigen.

Weil nichts passiert, drücke ich die Klingel erneut. Mein Nagellack völlig abgesplittert, die Form der Nägel längst eingebüßt. Insgesamt posaunt alles an mir frei heraus, dass Aleks und ich zuletzt keinen Aufwand in Oberflächlichkeiten investiert haben. Unsere Tage waren tausendseitige Enzyklopädien, die Nächte nur Kurzgeschichten und dennoch teilten sich beide ein Gemeinsames: Sie hatten aufgehört, sich um plastikhafte, jahrelang einstudierte Muster zu kreisen.

Seit ich mein Herz habe sprechen lassen, ist Aleks aufgewacht. Anstatt komplett auszurasten und meine Entscheidung als Charakterschwäche abzuhaken, fing er an zu reflektieren. Zusammen forsteten wir uns durch die Kapitel unserer gemeinsamen Jahre, ohne dass ihm irgendwann der Geduldsfaden riss – und ja, zwischendurch blitzte sogar durch, was uns einst zusammengeführt hatte.

Das war einmal. Sämtliches erlebt, eine Zeile nach der anderen niedergeschrieben.

Obwohl es manchmal den Anschein erweckt, manche Geschichten würden sich für immer fortsetzen, so zählt diese nicht dazu.

Das Jetzt sieht schon lange anders aus und es wird Zeit, dass wir uns dem stellen. Wahre Liebe ist nicht gewillt, einem Plan zu folgen. Sie sucht sich ihren eigenen Weg und die Kompassnadel zeigt dabei auf das, was der Seele guttut. Nicht dem Verstand. Allen Widrigkeiten zum Trotz, gern auch quer durch ein Labyrinth aus Dornen, wird das Herz geleitet, damit es Echtheit erfahren darf und sich am Ende mit dem Menschen verbindet, der es wärmt und behütet. Der es aufblühen lässt und so sehen kann, wie es wirklich ist.

»Karlo ist nicht da.« Emely hebt entschuldigend die Augenbrauen.

Ich habe nicht einmal gemerkt, dass sie mir mit Freddy im Arm die Tür geöffnet hat.

»Geht es dir nicht gut? Du bist blass und zitterst.« Ohne zu zögern, zieht sie mich über die Türschwelle und setzt die Katze auf dem Fußboden ab.

Ich kann nicht antworten. Jede Faser meines Körpers verzehrt sich nach Karlo und danach, ihm wieder nah zu sein.

»Es tut so weh«, bricht es aus mir heraus und Emely nimmt mich in den Arm. »Deine Höflichkeit habe ich nicht verdient.« Ich weine. Nein, eigentlich heule ich regelrecht. Es ist, als würden sich Sehnsucht und Schmerz bündeln und keinen Platz mehr in mir finden.

Einige Minuten sagt Karlos Schwester nichts. Sie streichelt mir langsam über den Rücken und stört sich nicht daran, dass meine Tränen ihr helles T-Shirt aufweichen, das sie unter einem Jeanskleid trägt.

»Es tut mir leid, dass ich mich im Krankenhaus als seine Schwester ausgegeben habe.« Mein lautes Schniefen versetzt mich in die Kindheit zurück, in der ich öfter mal Weinkrämpfe hatte, die mir schon fast den Atem raubten. »Das war keine böse Absicht.«

»Ich weiß.« Emely geht einen halben Schritt zurück und blickt mir in die Augen. »Vergeben und vergessen.« Sie greift neben sich auf die Kommode und zückt ein Taschentuch, um meine Tränen abzutupfen. Dieser Mensch ist zu gut für diese Welt.

»Er fehlt mir.«

»Wer?« Mitten in der Bewegung stoppt sie und macht große Augen, als stünde sie auf dem Schlauch.

»Karlo.«

»Ich kann verstehen, dass du verwirrt bist, Judy. Manchmal spielen uns unsere Gefühle einen Streich. Aber bitte nimm es mir nicht übel, dass ich dir sage: Mein Bruder ist kein Plan B. Wirklich, für so etwas ist er definitiv zu sensibel, auch wenn er es nicht zugeben würde.« Sie tupft unbeirrt weiter, weil immer neue Tränen nachkommen.

»Er ist nicht mein Plan B!« *Verdammt noch mal! Er ist so viel mehr.*

»Versteh doch. Du kannst nicht einen anderen heiraten und darauf hoffen, dass Karlo das durchsteht. Er war völlig fertig, als er euer Interview auf Instagram gesehen hat und da...«

»Es wird keine Hochzeit geben, Emely!«

Ihr Mund klappt auf. Dann wieder zu. Für die Dauer einiger Wimpernschläge scheint es ihr die Sprache verschlagen zu haben. »Du ... trennst dich von Aleksander?«

Ich nicke.

»Verdammt, verdammt, verdammt! Was macht ihr nur für eine übertriebene Scheiße!« In Rekordgeschwindigkeit stürmt sie in die Küche, um das Taschentuch in den Müll zu werfen, und stolpert dabei über Freddy. »Shit! Fuck! Damn! Wie spät ist es?«

Irritiert umfasse ich meinen Oberarm. Irgendwie habe ich nicht damit gerechnet, dass dieser Engel von Mensch so viele Flüche auf einmal ausspucken könnte.

»Wie spät ist es, Judy?« Emely schreit mich regelrecht an und schlüpft ungeschickt in ihre hellrosafarbenen Sneakers. »Karlo ist längst am Flughafen. Er verreist an die Côte d'Azur, und zwar ohne sein Handy.«

Karlo

Gedankenlos ziehe ich den Gürtel aus und lege ihn mitsamt Schuhen, Lederarmband und einem kleinen Beutel Handgepäck in eine der Wannen. Die Frau hinter mir, die eben noch lautstark geschimpft hat, weil ihre zwei Kinder sich nicht schnell genug an ihre Fersen hafteten, funkelt mich an und schüttelt den Kopf. Während sie es sich nicht nehmen lässt, genervt auszuatmen, schiebe ich unbeirrt meine Sachen aufs Band und schlendere vorwärts. »Meinen Sie, dass Ihre Hektik den Abflug beschleunigen wird?«

Der braunhaarige Junge an ihrer Hand prustet.

Gleichzeitig schnappt sich die Frau zwei Gepäckkisten und knallt sie aufs Band. »Ihre Dreistigkeit verpestet das gesamte Gate! Haben Sie sich schon mal umgesehen?«

Die Augen wütend zu Schlitzen verformt, das Gesicht scharlachrot angelaufen, würde ich ihr ungern in abgelegenen Straßen begegnen. Weil ich selbst nicht die beste Laune habe, fallen mir auf die Schnelle mindestens zehn Kontersprüche ein, doch Feuer wird bekanntlich nicht mit Feuer gelöscht. Für ein paar Sekunden duelliert mein Anstand mit der Versuchung, es der Fremden gleichzutun und meinen Frust ungeschönt rauszulassen. Aber ich kann es einfach nicht ab, wenn Kinder aggressiver Energie von Erwachsenen ausgesetzt sind, ohne eine reale Chance zu besitzen, sich dagegen zu schützen, also atme ich einmal tief durch und lasse ihren Angriff unkommentiert.

Auf Netflix sehen diese Flughafenmomente immer anders aus. Entweder gibt es einen Abschied mit wehenden Taschentüchern und bitterlichen Tränen, Küssen, die schon beim Loslösen nach tiefer Sehnsucht schmecken. Oder der Held wird in allerletzter Sekunde von seinem Love Interest gestoppt. In diesem Fall wird sich geküsst, als gäbe es rundherum keine Zuschauenden – leidenschaftlich und entschlossen, weil man einander nie wieder gehen lassen möchte.

Das Real Life hingegen hat neben der übel gelaunten Frau wenig stürmische Gefühle zu bieten. Mein Love Interest ist mit ihrem Zukünftigen voll und ganz damit beschäftigt, Beziehungstipps zu veröffentlichen, dementsprechend muss ich mich wenigstens nicht emotional auf eine romantische Vereinigung einstellen. Ist doch super. Alles andere würde mich nur aufwühlen und mein Leben ins Licht einer billigen Schnulze rücken. Braucht man nicht.

In dem Moment, in dem das Sicherheitspersonal mich durch einen der Bodyscanner winkt und ich den abgesperrten Bereich betrete, fühle ich mich der Côte d'Azur bereits näher als meiner Hamburger Wohnung. Ab jetzt werde ich in Zusammenarbeit mit der provenzalischen Küste alles daran setzen, den Kopf endgültig freizukriegen und mich neu auszurichten. Der Plan lautet: gebrochenes Herz gegen mediterrane Klimabedingungen und knallblaues Meer eintauschen, eindrucksvolle Erfahrungen sammeln, die mir Judy aus dem Sinn schlagen. Valentino hat sich selbst zu meinem persönlichen Reiseführer ernannt und wird die Erreichung dieses Ziels beaufsichtigen und hoffentlich tatkräftig unterstützen. Seiner Prognose nach wird mich der ein oder andere *Boulevardier* wieder zuverlässig auf Spur bringen und ich habe einen Punkt erreicht, an dem ich meine komplette Hoffnung auf sein Wort setze. Obwohl es mich extreme Überwindung gekostet hat, Freddy in Emelys Obhut zu geben und zum ersten Mal nicht in Reichweite zu sein, während

Eloise sich um das Studio kümmert, ist Frankreich aktuell meine einzige Chance, emotional nicht völlig abzusinken. Dafür, jetzt aufzugeben und mich dem Schmerz weiter zu beugen, habe ich in der Vergangenheit schon zu viel investiert. Zu viel gekämpft. Gelernt, wie man immer wieder aufsteht, auch wenn es am Boden leichter zu sein scheint.

Wahrscheinlich geht es am Ende um jene Stunden und Jahre, die uns glücklich gemacht haben und ihre Spuren auf der Seele hinterließen. Aber es gibt keine Garantie und auch kein Gesetz, das besagt, wie viele dieser Erinnerungen jedem Menschen zustehen. Ich sollte also dankbar sein, sie jemals gespürt zu haben, anstatt vor Habgier das Wesentliche aus den Augen zu verlieren. Dank Judy habe ich gelernt, wie eng Erfüllung und Zerrissenheit miteinander verwoben sind. Manchmal kann man das eine ohne das andere nicht bekommen, weshalb ich mich so lange vor der Wahrheit verschlossen habe. Nicht angenommen habe, was mir auf dem Silbertablett präsentiert wurde, weil von Beginn an klar war, welche Kraft dahintersteckte. Und dass es für mich kein Happy End geben würde.

Dass meine Wanne inzwischen bis zum Ende des Bandes gelaufen ist, registriere ich erst, nachdem der Miesmuffel mir seinen Ellenbogen in die Seite rammt, um mich aus dem Weg zu drängen.

»Das gibt es ja wohl nicht, was stimmt nicht mit dir?« Wieder kneift sie die Augen zusammen und zieht ihre Kinder mit einem Ruck hinter sich her.

So einiges, denke ich.

So einiges.

Mein breiter Sitzplatz und die Canapés, die auf einem Beistelltisch bereitstehen, überschatten die anstrengende Begegnung schnell. Zwischen pikant gewürzten Lachstalern, Baguette mit veganer Kräuterbutter und Crêpe-Häppchen lese ich auf einer Karte in geschwungener Schrift meinen Namen. Darunter hat Val seine Unterschrift gekritzelt. Er hat es sich nicht nehmen lassen und alle Hebel in Bewegung gesetzt, um mich zum Preis der Economyclass in die Businessclass einzubuchen. Obwohl er meist verpeilt und unorganisiert ist – für Menschen, die ihm etwas bedeuten, legt er sich gern richtig ins Zeug. Luxus ist ihm wichtig. Nicht etwa, um darüber einen Status zu generieren und diesen nach außen zu tragen, sondern weil Üppigkeit und Komfort ihm das Gefühl vermitteln, *geben* zu können. Alles an diesem Flugzeugabteil erinnert mich daran, aus welchen Verhältnissen er stammt. Im Rosenkrieg verlor sein Vater früh die Firma der Familie, seine Mutter gab sich dem Alkohol hin und somit war Valentinos größter Besitz sein eigener Kampfgeist. Er wollte es eines Tages besser machen. Sich aus den Ketten einer immerwährenden Abhängigkeit befreien ... Und dass er es inzwischen einfach kann, mir den besten Platz im Flieger zu beschaffen, hat für ihn einen hohen emotionalen Wert.

Kurz bin ich versucht, ihm eine Nachricht inklusive Selfie zu schicken, doch die Befürchtung, dass noch mehr Artikel und Fotos von Judy und Skrypczak aufploppen, sobald ich mein Handy einschalte, hält mich davon ab. Insbesondere jetzt, so kurz vor ihrer Hochzeit, wird das Netz durch lauter Klatsch und Tratsch aus allen Nähten platzen, was ich mir nicht geben kann, ohne völlig den Verstand zu verlieren. Smartphonefreie Zeit für mich bedeutet im Umkehrschluss, dass Coelhos Werk herhalten muss. Mit zwei Fingern fische ich es aus meinem Handgepäck. Das weiche Cover hat inzwischen einen Riss, die ersten Seiten sind leicht eingeknickt und insgesamt hat wohl noch niemand vor mir derart lange gebraucht, um diese dünne Lektüre durchzulesen.

Mein zukünftiges Ich, der neue Karlo, wird es anders machen. Spätestens in Frankreich wird er die letzten Seiten bezwingen, denn er ist kein Typ, der sich aufhalten lässt. Der stoppt, wenn es mühselig wird. Stattdessen nimmt er sich an seinem besten Kumpel ein Beispiel, beißt sich durch und verliert den Fokus auch nicht bei Sturm aus den Augen.

Ich sage: *Au revoir, Mister Grumpy, und ein herzliches Bonjour, Mister Survive.*

Judy

Manchmal braucht es nur wenige Sekunden oder einen Bruchteil davon, um *zu spät* zu sein. Plötzlich ist eine Chance vertan. Ein Herz zersplittert, ein alles verändernder Satz nicht gesagt.

Gefühle, die tief in der Brust gefangen bleiben.

Leere.

Die Zeit interessiert so etwas nicht. Sie läuft weiter und tropft durch die Sanduhr, ohne sich an einzelnen Schicksalen aufzuhalten. Wenn es zu spät ist, fällt es leicht, sie zu verfluchen. Hätte sie nicht noch einen Moment warten können?

Vielleicht. Doch wahrscheinlich hat sie schon lange vor dem Verpassen mit aller Kraft auf sich aufmerksam gemacht. Dazu ermutigt, zu vertrauen und einfach zu springen.

Ins Leben zu tanzen.

Die Erkenntnis, dass ich verschwenderisch mit meinen Gelegenheiten umgegangen bin, bewahrt mich nicht vor einem Schmerz, der dort beginnt, wo ich Karlos Lachen und seine warmen Berührungen abgespeichert habe. Von da aus zieht er immer größer werdende Kreise, beraubt mich meines Atems und drückt die Schultern gen Boden.

Dass Emely meine Hand nimmt und sie festhält, während wir vor dem leer gefegten Gate stehen, registriere ich nur aus weiter Ferne. Ich kann mich kaum noch halten, die Muskeln werden unter all den Erinnerungen schwach, die mir wie ein trauriger Schwarz-Weiß-Film durch den Kopf strömen.

»Ich bin bei dir«, sagt Emely.

Und das ist sie auch, als ich mitten im Flughafen zu Boden sinke und krampfhaft die Beine an meinen Körper heranziehe.

Alles, was mein Leben war, ist fort. Zerplatzte Träume paaren sich mit einer Sehnsucht, die schon lange in mir wohnte und mich jetzt erschlägt.

»Ich kann das nicht.« Ängstlich sehe ich zu Emely hinüber, die nicht müde wird, an meiner Seite zu sein, als wären wir schon eine halbe Ewigkeit Freundinnen.

»Du kannst«, antwortet sie nüchtern und ihr Blick verrät keinerlei Zweifel daran. »Du wirst wieder auf die Beine kommen und ehe du dich versiehst, ist er zurück.«

»Ich wünschte nur, er wüsste, dass er mir nicht egal ist.«

Auf diesen Satz erwidert sie nichts. Langsam saugt sie nur ihre Unterlippe ein und zieht die Brauen zusammen. Eine subtile Art zu bestätigen, wie beschissen das hier ist.

So fühlt es sich also an.

Mein persönliches *Zu spät*.

Kapitel 18

Judy

Die Quantität der letzten Jahre lässt sich in dreizehn Kartons, zwei Wäschekörben, einer alten Weinkiste und einem Jutebeutel zusammenfassen, die sich nun in Violas Flur und Schlafzimmer stapeln. Vom Packen, Räumen, Ziehen und Schieben brennen meine Oberarme, führen mir in aller Deutlichkeit vor Augen, wie dringend sie ein regelmäßiges Training gebrauchen könnten.

»Ich war verdammt lange nicht mehr hier.« Zum ersten Mal habe ich wirklich Zeit, meinen Blick langsam durch den Raum schweifen zu lassen. Auf wenigen Quadratmetern hat Viola dem Hygge-Begriff eine völlig neue Bedeutung gegeben: Von der Decke hängen an beigefarbenen Seilen Pflanzentöpfe, die Regale und Bilderrahmen sind mit Lichterketten geschmückt, auf dem Fußboden im Wohnzimmer liegt ein kuschliger Teppich. Neben einer Couch gibt es auch große Sitzkissen mit orientalischen Mustern – auf einem von ihnen sitze ich. Die besondere Atmosphäre drückt mir regelrecht den Impuls auf, wie beim Yoga bewusst durchzuatmen und eine aufrechte Körperhaltung anzunehmen. In der Luft liegt eine Duftpoesie aus Lavendel und ... Zedernholz?

»Warum auch?« Viola stellt mit nach oben gebogenen Mundwinkeln eine große Kanne Tee in unsere Mitte und reicht mir eine verschnörkelte Tasse. »Bei euch gab es immerhin mehr Platz und eine Luxuscouch.«

Ja, das schweineteure Sofa, das bis zuletzt nicht nach zu Hause gerochen hat. Ich nicke langsam. Gieße mir etwas von der Früchtemischung ein, um das Trümmerfeld in mir drin einfach mit heißer Flüssigkeit zu überspülen. Vielleicht lassen sich all die Einzelteile meiner zerbrochenen Welt auf diese Weise eliminieren? Als würden wir die Realisierbarkeit dieser These auf die

Probe stellen, sitzen wir uns einige Minuten gegenüber, lassen das Jetzt wirken und schlürfen hin und wieder vorsichtig am Tee.

Die Trümmer bleiben.

»Danke, dass du mich aufnimmst, bis ich was Passendes gefunden habe«, bringe ich irgendwann hervor.

»Das ist so was von selbstverständlich, Süße.« Viola macht eine wegwerfende Handbewegung. »Sieh meine Wohnung als deinen persönlichen Kurort an. Du kannst dich hier wohlfühlen, okay?«

Ich lächle schwach und umfasse meine Tasse mit beiden Händen. Obwohl mich ihr Reich regelrecht behutsam in den Arm nimmt, bleibe ich heimatlos, was sich so anfühlt, als würde ich im Winter aus einer heißen Dusche steigen und dann feststellen, das Handtuch vergessen zu haben. Dies ist kein standardmäßiger Besuch, bei dem wir über belanglose Dinge quatschen, uns gegenseitig die Fingernägel lackieren und ich dann abends wieder nach Hause fahre. Dies ist die Konsequenz dessen, dass mein Leben einmal gänzlich über den Haufen geworfen wurde. Einfach nicht mehr existiert.

»Weißt du, was mich am meisten beschäftigt, Vi?«

»Hm?«

»Ich habe nicht mal mitbekommen, wann alles angefangen hat, derart den Bach runterzurauschen.«

Sie blinzelt mich wärmend an und rutscht etwas weiter in meine Richtung, um eine Hand auf meinen Fuß zu legen. Obwohl Spätsommer herrscht, trage ich die dicksten Socken, die meine Umzugskartons hergegeben haben.

»Darf ich dir eine Frage stellen?«

Wenn sie so beginnt, macht mein Herz automatisch einen nervösen Extraschlag. »Klar.«

»Hast du etwas gefühlt, als du Karlo geküsst hast? Ich meine, hier so?« Sie zieht die Hand zurück und legt sie nun auf ihren Bauch, die Augen weichen keinen Zentimeter von mir ab.

Langsam schüttle ich den Kopf und beobachte, wie sich ungläubig ihr Mund öffnet.

»Nicht?«

»Doch. Aber es hat diesen Kuss nicht gebraucht, um diese Gefühle freizulassen. Sie waren schon viel länger da.« In Erinnerung daran muss ich die Lider schließen. Alle Schmetterlinge, die in meinem Bauch ihr Quartier aufgeschlagen haben, fangen an zu schwirren. Tun so, als wäre Karlo nicht gerade kilometerweit entfernt und wahrscheinlich eifrig damit beschäftigt, mich aus seinem Kopf zu kriegen.

»Judy, du lächelst heute gerade zum ersten Mal wirklich.« Erneut berührt sie meinen Fuß. »Willst du ernsthaft dabei bleiben, dass diese Empfindungen bedeuten, dass dein Leben den Bach runtergegangen ist?«

»Da ist so viel mehr und das weißt du auch.«

Ihr verächtliches Auflachen bringt mich dazu, sie wieder anzuschauen.

»Einspruch! Es war verdammt scheiße, meine Eltern so früh zu verlieren, ja, es ließ mich durch die Hölle gehen. Aber wenn mich dieser ganze Misthaufen etwas gelehrt hat, dann, dass es nicht vernünftig ist, Dingen nachzutrauern, die einen nicht erfüllt haben, anstatt sich auf sein Glück zu fokussieren.« Ihre Stimme färbt sich dunkel und klar. Sie stellt ihre Tasse ab, verschränkt die Arme und lehnt sich an die Couch. »Das ist nicht nur nicht vernünftig, sondern wirklich der letzte Abfuck. Ich werde dir beistehen. Alles, was in meiner Macht steht, tun, damit deine Wunden schneller heilen. Aber es wäre eine Schande, würdest du die Liebe verteufeln, anstatt nach den Sternen zu greifen.«

Mir fällt nichts ein, was ich erwidern kann. Alles, was sie gesagt hat, wabert in meinem Kopf herum und fügt sich erst langsam zusammen. »Und was schlägst du vor?«

»Sag einfach nicht mehr, dass dein Leben den Bach hinuntergegangen ist, wo doch dein Herz das Gegenteil meint.« Violas ernste Miene wechselt sich wieder mit einem frechen Grinsen ab.

»Du vergisst, dass er weg ist?«

»Nein. Ich sehe lediglich, dass du wieder da bist. Meine beste Freundin. Mit echten Gefühlen. Echter Power. Echter Willenskraft und Stärke! Und das ist so viel mehr wert, als du gerade sehen kannst.«

Das sitzt. Auch wenn ich im Augenblick nichts davon spüre, besteht die Möglichkeit, dass sie recht hat.

Viola steht auf und geht Richtung Küche, um kurz darauf mit einem kleinen braunen Gegenstand in den Händen zurückzukehren. »Außerdem wurde bereits deine erste Bestellung an dein neues Zuhause geliefert.« Als sie mir den kartonierten Umschlag reicht, zeichnet ihr Lächeln immer noch die Lippen.

Ich kenne den Inhalt des Pakets, ohne es zu öffnen. Es ist ein Buch.

Das Buch.

Um mich ihm näher zu fühlen, habe ich mir zwischen all dem Stress kein anderes Werk bestellt als jenes, aus dem Karlo mir vorgelesen hat. Und weil es alles ist, was mir bleibt, drücke ich es fest an meine Brust.

Karlo

»Ich finde es ja wirklich beachtlich, dass Frankreich dich in einen Bibliophilen verwandelt!« Mit einem dumpfen Plumpsen macht Valentino sich auf meinem XXL-Badehandtuch breit und stört sich nicht daran, dass sein nasser Körper meine Klamotten volltropft. »Aber alles hat seine Grenzen.« Er lehnt sich zurück und stützt sich auf den Unterarmen ab. Genervt ziehe ich ein Werk von Fromm unter ihm hervor, das Coelho abgelöst hat.

»Soll heißen? Falls du mich noch mal aufs Surfbrett kriegen willst ... vergiss es!« Beim letzten Mal habe ich mich schon von meinem Leben verabschiedet und um Atem ringend beschlossen, dass Valentino nicht der geeignete Surflehrer für mich ist.

»Du weißt nur nicht, was gut ist.«

»Wenn du mich ins Jenseits abschieben willst, sag es einfach gleich.«

Lachend greift er nach seiner Sonnenbrille und schiebt sie sich auf die Nase. »Mir schwebt da eher etwas Ungefährliches vor.« Dass er nun geheimnisvoll die Augenbrauen hebt, entgeht mir trotzdem nicht.

»Und was?« Ergeben werfe ich das Buch weg und lege mich flach auf den Boden. Val ist jemand, mit dem selbst Sightseeing durch eine Verkettung von Zufällen zu einer Lebensbedrohung werden könnte, aber diese Feststellung erspare ich ihm.

»Heute Abend werde ich dir zeigen, wie man an der Küste feiert. Es wird Zeit. Was bringt dir dein braun gebrannter Tänzerkörper, wenn du ihn den Ladys verwehrst?«

»Nee, ich bin raus.«

Er lacht. »Auf keinen Fall. Dein Reiseführer verbietet es dir.«

»Auch Reiseführer kommen manchmal an den Rande ihres Einflusses.«

»Oh, mein Gott.« Valentino neigt den Kopf, sodass er mich über den Rahmen der Brille betrachten kann. »Dieser Typ hier tut dir nicht gut!« Er tippt auf Fromm. »Wenn dir klar wäre, wie geleckt du sprichst, dann wüsstest du, wie dringend du eine Party nötig hast.«

»Hm.« Weil die Sonne knallt, lege ich mir die Hände auf die Augen und genieße die Schwärze. Vielleicht hat er recht. In den letzten Tagen sind wir die gesamte Promenade des Anglais entlanggelaufen, haben viel vom architektonischen Erbe Nizzas gesehen und die malerische Altstadt wollte ich am liebsten gar nicht mehr verlassen.

Trotzdem habe ich den Kampf gegen die eigenen Gedanken am Ende immer wieder verloren.

»Sei nicht so stur, Karlo. Wieso solltest du dir einen Abend mit frisch gemixten Cocktails am Mittelmeer entgehen lassen?«

Val redet einfach weiter. Lässt sich wie immer nicht so leicht beirren und legt sich ins Zeug, um seinen Kopf durchzukriegen. Emely hat irgendwann mal gesagt, dass er jemand ist, dem man sein Sternzeichen direkt an der Nasenspitze ablesen kann. »Gute Livemusik, beste Aussicht auf den Strand, Lampions und natürlich nicht zu vergessen: lockere Menschen! Das alles wir...«

»Du wirst sowieso nicht damit aufhören, mich zu überreden, habe ich recht?«, murmle ich, ohne die Augen zu öffnen.

»Korrekt.« Ich nehme wahr, wie er sich hinlegt, und kann mir seinen selbstzufriedenen, größenwahnsinnigen Ausdruck bildlich vorstellen.

***

Während wir am Abend frisch geduscht und in Schale geworfen durch kleine Gassen in Richtung der angedachten Location gehen, fühle ich den Vibe dann doch und schiebe es auf mein Outfit: Ich trage ein luftiges Hemd, das wie gemacht für den Sommer in Frankreich scheint, dazu meine Lieblingsshorts aus Leinen, die dem Selbstbewusstsein zuverlässig einen Extraboost verschafft. Vielleicht wird es ja wirklich ganz nett.

»Hier.« Val hält mir die unscheinbare Flasche mit sündhaft starker Whisky-Cola-Mischung hin, die er im Hotel noch zusammengebraut hat, und richtet dann seine Fliege.

Ich zögere kurz. *Will ich mich überhaupt im Valentinostyle auf die Party einlassen?* Die Antwort auf diese Frage lässt nicht auf sich warten und wird sofort in Form einer Aneinanderreihung aus Erinnerungen, Bildern und dem Verlangen nach einem Reset durch meinen Kopf geschossen. Ich bin müde, gegen Judys mitreißendes Lachen in meinen Gedanken anzukämpfen, und trinke dann doch. So lange, bis ich das Gefühl habe, dass die Flüssigkeit meine Speiseröhre restlos in Flammen gesetzt hat. Fast im gleichen Moment lichtet sich das Feld aus alten Villen im Barockstil, wechselt sich mit einem Panoramablick auf den Strand ab. Die untergehende Sonne malt bereits mit Glitzerstiften auf dem Wasser herum und nimmt mir zusammen mit dem Alkohol für einige Sekunden den Atem.

»Ist ja der Wahnsinn.«

»Habe ich doch gesagt.« Val zieht mir die Flasche weg und präsentiert dabei sein breitestes Grinsen. »Auf deinen exklusiven Reiseführer ist eben Verlass.«

»Stimmt wohl.« Ich hätte es nicht für möglich gehalten, aber die vor uns liegende Weite löst eine tiefe Beklemmung in mir. In Relation zum Horizont wird alles andere klein und rückt in den Hintergrund, lässt mich wissen, dass der Moment nur dann eine Bedeutung findet, wenn ich ihm selbst eine gebe. Andernfalls verstreicht er. Kommt und geht. Entsteht und zerfällt. Ähnlich wie die Spuren auf meinem Gesicht, die mittlerweile nicht mehr erkennbar sind. Das, was sich heute anfühlt wie das Ende der Welt, ist in einem Jahr vielleicht schon vergessen.

Weil mein Herz sich nach dieser Hoffnung verzehrt, beschließe ich, es wirklich zu versuchen und meine Konzentration nur auf das Hier und Jetzt zu lenken. Die Szenerie, die sich mir darbietet, macht es mir leicht: immer lauter werdende Beachmusik, Lichter, die in den Sand gesteckt sind und beginnen, unseren Weg einzurahmen, Menschen mit einem Lachen im Gesicht.

***

Wie sehr ich mein Studio und die Kurse vermisse, wird mir irgendwo zwischen einem ausgedehnten Bachata unter freiem Himmel und dem Moment, in dem Rosalyn sich an meine Brust wirft, bewusst. Dass eine leidenschaftliche Tänzerin in ihr steckt, fiel mir schon auf den ersten Blick auf – Menschen, die es im Blut haben, bleiben mir nicht lange verborgen.

Es war ein passionierter Tanz. Ich konnte mich im Takt der Musik vergessen und war so enthusiastisch von der gesamten Atmosphäre, dass die Idee aufkam, auch zu Hause Outdoorkurse zu organisieren. Sicher lässt sich die ein oder andere Gruppe für Unterricht auf den Alsterwiesen begeistern, viele meiner Schülerinnen und Schüler sind offen für das gewisse Etwas fernab vom Standard. Ja, es hat mich wieder gepackt. Mich mit einer Energie aufgeladen, die ich nur durchs rhythmische Bewegen bekomme, und Rosalyn war dabei eine ebenbürtige Partnerin.

Ihre kohlschwarzen Haare, die ihr fast bis zum Po reichen, sind inzwischen ganz wirr, die tiefbraunen Augen angefixt.

»Lass uns verschwinden«, raunt sie und fährt mir mit dem Daumen über die Unterlippe.

»Gefällt es dir hier nicht mehr?« Unverbindlich drehe ich mich ein Stück, um eine bessere Sicht auf die feiernde Menge zu bekommen.

Zur Antwort lacht sie auf und schüttelt amüsiert den Kopf. Zwei Sekunden später zieht sie mich an sich heran und gräbt ihren Mund in meine Halsbeuge. Automatisch saust ein Kribbeln durch meine Blutbahnen, auf die Schnelle unterscheide ich nicht zwischen angenehm und unangenehm. Rosalyn gleitet mit ihrer Zunge über meine Haut, stoppt erst unmittelbar neben meinem Ohr.

»Es ist schön hier. Aber das Buffet ist leer und ich habe noch Lust auf ein Dessert.« Ihr Flüstern verpasst mir eine Gänsehaut und dass ich die Luft scharf einziehen muss, bringt sie nur weiter in Fahrt. Schon knabbert sie an meinem Ohrläppchen und schiebt eine Hand unter mein Shirt. Spitze Fingernägel hinterlassen eine Art von süßlichem Schmerz, den ich schon lange nicht mehr gespürt habe. »Also? Bist du dabei?« Für die Dauer eines Rückenschauders erinnert mich die intensive Wodkanote in Rosalyns Atem daran, dass wir mittlerweile vermutlich viel zu viel intus haben, aber als würde sie meine Zweifel spüren, fackelt sie nicht lange und presst ihre Lippen auf meine. Hektisch beißt sie, drängt ihre Zunge entschlossen tiefer in meinen Mund, bis ich mir Sorgen mache, dass sich ihr Unterkiefer aushakt. Ob sie mich wohl mit einer dieser Reanimationspuppen aus Erste-Hilfe-Kursen verwechselt?

Trotz einiger ordentlicher Drinks kann ich mich nicht gehen lassen und spüre, wie sich mein Magen umzudrehen droht. Ihre ruckartigen, eiligen Regungen machen den Anschein, dass wir einen Sprint gegen Preisgeld einlegen, und offenbar bin ich der Einzige von uns zweien, der merkt, wie nass und triefend der Kuss mit jeder weiteren Sekunde wird.

»Das reicht!«, rufe ich aus, nachdem sich ihre Finger unerwartet in meinem Schritt verirrt und kräftig zugepackt haben. Um der immer stärker werdenden Übelkeit den Kampf anzusagen, wische ich mir mit dem Handrücken den Mund ab und schlucke mehrfach.

»Hast du Probleme?« Rosalyn nimmt einige Zentimeter Abstand, damit sie mich besser mustern kann, und zieht besorgt die Brauen zusammen.

Gleichzeitig klebt sich ein riesiges Fragezeichen auf meine Stirn.

»Na, du weißt schon ...« Aufgebracht wippt sie mit dem Bein und weil ich immer noch nicht durchblicke, gestikuliert sie auf Höhe ihres Unterleibs. »Hier so, meine ich.«

»Was?«

»Na, ob das erektionsmäßig nicht hinhaut. Das wäre kein Ding, wir könnten auch einfach so ein wenig rumknutschen.«

Mit ihrem vielversprechenden Zwinkern rollt plötzlich eine Welle auf mich zu, die ich kein Stück unter Kontrolle habe. Ich bemitleide mich dafür, dass ich nicht ansatzweise dazu in der Lage bin, unbeschwert *rumzuknutschen*. Nicht mal hier, wo der Alltag weit aus meinem Radius gerückt ist, krieg ich das gebacken. Alles an meiner Situation ist verrückt, am meisten die Tatsache, dass ich mich bei der geplanten Selbstfindung restlos verloren habe. Ich spüre, wie sich meine Bauchmuskeln anspannen und die Mundwinkel zucken, bis ich das Lachen nicht mehr halten kann und es schonungslos aus mir herausbricht. Wenig graziös stütze ich mich auf einem Stehtisch ab, lege das Gesicht in meine Hände und verliere das Zeitgefühl, während mir sogar Tränen aus den Augen rinnen. Eine ganze Weile herrschen Überschwang und Ekstase über meine Sinne und sorgen dafür, dass ich nichts mehr ernst nehme. Ich lache mir regelrecht die Seele aus dem Leib, ein flimmernder Schleier umhüllt alles, was ich sehe und fühle.

Als ich nicht mehr weiß, ob ich immer noch amüsiert bin oder wirklich weine, muss ich endlich einsehen, dass ich mich anstrengen kann, wie ich will: Alles, was passiert ist, lässt sich nicht wie mein Handy ausschalten und wegsperren. Es folgt mir wie das Meer dem Mond und kein Strand dieser Welt, keine andere Frau, kein noch so starker Drink wird mein Herz langfristig kitten.

Judy

Sonnenschein und Nieselregen wechseln sich an dem Tag ab, an dem ich mich nach der Arbeit in *Trudes Stube*, einem kleinen Café in Violas Stadtviertel, verzogen habe. An diesem Ort habe ich damit angefangen, meine Gedanken aufzuschreiben, um sie besser greifen zu können und meine Emotionen in Zeichen aus Tinte zu verwandeln. Anfangs war das wie schreien auf Papier: wild, ungehalten, chaotisch. Ich habe Schimpfwörter notiert, von denen ich vorher nicht einmal wusste, sie in meinem Wortschatz zu führen. Ich verfluchte mich. Und mit mir die gesamte Welt.

An anderen Tagen wölbten sich meine Blätter unter Tränen auf, die Farbe des Kugelschreibers verschwamm. Erst war ich sehr überrascht über die Macht des Schreibens. Es führte mich schonungslos durch verschiedenste Gefühlszustände und hatte offenbar einen direkten Draht zu meinem Herzen. Am Ende schaffte es Klarheit und bettete mich auf Schäfchenwolken, bis sich Trudes Café auf einmal wie zu Hause anfühlte.

Während meine Gedanken so treiben, muss ich über mich selbst schmunzeln und lasse den Raum bewusst wirken. Die Möbel haben nichts mit Modernität zu tun, sondern sind bereits sichtlich in die Jahre gekommen. Natürliche Patina, das dunkle Leder, mit dem Bänke und Stühle überzogen sind, ist rissig und auf den Sitzflächen ausgeblichen. Ich bin sicher, dass die Judy von vor ein paar Wochen dieses Kaffeehaus nicht einmal wahrgenommen hätte, weil es von außen nicht den Anschein macht, einen Latte macchiato anzubieten, der es mit jedem fancy Lokal Hamburgs aufnehmen könnte.

Doch das tut es. Und dazu ist es ein sicheres Versteck, in dem mich niemals Paparazzi erwarten würden.

Trude, die mich inzwischen kennt und mich jedes Mal mit einem breiten Lächeln empfängt, hat die Rezepturen sämtlicher himmlischer Kaffeekreationen verinnerlicht und zaubert einen Milchschaum, der weder zu wässrig noch zu fest ist. Mit venezuelischem Kakao gestaltet sie dann frei Hand aufwendig aussehende Muster darauf, verleiht jedem Becher Individualität. Okay. Vielleicht geht meine Liebe zum schwarzen Gold auch einfach langsam viel zu weit.

Weil es hier nie so voll ist, dass das Café überzulaufen droht, habe ich bislang immer denselben Platz einnehmen können – den hintersten Tisch direkt am Fenster. Es ist schön und erholsam, vom Trubel der sonst so veränderlichen Stadt Abstand zu nehmen. Hier in diesen vier Wänden wird das Wörtchen Beständigkeit seiner Bedeutung noch gerecht. Alte Bilderrahmen mit zentimeterdicker Staubschicht treffen auf den Geist einer weltoffenen, jung gebliebenen Inhaberin. Trude, die Kaffeegöttin. Die Wächterin der Zeit.

»Wie geht es dir heute?« Sanft stellt sie mir mein Getränk vor die Nase, woraufhin der vertraute Duft von gerösteten Bohnen sofort den des alten Leders übertönt. »Du siehst gut aus.« Ihr Blick wandert an mir hoch und runter, dann nickt sie zufrieden.

In meinen schwarzen Boots fühle ich mich immer wohl. Heute trage ich sie in Kombination mit einem Jeansrock und einer luftigen Bluse, die um die

Brüste herum etwas enger anliegt. Je mehr Tage verstreichen, desto besser gelingt es mir, mich selbst im Spiegel zu betrachten. Wieder darüber nachzudenken, was ich anziehe, anstatt mich wie in den letzten Wochen in Oversized-Hoodies zu vergraben, fühlt sich ein bisschen wie hereinbrechender Frühling an. Obwohl noch kürzlich alles in Schnee und Eis gehüllt war, die Farben verblasst, gibt das einzelne Samenkorn nicht auf und bahnt sich kämpferisch seinen Weg ins Freie. Es glaubt daran, etwas bewirken zu können, ein Hoffnungspunkt zu sein. Kerzenschein in rabenschwarzer Nacht.

Ich habe mein inneres Navigationsgerät Richtung Sunnyside ausgerichtet und den Blick zu heben, um ihn auf die guten Seiten meiner selbst zu richten, ist dabei ein wichtiger Schritt.

»Vielleicht begreife ich langsam, was ich eigentlich wirklich vom Leben will.« Gedankenverloren zeichne ich mit dem Finger das Kakaoherz auf der Tischplatte nach, das Trude mir heute in den Milchschaum gestreut hat. »Du solltest ein neues Schild an deiner Ladentür anbringen: *Trudes Stube – Kaffeeoase und wirkungsvolle Psychotherapie.*«

Die Fältchen um ihre kugelrunden blauen Augen vertiefen sich, dann legt sie eine Hand auf meinen Unterarm.

»Ich habe nichts getan, du heilst dich selbst.« Sie drückt mich leicht. »So ein gebrochenes Herz ist nicht zu unterschätzen. Wenn es zerspringt, hinterlässt es ja nicht nur einen tiefen Riss, sondern auch Scherben, die sich weiter ihren Weg bahnen. Sie schneiden sich ein, wirbeln all deine verletzlichen Stellen auf und es erfordert Stärke, immer wieder aufzustehen. Mach dir das bewusst.«

Die Art, wie sie spricht, flüstert mir zu, dass sie sich auskennt. Dass sie selbst schon ihre gesamte Kraft gesammelt hat, um nicht unter Widerständen begraben zu werden.

»Ich bleibe dabei: weise Worte einer wahren Seelsorgerin.«

»Vielleicht.« Verlegenheit wird zu Trudes Rouge. Es sieht unwahrscheinlich sympathisch aus. »Vermutlich hilft dir jedoch schlicht der Kaffee. Er hat eine hohe therapeutische Wirksamkeit, was fast keiner weiß!«

»Mir ist das schon lange klar!«, verkündet Emely.

Ich war so vertieft in unsere Konversation, dass ich die schrille Türglocke und damit ihr Kommen gar nicht gehört habe. Mit einem Zwinkern hängt Emely ihren Jutebeutel an die hölzerne Lehne und lässt sich dann auf den Stuhl gegenüber fallen. Ihre Wangen sind gerötet, das Haar leicht zerzaust. Seit Karlo auf Reisen ist, springt sie für ihn ein, pflegt die Tanzschule und unterstützt Eloise, damit nicht alle seine Kurse pausieren müssen. Zusammen haben sie ein richtig gutes Improvisationsprogramm auf die Beine gestellt, von dem er bestimmt begeistert wäre. Während sie sich ein Apfelküchlein bestellt und kurz mit Trude über die verschiedenen Teesorten auf der Karte philosophiert, greife ich neben mich und ziehe eine große altrosafarbene Papiertüte hervor.

»Richtest du Freddy einen Gruß von mir aus?«

Emely betrachtet mit erhobenen Brauen, was ich auf den Tisch stelle, und legt den Kopf schief. »Krass. Genau dieses Futter besorgt Karlo auch immer.«

Zur Antwort schiebe ich den Beutel noch ein Stück weiter in ihre Richtung. Behalte für mich, dass mir das schon bewusst ist und ich gefühlt zehn Läden abgesucht habe, bis es endlich auffindbar war. Dass ich mir gemerkt habe, wie die Tüte aussah, als ich ihn damals spontan in der Stadt getroffen habe. Bereits ab diesem Zeitpunkt hätte ich es wissen müssen. Mir klar darüber sein sollen, dass das Flackern, was seine Erscheinung in meinem Bauch ausgelöst hat, nicht folgenlos bleiben würde.

»Danke, Judy.«

»Dafür nicht.« Am liebsten würde ich Freddy besuchen. Schauen, wie es ihr geht, und an die Vorlese-Session mit Karlo erinnert werden, die sich mittlerweile wie ein Traum anfühlt. Vielleicht hat es sie ja nie gegeben? Vielleicht ist sie nur eine Utopie.

»Wenn du noch Unterstützung gebrauchen kannst, bin ich da. Denk daran, okay?«

»Ja, das hast du mir schon etwa zwanzigtausendmal zugesagt.« In Emelys Lächeln reflektiert ihre typische Sanftheit, die ich vorher noch bei keinem anderen Menschen gesehen habe. »Hast du heute noch etwas für mich?«

»Hmh.« Beim Aufschlagen meines Blocks beiße ich mir auf die Unterlippe und bemühe mich, das Gesicht nicht sorgenvoll zu verziehen. Stattdessen richte ich bewusst den Oberkörper auf, streife meinen Pferdeschwanz zurück und erinnere mich daran, dass dieses Outfit Selbstbewusstsein verdient. »Hier.« Ich halte ihr einen klein gefalteten Zettel hin, auf dem in Schönschrift ein filigranes »K« steht.

Sie strahlt. »Lege ich zu den anderen.«

Fünf Worte, die meinen Puls beschleunigen. Gleichzeitig bete ich, dass sich Karlo von all dem Scheiß, der dank mir in sein Leben transportiert wurde, erholt. Dass er seine positive Art nicht verliert und dass seine Grübchen übers Gesicht huschen, auch wenn ich sie nicht sehen kann.

Kapitel 19

Karlo

Schon kurz nach der Landung haucht mir der erste Hamburger Windzug ins Ohr, dass sich die Stadt seit meiner Abreise verändert hat. Das Gepäck fest im Griff, kneife ich auf meinem Weg gen Ausgang immer wieder die Augen zusammen, scanne die Umgebung auf Hinweise, die diesen Eindruck erklären können.

Weit und breit nur lachende Gesichter, Menschen, die sich küssen und umarmen. Ob wohl das Fehlen der mies gelaunten Frau vom Abflugtag den entscheidenden Unterschied macht?

Kaum liegt die Drehtür hinter mir, zeichnet die Abendsonne Lichtkegel auf meine Haut und kitzelt mir die Nase – lieb gemeinte Empfangsgeste, die Hamburg gar nicht nötig hat. Auch bei Schneeregen oder starkem Wind hätte ich meine Hansestadt in diesem Moment gegen keinen anderen Ort der Welt eingetauscht. Nur hier ist der Geruchsmix aus Fischbrötchen und Schiffsabgasen so unfassbar attraktiv und ich sehe mich schon wieder mal mit einem matschigen Backfischbaguette am Hafen sitzen. Weil die Sehnsucht nach dem Studio mehr kickt, muss das allerdings noch warten.

Zielstrebig organisiere ich mir ein Taxi und gebe dem langhaarigen Fahrer den Weg zur Akademie durch. Seine Antwort ist mehr oder minder ein undefinierbares Nuscheln; bevor er den Motor startet, kommt es mir kurz vor, als würde er mich von der Seite mustern. Dabei fährt er sich nachdenklich mit Daumen- und Zeigefinger durch den Bart. Instinktiv fasse ich mir prüfend ins Gesicht, kann aber nichts Auffälliges feststellen.

»Kennst du den persönlich?« Geschickt manövriert der Chauffeur den Wagen aus der engen Parklücke und starrt dann eisern auf die Fahrbahn.

»Wen meinst du?«

»Den Besitzer der Tanzakademie.« Ungeduldig hebt er die Brauen und tippt mit dem Zeigefinger auf sein Navi. »Karlo Sander.«

Würde er die Stirn nicht in Falten ziehen, als stünden wir bereits drei Stunden im Stau auf der A7, hätte es mich vermutlich geschmeichelt, dass er meinen Namen weiß.

»Das bin ich. Wie kommt's, dass du dich auskennst?«

Kaum merklich wandern seine Mundwinkel nach oben und legen ein dezent abgehobenes Grinsen auf seine Züge. In meinem Kopf arbeiten alle Zahnräder auf Hochtouren, analysieren, ob ich diesem Typen je zuvor über den Weg gelaufen bin.

»Du magst es vielleicht tun: erst dem Schauspieler die Frau ausspannen und sich dann mit Unwissenheit schmücken.« Er fängt an, schallend zu lachen, bis fast sein gesamtes gelbbraunes Gebiss zum Vorschein kommt; zusammen mit seinem Kopfschütteln könnte er auch zur Requisite einer Geisterbahn gehören.

Von da an dauert es keinen Atemzug, bis sich eine sibirische Kälte durch meine Venen zieht und mein Herz mit einer unangenehmen Eisschicht umhüllt. »Wie kommst du auf dieses schmale Brett?« Mein Tonfall gleicht Schleifpapier auf unbehandeltem Holz, klingt angefressener als geplant und bewirkt sein promptes Zusammenreißen. Jetzt bequemt er sich doch, mir einen kurzen Blick über die Schulter zuzuwerfen, während ich alles daransetze, die ungehaltenen Begriffe zu unterdrücken, die gern aus mir herausbrechen würden.

»Nun ...« Ein unsicheres Hüsteln. »Laut dem Käseblatt bist du doch der sagenumwobene Schurke, der die üppigste Hochzeit des Jahres verhindert hat. Aber auch die Presse kann sich täuschen.«

Nicht nur die Tatsache, dass der letzte Satz grauenvoll heuchlerisch und erzwungen rüberkommt, auch die aufgeladene Atmosphäre, die den kompletten Innenraum ausfüllt, sägt an meinem Geduldsfaden herum.

Meint er mit all den undurchsichtigen Worten etwa das, was ich nicht zu denken wage?

Unruhig rutsche ich weiter auf meinem Sitz vor, greife nach dem Haltegriff der Tür und umfasse ihn so fest, dass die Fingerknöchel weißlich hervorstechen.

Tausende Fragen schießen innerhalb von Millisekunden durch meine Hirnwindungen, gleichzeitig trocknet mir die Kehle aus und weil es sich anfühlt, als hätte ich Sand gefressen, bringe ich keinen weiteren Ton zustande. Mit angespannten Muskeln starre ich aus dem Fenster, fokussiere das frühherbstliche Hamburg und scheitere trotzdem daran, wirklich etwas wahrzunehmen. Dies ist offiziell die seltsamste Taxifahrt meines Lebens und noch bevor der Wagen vor dem Studio zum Stehen kommt, schnippe ich viel zu viel Geld in die Mittelkonsole, schnalle mich ab und springe hinaus. Dass der Fahrer flucht und aufgebracht den Arm in die Luft reißt, kümmert mich in diesem Augenblick herzlich wenig. Gerade noch so zerre ich mein Gepäck mit, werfe die Tür zu und stürme dann über den Parkplatz wie jemand, der kurz vor Ladenschluss noch Apfelmus zu seinen Pfannkuchen besorgen will. Nur beiläufig registriere ich die zwei großen verschnörkelten Blumenkübel, mit Phlox in Rosa und Hellblau bepflanzt, die Emely in meiner Abwesenheit neben dem Eingang aufgestellt haben muss. Obwohl ich mich unfassbar schnell bewege, macht es den Anschein, als hätte jemand den Zeitlupenknopf der Weltkugel gedrückt. Als würde ich mich mit aller Kraft abstrampeln, aber trotzdem nur minimal vorankommen.

Mit einem Ruck, der sich wie eine halbe Minute zieht, öffne ich die Tür, atme endlich wieder den vertrauten Duft ein und finde zu meiner Überraschung ein kunterbuntes Studio vor. Mein Blick folgt der Spur aus pastellfarbenen Tüchern, die sich über den gesamten Tanzboden erstreckt, und bleibt schließlich an einem undefinierbaren Knäuel am Ende des Raums hängen.

Einem Knäuel, das sich bewegt.

Einem Knäuel mit … Haaren?

Als ich realisiere, dass das, was ich sehe, aus zwei ineinanderverschlungenen Personen besteht, gleitet die Reisetasche aus meiner Hand und kommt mit einem dumpfen Poltern auf.

Judy

Als mein Handy vibriert und Senays Name auf dem Display erscheint, stehe ich gerade in Unterwäsche im Badezimmer und bin im Begriff, mich mit Jogginghose aufs Sofa zu legen. In mir schwirrt die leise Versuchung, es einfach zu ignorieren und mich später zurückzumelden, aber etwas an dem regelmäßigen Ton und dem blinkenden Bildschirm ist anders als sonst. Lässt mich für einige Sekunden den Atem anhalten und an der Unterlippe nagen.

Einbildung und Unsinn, schimpft die Vernunft.

Das ist ein Zeichen, meint das Bauchgefühl.

Und ... stand nicht in *Der Alchimist* mehrfach etwas von hinweisgebenden Botschaften?

»Hey.«

»Hey, schön dich zu hören.« Im Hintergrund klappert Geschirr, Stühle werden knarzend über den Boden geschoben. »Sag mal, bist du zu Hause? Und hast du für heute Abend Pläne?«

»Ähm ... ja, ich bin bei Vi.« Mein Blick wandert an mir hinunter, hin zu der Tüte mit Essig-Salz-Chips, dann zu Violas flauschiger Couchdecke. »Rein theoretisch steht da bereits was auf meiner To-do-Liste.« Dass es ein Date mit mir selbst ist, muss ich ja nicht zwangsläufig erwähnen.

»O Shit.« Senays Stimme klingt gepresst, so, als hätte sie momentan eigentlich gar keine Zeit für ein Telefonat. »Sonst wäre ich so frei gewesen, dich zu fragen, ob du aushelfen kannst. Die Hecke brennt.«

Wie zur Bekräftigung ihrer Worte fällt am anderen Ende der Leitung etwas Gläsernes zu Boden und ich höre, wie es beim Aufprall zerspringt.

»So eine Scheiße!«, stöhnt sie beherzt und es braucht einen Moment, es mit ihrer sonst eher gepflogenen Sprache in Verbindung zu bringen.

»Ich soll dir im Café helfen?«

Recht herzlichen Dank, Coelho.

»Das wäre traumhaft, heute merke ich so richtig, dass es kein Dauerzustand sein kann, den Laden hier allein zu schmeißen. Zumindest nicht an den Sommer- und frühen Herbstabenden.« Sie räuspert sich, dann sind die

Geräusche für einen Moment gedämpft. Es knistert und rauscht, gleichzeitig wandert mein Blick zurück zur Couch und ich atme einmal kräftig aus. Weil Viola den Rest des Tages damit beschäftigt sein wird, ihrem neuen Kollegen die Stadt zu zeigen, habe ich mich auf einen Me-Time-Abend gefreut, an dem ich nach Belieben in Melancholie baden kann. Ganz ohne die Ablenkungskünste einer liebenswerten, unermüdlichen besten Freundin. Von Yoga über verschiedene Methoden zur Chakrenöffnung bis hin zu Bauch-Beine-Po-Training vor dem Einschlafen haben wir in den letzten Wochen alles durchgenommen und heute wäre die erste Gelegenheit, die Welt einfach Welt sein zu lassen. Nur eine klassische Matthias-Schweighöfer-Schnulze und ich.

Noch mal atme ich schwer aus. Mein Karma könnte wohl definitiv eine Aufbesserung vertragen.

»Okay, ich mache mich fertig und komme dann.« Etwas wehmütig schnappe ich mir die Chipstüte und lege sie zurück ins Regal.

»Oh, Judy, du bist die Beste! Die Rettung in der Not, meine vegane Queen!«

Offenbar scheint es tatsächlich dringend zu sein. »Gib mir dreißig Minuten.«

***

Wenig später, ich habe es gerade geschafft, meinen Cozylook gegen eine beigefarbene gerippte Stoffhose und ein eng anliegendes dunkles Oberteil zu tauschen, klingelt es an Violas Haustür. Ob die Erkundungstour mit ihrem Kollegen schon vorbei ist? Neugierde in Kombination mit Zeitstress lassen mich durch die Wohnung laufen und immer wieder über das Klamottenmassaker stolpern, das ich in den letzten fünfzehn Minuten angerichtet habe. Wenn ich schon bei Senay aushelfe, möchte ich mich auch dem schicken Stil des *Vegan Waffle* anpassen und nicht als ihre am schlechtesten gekleidete Kellnerin herausstechen.

Wieder klingelt es und gleichzeitig trete ich auf die scharfe Kante einer Augenbrauenpinzette.

Scheiße, das tut weh!

»Ja, verdammt! Ich beeile mich schon! Warum hast du nicht einfach deinen Schlüssel mitgenommen?«

Notdürftig stecke ich mir das Haar mit der goldfarbenen Klammer zusammen, was eigentlich eben in Ruhe vorm Spiegel passieren sollte, und drücke die Klinke schließlich mit einem genervten Stöhnen hinunter.

»Ich will vor deinem Kollegen nicht unhöflich wirken, aber wa...«

O Gott. Ich halluziniere. Hat sich die Pinzette etwa durch meine Haut gebohrt und binnen dieser kurzen Zeitspanne mein Blut vergiftet?

Einen Arzt! Ich benötige dringend einen Arzt!

Mit offenem Mund betrachte ich die tiefroten Erdbeeren. In dunkle Schokolade getaucht und mit Goldstaub bestreut, liegen sie auf einer Glasplatte. Auf einer Glasplatte, die mir wiederum direkt vor die Nase gehalten wird. Von ...

Mir wird schwindelig. Ich sehe Sterne, wende mich ab und schließe die Augen.

Das hier kann nicht wahr sein.

»Hast du Lust auf Schokofrüchte?«, erklingt eine Stimme.

Tief und vertraut.

Ungläubig presse ich die Lider noch fester zusammen und bin machtlos gegenüber der Gefühlslawine, die in diesem Moment in mir losgetreten wird. Sollte ich es hier mit einem Trick meines Unterbewusstseins zu tun haben, dann mit einem extrem miesen.

Ehe ich mich umdrehe, taste ich zögerlich in die Richtung, aus der die Stimme kam. Greife ins Leere. Will mir schon selbst an die Stirn fassen, um zu testen, ob ich vielleicht fiebere, doch im letzten Moment trifft meine Haut auf Widerstand. Eine starke, warme Hand umschließt meine Finger erst vorsichtig und leicht, dann immer entschlossener, bis mir ein tiefes Seufzen entweicht und ich herumfahre. Olivgrüne Augen. Unverschämte Grübchen. Und zwei wohlgeformte Lippen, die mir auf der Stelle den Boden unter den Füßen wegreißen. Meine Beine in Pudding verwandeln.

Ich falle in seine Arme.

»Hi«, flüstert Karlo noch, bevor zwei oder drei der köstlichen Früchte versehentlich zu Boden plumpsen und er sich unfreiwillig im Jonglieren üben muss. Für die Dauer, die ein Blitz den Gewitterhimmel erhellt, versinken wir im Blick des jeweils anderen. Dann ziehe ich ihn stürmisch an mich heran und halte ihn fest, als könne er mir sonst jeden Moment wieder entgleiten.

Feuerwerk.

Sommerregen.

Glückshormone.

Ihn zu spüren, entzündet ein komplettes Fußballstadion voll Wunderkerzen in meinem Bauch. Sein Duft wirkt wie Balsam auf mein Herz.

Das hier fühlt sich unwahrscheinlich richtig an und alles andere, jeder Zweifel, jedes Vorurteil verliert durch eine einzelne Berührung seine Relevanz.

»Ich bin zurück«, flüstert er irgendwann, die Lippen sacht auf meinen Haaransatz gelegt. Und auch ich komme zum ersten Mal seit Wochen wieder zu Hause an, obwohl ich die Stadt im Gegensatz zu ihm doch gar nicht verlassen habe.

Händeringend suche ich nach den richtigen Worten, die einer Antwort gerecht werden können, aber mein Hirn produziert keinerlei zusammenhängender Sätze.

»Träume ich?«

»Nein.« Mit seiner freien Hand streichelt er mich zwischen den Schulterblättern. Zärtlich und achtsam, wie man die Blüte von Mohn berühren würde.

»Aber seit wann? ... Ich meine, woher wusstest du da...«

»Seit ein paar Stunden erst. Stunden, die ich zum Großteil damit verbracht habe, diese verfluchten Dinger zu besorgen.« Mit dem Fuß deutet er auf die Erdbeeren am Boden. »Glaub mir, es hat mich fast verrückt gemacht, dafür durch die halbe Stadt zu juckeln. Aber in der Zeit hat Emely Viola angerufen, um undercover herauszufinden, wo du steckst. Ihre Nummer hast du als Notfallkontakt auf deinem Anmeldebogen hinterlassen.«

Er macht eine künstlerische Pause und als ich zu ihm aufblicke, ist sein Gesicht von diesem typischen frechen Grinsen erfüllt, das eigentlich verboten gehört. Dem ich verfallen bin. Ob es mir recht ist oder nicht.

»Dann hat Viola wiederum mit Senay gesprochen.«

Ich nicke. Kann zwar hören, was er sagt, drifte jedoch immer weiter in einen völlig anderen Kosmos ab und werde von seinem Anblick regelrecht hypnotisiert. Das Blut rauscht in meinen Ohren, zwischen meinen Beinen pulsiert es heftig.

»Wir sollten reden. Denkst du nicht auch?«

Dass Karlo nicht weiter auf mein grobmotorisches Verhalten eingeht, gibt mir ein sicheres Gefühl. Vorausgesetzt, dass das im Falle eines Systemabsturzes, wie ich ihn gerade erlebe, überhaupt im Bereich des Möglichen liegt. »Reden.« Um Halt zu finden, grabe ich meine Finger in seinen Oberschenkel. »Klar.«

»Hier?« Nachdenklich deutet er durch den Türspalt, den ich hastig etwas verkleinere, um das Chaos zu verbergen.

»Bei dir wäre mir lieber.« Ich räuspere mich. »Also nur, falls das für dich okay ist. Wenn Viola zurückkommt und ... Du weißt schon.«

Wie soll er es bitte *wissen*, wenn ich meine Sätze nicht einmal selbst kapiere? In Gedanken schlage ich mit dem Kopf gegen eine Tischplatte.

Karlo nickt. Und in der letzten Sekunde fällt mir ein, dass ich mir wenigstens noch Schuhe anziehen muss.

Sobald wir zu zweit sind und im Auto die Kilometer bis zu Karlos Wohnung bezwingen, sagt niemand etwas. Statt eines leidenschaftlichen Gesprächs umgibt uns ehrfürchtige Stille. Reichert die Luft zwischen uns an, als würden wir nicht zu glauben wagen, dass dies hier die Wirklichkeit ist.

Von meinem Beifahrerplatz aus linse ich immer wieder zu ihm hinüber. Beobachte die Lichtspiele, die die Sonne auf seiner Haut hinterlässt. Schatten der vorbeiziehenden Alleen zeichnen Muster auf seine Arme und die feinen Härchen darauf funkeln regelrecht.

Immer weiter verliere ich mich in Karlos Profil mit den vollen Augenbrauen, dem dunklen Bart und seinen geschwungenen Lippen. Sein Anblick hat etwas Friedliches.

Tief Beruhigendes.

Ich hab ihn viel zu sehr vermisst.

»Siehst du mich an?«, bricht er irgendwann die Stille. Wissend wandern seine Mundwinkel nach oben und ganz automatisch erwidere ich das Lächeln.

»Vielleicht.« Vorsichtig strecke ich meinen Arm aus und lege ihn auf seinen Oberschenkel. Eine klitzekleine Geste, die einen erneuten Mix aus euphorisierenden Hormonen durch meine Blutbahnen schießt. Mein Herz schlägt aufgeregt und ich genieße das Gefühl, aus meinem seelischen Dornröschenschlaf der letzten Wochen zu erwachen. Lebendig zu sein. »Ich habe dir geschrieben. Während du weg warst.«

Ein neugieriges Zucken huscht über sein Gesicht. »Geschrieben?«

»Hmmh. Emely hat die Zettel mitgenommen und für dich aufbewahrt. Für den Fall, dass du mich nicht hättest sehen wollen.«

»Judy.« Umgehend wechselt sich sein beseeltes Grinsen mit einer steilen Falte über der Stirn ab. »Hätte ich gewusst, wie du fühlst, wäre ich nicht einfach abgehauen. Aber der Pressebericht, so kurz nach unserem Kuss, war für mich ... sehr eindeutig.« Karlo räuspert sich. »Er hat mich fertiggemacht.«

Dass seine Stimme an Farbe verliert, gräbt sich wie eine kühle Faust in meinen Unterbauch. Der Gedanke daran, welches Bild er all die Tage von mir gehabt hat, lässt mich frösteln.

»Ich würde gern sagen, dass es mir leidtut«, erwidere ich leise. »Aber so schmerzhaft die Zeit auch gewesen ist, endlich konnte ich wieder richtig fühlen. Mich erleben. Merken, wie die Sehnsucht jede meiner Zellen für sich eroberte. Karlo, ich war viel zu lange nur eine Fata Morgana. Unfertig und ohne Substanz.« Während ich spreche, fangen meine Augen an zu brennen.

In genau dem richtigen Moment berührt er meine Finger. Legt seine Hand schützend auf meine. Zeigt wortlos, dass er bei mir ist.

»Ich glaube dir, dass du dich so gefühlt hast.« Ein zärtliches Streicheln. »Aber ich habe von Anfang an um deine Substanz gewusst. Und um das Lebensfeuer, das ununterbrochen in dir lodert. Auch, wenn du es lange nicht sehen konntest.«

Kapitel 20

Karlo

Alles, was sich seit dem ersten Tag unseres Kennenlernens aufgebaut hat und im Auto seinen Höhepunkt erreicht, entlädt sich, sobald der Motor verstummt.

Endlich habe ich Gelegenheit, Judys Blick zu erwidern, der schon die gesamte Fahrt ein heißes Prickeln auf meinen Wangen verursacht. Ihr Brustkorb hebt und senkt sich unter dem körperbetonten Oberteil, das sie trägt, die Lippen sind leicht geöffnet. Dabei schimmern in ihren kristallblauen Augen alle Emotionen, die wir bisher miteinander geteilt haben und leisten sich einen Zweikampf mit meiner persönlichen Disziplin. Führen mich in Versuchung, so, wie diese Frau es tut, seit sie zum allerersten Mal – regennass und verstrubbelt – vor mir stand. Damals spiegelte sich neben einer ganzen Menge Zorn noch etwas anderes in ihrem Blick. Ein Hauch eines undefinierbaren Ausdrucks, der mich seit diesem Moment nicht mehr losgelassen hat.

»Du starrst mich an«, enthüllt sie das Offensichtliche und verschmilzt dabei gefühlt mit der Innenverkleidung meiner Beifahrertür.

»Kann gar nicht sein.«

»Hat dir schon mal jemand gesagt, dass du ein grauenhafter Lügner bist?«

»Das deute ich dann mal als Kompliment.«

Judy reagiert mit geschürzten Lippen. Während sie sich konzentriert am Sitz festhält, knistert das Spannungsfeld zwischen uns inzwischen wie die dünnen Äste eines Lagerfeuers. Ich bin mir ziemlich sicher, würde jemand auf der Rückbank mitfahren, könnte er oder sie es hören.

Keine Ahnung, wie lange wir dasitzen, ohne einen einzigen Muskel zu regen. Statuenhaft. Als hielte ein voll besetzter Saal den Atem an, alle Blicke auf den roten Vorhang gerichtet. Dieses typische Kribbeln, das irgendwo im

Bauch beginnt und von da aus in den gesamten Körper strömt. Niemand weiß, was wirklich in der nächsten Sekunde passiert, doch die Luft schmeckt noch vor dem Einsetzen des Beats nach Euphorie und Ekstase.

Schließlich besiegelt eine rote Locke, die sich von den anderen löst und in Judys Stirn fällt, mein Schicksal. Dirigiert das Orchester und bringt den Raum zum Beben.

Nein, zum Donnern.

Veranlasst mich dazu, die unsichtbare Grenze zu übertreten und meine Hand auszustrecken, um die Strähne zurückzuschieben.

»Scheiße, ich kann keinen Wimpernschlag länger auf dich warten«, höre ich Judy keuchen. Sie krallt sich von der Seite in den Stoff meines Hemdes und klettert über die Mittelkonsole auf meinen Schoß.

Ohne es kommen zu sehen, entfährt mir ein raues Stöhnen. Ihre langen Beine so nah an meinen Oberschenkeln, unsere Körpermitten aufeinandergepresst.

Wie geladene Sonnenwindteilchen und Moleküle der Luft von den Polarregionen angezogen werden und sich dort zu grünvioletten Nordlichtern vereinen, so verschmelzen unsere Lippen miteinander. Unser Kuss katapultiert alles ansatzweise Kontrollierbare auf den Mond. Schießt es weg von jedem trüben Gedanken der vergangenen Wochen.

Statt nach einem Richtig oder Falsch zu fragen, werden wir eins mit dem Hier und Jetzt.

Alles, was ich noch spüre, ist der Takt unserer Herzen. Laut und lebendig erfüllt er das, was uns umgibt, verbindet sich zu einem Konsens und hinterlässt seine Spur. Genau an einem Punkt, zu dem vorher nie jemand auch nur den geringsten Zutritt hatte. Der selbst für mich komplettes Neuland ist.

Indem Judy leicht mit ihren Zähnen an meiner Unterlippe spielt, befeuert sie das Verlangen, ihr so nah wie möglich zu sein, und meine Fantasie, uns gegenseitig auszuziehen, bis unsere Klamotten in allen Räumen meiner Wohnung verteilt liegen.

Mein Mund findet ihr Ohrläppchen. Küsst es erst. Beißt dann leicht hinein. Judy reagiert mit einem grellen Ton und wölbt sich mir entgegen, was meine

Erregung durch die Decke schießen lässt. Mit einer Hand stütze ich ihren Oberkörper und treibe uns beide ins Verderben, indem ich einen Moment innehalte. Ich will sie hören lassen, wie mein Atem nur noch stoßweise geht. Genieße, dass sich ihre Finger dabei lustvoll in meinen Rücken graben.

»Lass uns aussteigen«, flüstere ich.

Sie schnaubt leicht, was mir ein Grinsen ins Gesicht zeichnet. »Von Anfang an war mir klar, dass dein Name *Gefahr* bedeutet.« Ihre Stimme klingt brüchig, obwohl sie vermutlich eine gewisse Strenge ausdrücken soll.

»Gefahr?«

»Genau das meine ich!« Während Judy sich jetzt zurückneigt, schiebt sie sich gleichzeitig noch tiefer in meinen Schoß. Ich spanne das Becken an, kann mich nur schwer auf das selbst provozierte Gespräch konzentrieren.

»Diese scheinheiligen Fragen, diese Grübchen.« Judy umfasst mein Gesicht und zieht die Brauen zusammen. »Kein Wunder, dass man dir bei dieser Waffe verfällt.«

Mir verfallen?

»Bitte, was?« Mit einem Räuspern ziehe ich die Stirn in Falten. »Du wirst doch wohl keinem ungerechten Tanzlehrer verfallen, der dich viel zu lange ohne Schirm im Regenschauer hat stehen lassen?«

Ich genieße es, wie diese Worte ihren verwegenen Gesichtsausdruck anspornen und das maßlos freche Grinsen herausfordern, das mich immer wieder kinderleicht um den Verstand bringt.

»Oh, glaub mir, darüber habe ich schon oft nachgegrübelt.«

Mit voller Absicht legt sie einen Arm über den Kopf, dehnt sich und streckt mir dabei ihre Brüste entgegen. »Jeder andere Trainer der Stadt wäre sicher höflicher gewesen.«

»Kein anderer hätte es so draufgehabt wie ich.«

»Karlo?«

»Hm?«

»Niemand steht auf Angeber.«

»Genauso wenig wie auf unhöfliche Typen.« Mit Daumen und Zeigefinger gleite ich unter ihr Kinn und bringe sie dazu, mich anzusehen. »Stimmt's?«

»Stimmt.« Judy nickt. Allerdings einen Tick zu langsam, als dass sie die Unbeteiligte glaubhaft rüberbringen könnte. Alles an ihrer Mimik – die Weise, wie sie ihre Lippen befeuchtet und keine Gelegenheit verstreichen lässt, meinen Mund mit ihrem Blick zu streifen – verrät, welche Gefühle wirklich in ihr glühen.

Während ich mit einer Hand entschlossen die Tür öffne, lasse ich sie mit der anderen nicht los.

»Steigen wir aus?«, frage ich erneut. Dieses Mal ohne angriffslustigen Unterton. Ich nehme mir Zeit, die Haarsträhne hinter ihr Ohr zu schieben, und verliere mich im Sternenmeer aus Sommersprossen. Inzwischen ist es mir so angenehm vertraut und trotzdem werde ich mich niemals daran sattsehen.

»Gefällt es dir nicht, im Auto rumzumachen?« Kurz zeichnet sich Enttäuschung in ihrer Miene und versetzt mir unmittelbar einen Stich. Die Emotionen, die diese Frage in mir auslöst, lassen mich schlucken. Vor ein paar Monaten wäre meine Antwort felsenfest definiert gewesen. Damals, als meine Odyssee aus Schutzschildern und Mauern nicht mal Haarrisse hatte und ich nicht daran interessiert war, eine Frau in meine Wohnung einzuladen. Wenn ich Sex hatte, dann auf möglichst neutralem Boden. Erotik wurde akribisch von privaten Fotos an den Wänden und dem Lieblingsbuch auf dem Nachttisch getrennt, weshalb das Auto oft eine gute und vor allem unverbindliche Alternative war.

»Das hier bedeutet mir etwas.« Fuck, ich bin in dieser Sache ein verfluchter Anfänger. Jetzt wäre die Gelegenheit, dass sich all die von Romantik und Sehnsucht triefenden Poetry-Slams, zu denen mich Emely je geschleppt hat, auszahlen. Der beste Zeitpunkt, dass mein Hirn wenigstens Bruchstücke daraus reproduziert, doch stattdessen lässt es mich komplett auflaufen. Spaziert pfeifend an der Gefahrenzone vorbei und rührt keinen Finger, um mir zu helfen. Wenn mein Gehirn ein Mensch wäre, dann einer, der sich schnell durch die Tür quetschen würde, sodass sie vor dem nächsten zufällt, anstatt sie freundlich aufzuhalten. Ein richtiger Egoist.

»Ich denke ...« Wieder muss ich schlucken und bin erleichtert, als Judy ihre

Hände sanft auf meine legt. »Was ich sagen will, ist: Ich mache wahnsinnig gern mit dir im Auto rum, aber du bist mir wichtig, Judy. Und das, was zwischen uns ist, ist es wert, dass wir uns Zeit dafür nehmen.«

Judy

Karlo steht hinter mir und verteilt eine Spur aus Küssen auf meinem Nacken. Jede noch so kleine Berührung erregt mich, sein Atem auf meiner Haut lässt mich zerfließen. Immer wieder hallen seine Worte aus dem Auto nach und finden ihren Platz mitten in meinem aufgeregten Herzen.

Bisher war Sex für mich immer etwas Schnelles. Der Orgasmus billige Antidepressiva. Zwei Menschen, die sich der Lust hingeben und eine mehr oder weniger leidenschaftliche Zeit miteinander verbringen. Ich kann mich an keine Situation meines bisherigen Lebens erinnern, in der sich jemand ernsthaft daran aufhalten wollte, mich bewusst zu betrachten. Mich behutsam und ruhig zu streicheln, anstatt effiziente Methoden anzuwenden, die zügig und zielbewusst zum Höhepunkt führen würden.

Die Art, wie Karlo mich anfasst, trifft nicht nur meine Hautflächen, sondern geht in direkte Resonanz mit meiner Seele und raubt mir immer wieder den Atem. Neue, wunderbare Sphären, in denen ich erst einmal das Laufen lernen muss.

»Ich weiß nicht, ob ich das kann«, wispere ich und schließe die Augen, während er mein Oberteil zurückschiebt und mit seinen Lippen meine Schulter streift. Ich spüre, dass er anfängt zu lächeln.

»Du kannst.« Ein warmer Kuss. »Du *darfst* loslassen.«

Vorsichtig neige ich den Kopf und atme den Duft seiner Haare ein. »Wie beim Tanzen?« Meine unsicheren Finger finden Halt auf seinem Bein.

»Wie beim Tanzen«, bestätigt er mit ruhiger Stimme. Dabei ist er mir so nah, dass ich die Worte auf meiner Schulter fühle. Mit einem tiefen Atemzug schließe ich die Augen und drehe mich langsam herum. Nehme wahr, wie meine Hände auf Erkundungstour über seinen Körper gehen und den

Stoff seines Shirts an die Seite schieben. Ich spüre seine Hüften. Die warme Haut am Bauch und seine feste Brust, die mich schon bei so mancher Drehung abgefangen hat. Die Art, wie sein Herz gegen den Thorax klopft, treibt Selbstzweifel mitsamt dem letzten Rest Zurückhaltung davon. Im selben Atemzug versinke ich im mystischen Grün, erkenne darin das Verlangen, das auch jede einzelne meiner eigenen Körperzellen erobert hat.

Wir taumeln einige Schritte zurück, dann hält er mich fest, während wir in Kissen und Decken versinken. Karlo drückt einen Kuss auf meine Stirn. Dann auf die Nase. Bis sich unsere Münder erneut vereinen und ich es endlich schaffe, sein T-Shirt an die Seite zu werfen. Sein nackter Oberkörper berauscht meine Sinne und dieses Mal hindert mich nichts mehr, ihm nahe zu sein. Den Impulsen nachzugeben. Zum ersten Mal wahrhaftig zu begreifen, was Sinnlichkeit bedeutet. Ich fasse in sein volles Haar, streichle es und kann mein Glück kaum begreifen, ihn in meinen Armen zu wissen.

Während Karlo mir mein Top abstreift, lässt er mich keine Sekunde aus den Augen und achtet auf jedes noch so kleine Wimpernzucken. Wie er Achtsamkeit und Lust in einen Einklang bringt, weitet das Pulsieren zwischen meinen Beinen aus und bewirkt, dass sie sich fest um ihn schließen.

»Ist das okay?«

»Ja«, erwidere ich atemlos und drifte ab in eine Quelle aus Hochgefühlen, als seine Berührung meine Brüste erreicht. Zu beobachten, wie er etwas herunterrutscht, mit einer Hand meinen BH öffnet und schließlich seine Lippen auf meine empfindlichen Stellen sinken lässt, ist die Schnittstelle zwischen Himmel und Hölle. Wie von selbst ziehe ich ihn weiter heran.

Fest.

So fest, dass seine Erektion unmissverständlich gegen meine Schenkel drückt und mein Herz zu Sternenstaub verglüht. Millionen Funken betten sich in jede noch so versteckte Region meines Körpers ein, machen mich auf eine unbeschreibliche Weise ganz. Sanft, doch entschieden, lasse ich meine Finger weiterwandern. Stoße gegen den Saum seiner Hose und sobald ich hineingleite, zieht er scharf die Luft ein. Ich will mehr von ihm.

Am liebsten alles.

Umfasse seine Härte und stoße einen hohen Ton aus, als er gleichzeitig meine Nippel mit seiner Zunge umspielt.

Schließlich wälzen wir uns in den Kissen, können einander jetzt doch nicht schnell genug aus den Klamotten befreien und bis auf den unregelmäßigen Rhythmus unserer Atmung wird die Welt leise. Ich setze mich in seinen Schoß, drücke meine Mitte an seinen Penis und genieße, wie er sich daraufhin an meiner Taille festhält. Stöhnt.

»Es ist so verdammt heiß, dich dabei zu hören«, sprudelt es aus mir heraus. Nie ist die Kontrolle so weit aus meiner Reichweite gerückt. Kein Marihuana der Welt hat mich je so high gemacht.

Während ich mich auf ihm bewege, verdichtet sich das euphorische Schimmern seines Blickes. Gewinnt derart an Intensität, dass es bald noch stärker strahlt, als wenn Karlo sich im Tanz vergisst. Dass er mich nun mit nur einem Arm umfasst und uns beide dreht, sodass mein Kopf in die Kissen sinkt, kostet ihn gefühlt kaum Kraft.

Meine Hände streicheln über seinen Po. Eine Sache, die sich so unwiderstehlich anfühlt, wie süße Pancakes mit Ahornsirup schmecken. Selbst wenn man wollte, wäre es unmöglich, sich zurückzuhalten.

Mit dem Daumen streift er meine Unterlippe und bedeutet mir, ihn anzusehen. Die zwei Fenster zu seiner Seele sind klar und rein. So ehrlich, dass es mich tief berührt.

»Ich will dich«, kommt es heiser über meine Lippen und ich kann nicht verhindern, mich mit jedem weiteren Wort, jeder verstreichenden gemeinsamen Sekunde, verletzlicher zu machen. Noch ein inniger Kuss auf die Stirn. Dann zieht Karlo mit typisch formvollendeten Bewegungen ein Kondom aus seinem Nachtschrank und streift es sich über. Wenige Sekunden, die in diesem Atemzug wie die Ewigkeit erscheinen.

»Und ich will dich. Und zwar, seit du mich zum ersten Mal zurechtgewiesen hast, weil ich so unhöflich war.«

Als er sich wieder zu mir legt, beiße ich ihm sanft in die kräftige Schulter und schließe für die Dauer, in der seine Worte erst mal ankommen müssen, die Augen. »So lange schon?«

Ich schäume über vor Glück und anstatt eine weitere Antwort abzuwarten, ziehe ich ihn zu einem erneuten Kuss heran.

Ohne bewusstes Zutun verschränken sich unsere Hände miteinander. Spüren, wovon sie all die letzten Wochen nur noch träumen konnten, und als sich unsere Körper endlich gänzlich verbinden, tut sich eine Galaxie auf, deren Schönheit, Weite und Verbundenheit weit über den Horizont meiner Vorstellungskraft hinausgehen.

***

Als ich mich ruhig und erfüllt in Karlos Armen einkuschle, in mich hineinlächle, wenn er mir gelegentlich feste Küsse auf den Haaransatz drückt, habe ich keine Vorstellung davon, wie viele Stunden in der Zwischenzeit verstrichen sind. Unsere Körper aneinandergeschmiegt, vereint, so selbstverständlich und innig, wie es die Wurzeln eines Baumes mit der Erde sind, liegen wir da. Und während die Vögel vor dem Fenster ihr Abendkonzert anstimmen und ein leichter Duft von Grillkohle und einem Hauch Benzin zu uns hereinströmt, fühle ich mich auf eine nahezu surreale Weise frei.

Angekommen.

Als müsste ich endlich nicht mehr rennen, um mich selbst wenigstes ansatzweise spüren zu können.

»Für dich ist eine ganze Menge kaputtgegangen«, bricht er irgendwann die Stille und die Wahl seines Gesprächsthemas verschafft mir ein kurzes Ziepen im Unterbauch. Obwohl mir klar ist, wovon er spricht, ist der Gedanke völliger Bullshit.

Mit dem Zeigefinger fahre ich behutsam über jeden seiner Fingerknöchel. Es ist ungewohnt, tiefe Gefühle und die Gedanken, die mich wirklich beschäftigen, mit jemandem zu teilen, der sie tatsächlich hören möchte. Diese Art der Kommunikation schafft eine Verbundenheit, die sich gleich hinter erfüllendem Sex auf meiner imaginären *Neues-Terrain-Liste* einreiht.

Einlassen. Loslassen.

Loslassen und einlassen.

Fallen lassen.

Wieder schlägt mein Herz schneller. »Manchmal verstecken sich die größten Schätze des Lebens hinter der Fassade von Verlusten.« Kurz halte ich den Atem an. Wappne mich innerlich dafür, dass er meine Worte nicht verstehen oder belächeln könnte, doch Karlo umfasst mit seiner Hand nur schützend meinen Kopf und legt ihn an seine Brust. Mehr muss nicht geschehen, um mich daran zu erinnern, was mich an ihm von Anfang an so fasziniert hat und unwiderruflich Spuren auf meiner Seele hinterließ.

»Du hast die Idee an eine Welt sichtbar gemacht, die ich vor Jahren eigenhändig begraben habe. Ich habe irgendwann geglaubt, dass die Vorstellung, die ich lange Zeit vom Leben hatte, meine Vision, fernab der realen Möglichkeiten liegt. Dadurch ist ein wichtiger Teil von mir verloren gegangen, bis ich ihn schließlich gänzlich vergessen habe. Klingt das ansatzweise logisch?« Ich spüre sein Nicken und seine Finger, die beruhigend meinen Hinterkopf kraulen. »Nun habe ich eine Welt, in der ich nur scheinbar glücklich sein konnte, gegen Echtheit getauscht. Das hat sich zwar angefühlt, als würde man mit Höhenangst einen kilometerlangen Bungee-Jump hinlegen, aber bitte denk nicht mehr, dass das mit Verlust gleichzusetzen ist.« Ich schaue hoch. Muss grinsen, als ich das leicht zufriedene Lächeln auf seinen Lippen entdecke, und gebe ihm einen Nasenstupser. »Immerhin habe ich mir den heißesten Tanzlehrer der Stadt geschnappt!«

»Ach, hast du das?« Skeptisch hebt er eine Braue. »Bis eben habe ich geglaubt, *ich* hätte dich geschnappt und nicht andersherum.«

»Wie kommst du auf diese Idee?«

»Gibt es da nicht diese eine Regel?«

Mit zusammengekniffenen Augen beobachte ich, wie er sich nun durch den Bart fährt und ein schelmischer Ausdruck seine Züge übernimmt.

»Der Part, der sich kurzzeitig in eine Piñata verwandelt und zwei Wochen mit Veilchen herumläuft, ist offiziell der Eroberer!«

Ein gespielt abschätziges Zischen verlässt meine Lippen. »Das Statement, eine Hochzeit abzublasen, von der jeder weiß, sich im Netz zerreißen zu lassen und in der Öffentlichkeit auf sein grundlegendes Sicherheitsgefühl zu verzichten, spricht auch ziemlich für sich, finde ich!«

Er seufzt. »Es tut mir leid, dich in dieser Zeit allein gelassen zu haben.«

»Kein Problem.« Absurderweise überkommt mich ein Kichern, das einzig auf den Hormoncocktail in meinem Blut zurückzuführen ist. »Der Piñata-Hero bleibst du trotzdem!« Spielerisch beiße ich ihm in die Halsbeuge.

»Hmm.«

Dass seine Züge nicht richtig auftauen und Selbstvorwürfe daraus sprechen, bringt mich dazu, mich aufzurichten und mich hinter ihn zu setzen. Liebevoll vergrabe ich meine Nase in der glatten Haut seines Rückens. »Von Mister Grumpy zum Piñata-Hero.« Immer wieder sinkt mein Mund auf seinen Körper, um eine Fährte aus Küssen zu hinterlassen. »Das ist ein ziemliches Upgrade, welches du würdigen solltest.«

Einige Minuten vergehen, in denen ich ihn berühre und es ihm gelingt, mir die Führung zu überlassen. Ich möchte mir jedes seiner kleinen Muttermale merken, streichle über das Tattoo an seinem Oberarm und inhaliere den Geruch von Zedernholz, der sich inzwischen mit Karlos Pheromonen vermischt hat, als wäre ich ein Junkie.

»Wenn das so ist …« Schließlich dreht er sich um und in seinen Augen leuchtet etwas Undefinierbares. Die Art, wie er meinen Mund fixiert, erinnert mich an einen Jäger, der dabei ist, seine Beute anzuvisieren. »Der Piñata-Hero hat da einiges nachzuholen.«

Und noch bevor ich die Gelegenheit bekomme, meine Neugierde zu befriedigen, zeigt er mit sanften, doch nicht minder entschlossenen Halsküssen, worauf er hinauswill. Sein sinnlicher Atem braucht keine drei Sekunden, um das Blut in meinen Adern vollständig zum Pulsieren zu bringen und mein Gehirn gleichzeitig in Zuckerwatte zu verwandeln.

Error. Die Bildung des kleinsten klaren Gedankenganges schlägt fehl.

Wieder.

Von selbst schließen sich meine Lider unter Karlos Küssen, zärtlichen Bissen und seinem Streicheln. Während er all das tut, bewegt er sich quälend langsam abwärts und lässt mich denken, jeden Moment zu zerfließen wie heißes Kerzenwachs. Gleich bin ich nicht mehr als Eismatsch, der zu lange in der Sonne gestanden hat. Oder Krümel, denen das Schicksal letzter Zeugen über die Existenz eines Erdbeerkuchens zuteilwird.

Ich bete, dass die Zeit, ehe er meinen Schoß erreicht, schneller vergehen wird. Kann den Grad der Erregung kaum noch händeln, doch Karlo verhält sich, als würden wir für immer leben.

»Verdammt«, seufze und fluche ich zugleich, sobald er mit der Zunge über die Innenseite meiner Schenkel gleitet und auf direktem Wege die Skyline der ganzen Welt in mir zum Vorschein bringt.

Mit dem Daumen berührt er meinen Venushügel. »Soll ich lieber aufhören?«

Er spricht, indem er seinen Mund nur leicht anhebt und die tiefe Stimme endlos verführerisch auf mir vibriert. Um zu wissen, dass sich seine Grübchen vor lauter Frechheit vertiefen, ist kein Blick notwendig.

»Ich …« Langsame, kreisende Bewegungen, die mich scharf nach Luft ringen lassen. »Ich warne dich.«

Und anstatt mich weiter auf die Folter zu spannen, wie es ihm ähnlich gesehen hätte, schiebt er sich mit dem Kopf zwischen meine Beine und küsst mich dort, wo es dem Paradies am nächsten kommt. Wo es seiner Zunge ein Leichtes ist, mein Herz in unzählige Funken aus buntem Licht zu transformieren, das Vermissen und Sehnen der letzten Wochen in Dynamit.

Pyrotechnik.

Ich habe die Explosion kommen sehen. Klar und deutlich. Schwarze Tinte auf schneeweißem Pergament.

Dennoch überwältigt mich ihr Ausmaß. Reicht bis in die allerkleinste und tiefste Stelle meines Selbst.

Epilog

Sobald Karlo die Tür aufhält, damit ich zuerst eintreten kann, huscht ein Traum aus perlweißer Spitze durch den Raum und fällt mir um den Hals. Emelys Haare duften nach Lavendel und dieser speziellen Note, die ich auf all die ätherischen Öle und Räucherstäbchen in ihrem Zuhause zurückführe.

»Judy, meine Liebe!« Sie geht einen Schritt zurück, ohne meine Taille loszulassen, und mustert mich von oben bis unten. »Deine Ausstrahlung passt zu meinem Kleid!«

»Ach ja?« Obwohl ihre sehende Art nichts Neues für mich ist, lösen diese Worte nun ein aufgeregtes Kribbeln in meiner Bauchregion aus, das ich mit angestrengtem Schlucken zu bezwingen versuche.

»Und wie! Spirituelle, selbstbewusste Menschen haben nämlich eine weiße Aura. So wie du!« Emely zwinkert begeistert und hofft sicher auf eine ebenso euphorische Reaktion, aber in diesem Augenblick fühle ich mich überfordert und trete hilflos von einem aufs andere Bein. Kurz darauf spüre ich Karlos stärkende Hand zwischen meinen Schulterblättern und schaffe es, durchzuatmen.

»Vielen Dank, dass ich ignoriert werde«, murrt er in Emelys Richtung und ich weiß genau, dass er mich so aus der Bredouille ziehen will.

Die Art, wie sie kampflustig die Augen zusammenkneift, enthüllt seinen Erfolg. »Du hättest dir eine weniger reizende Freundin suchen sollen, dann gäbe es jetzt kein Problem.«

Freundin. Auch nach über einem Jahr schlägt mein Herz ohne Vorwarnung einen schnelleren Takt an, sobald mir wieder bewusst wird, dass Karlo und ich echt, echt und wirklich, wirklich ein Paar sind. Lächelnd beobachte ich, wie Emelys Mimik bei seinem Anblick weicher wird, bis sie ihn schließlich in ihre Arme schließt.

»Schön, euch zwei Süßen hier zu haben«, kommt es über ihre Lippen und wie immer klingen ihre Worte so herrlich echt. Als würden sie vom Herzen aus auf direktem Postweg nach außen getragen werden.

»Vielen Dank für die Einladung. Ihr habt euch ja echt nicht lumpen lassen.« Karlo deutet mit einer schweifenden Bewegung ins Café, schenkt ihr ein schelmisches Augenzwinkern. Es stimmt. Senays Lokal wurde zu einem Festsaal aus emailleweißen und olivgrünen fließenden Stoffen, die die Zimmerdecke, Stühle, Tische und den Tresen dekorieren. Sogar all ihre Pflanzen sind mit Perlen oder Schleifen aus Spitze geschmückt und in der Mitte des Raums gibt es jetzt eine freie Fläche, die nur so danach schreit, später betanzt zu werden.

Weil Karlo keine weitere Zeit verstreichen lässt, um wieder meine Hand zu nehmen, reicht mein Strahlen nun bestimmt ganz bis nach Hannover.

Emely verfolgt seine Geste mit ihrem Blick und streckt gelöst das Kreuz durch. »Deine Aura hat sich auch verändert, Bruderherz. Von einer Überdosis Orange auf ein sanftes Grün bis Blau. Ich wusste schon immer, dass dir das steht.«

»Du hast etwas gefunden, was ihm steht?«, mischt sich eine weitere Stimme ein und gewinnt prompt Emelys gesamte Aufmerksamkeit. »Bis eben habe ich nicht geglaubt, dass es da überhaupt was geben kann.«

Worte, die seine Schwester auflachen lassen, treiben eine klitzekleine Falte auf Karlos Stirn.

»Eloise!«

Da ist sie wieder. Die Stimme von Mister Grumpy, die ab und zu noch durchblitzt und mich dazu bringt, ihn wie am Anfang anzuschmachten. Nicht, dass ich das je zugeben würde.

»Verlobung schützt nicht vor Kündigung.«

»Und wer erpresst, bekommt kein Dessert, du kennst die Regel!«, schießt Emely zurück und ein paar Atemzüge lang fechten sie ihren geschwisterlichen Fight über die Augen aus.

Eloise schüttelt in meine Richtung gewandt ihren Kopf und grinst. »Das wird wohl immer so weitergehen.«

Während ihre Anmerkung wohlige Bahnen durch meinen Körper zieht, nicke ich langsam. Laufe regelrecht vor Glückshormonen über und spüre, wie sich das Lächeln auf meinen Lippen auf jede einzelne Zelle erstreckt.

Ich atme pure Lebensfreude, gehe auf sicherem Boden.

Ich *bin*.

»Apropos Dessert.« Alle Blicke werden wie durch Zauberhand auf Eloise gezogen. »Habt ihr schon die Candybar gesehen?« Sie zeigt auf den hinteren Teil des Raumes, in dem ein imposantes Holzkonstrukt, ähnlich wie eine Etagere, aufgestellt ist und sich schon von Weitem erahnen lässt, welche Vielfalt an bunten Versuchungen sich darauf stapelt. In der Mitte hängt passend ein großes Tafelschild mit dem Schriftzug *Sweet like love*. »Senays Bruder Amir hat sie selbst gebaut.«

»Hammer!«, sagt Karlo. »Da stellt sich für mich nur die legitime Frage, wie ihr das Ganze hier am Tag der eigentlichen Hochzeit noch toppen wollt?«

Während Eloise nachdenklich das Gesicht verzieht, neigt Emely sich zu ihr und drückt ihr einen Kuss auf die Wange. Ihr Verlobungsring mit eingefasstem Amethyst reflektiert im Licht der Sonne.

»Darüber mache ich mir gar keine Sorgen!« Zärtlich wandern ihre Finger über Eloise' Rücken. »Erstens sind wir endlos kreativ und zweitens geht es im Leben nicht immer darum, irgendwas zu toppen oder Rekorde zu brechen.« Ein kurzer genervter Seitenblick in Karlos Richtung. »Ich bin sicher, dass alles so kommen wird, wie es einfach kommen soll.«

Mein Herz klopft wieder heftig gegen meinen Brustkorb. »Das glaube ich allerdings auch.«

＊＊＊

Gedämpft, wie eingebettet in flauschige Kissen, dringen die Töne aus *Still Loving You* von den Scorpions zu uns nach draußen. Ihre Wirkung findet selbst über die Distanz einen unmittelbaren Weg unter die Haut und geht dort in Resonanz mit mir. Dass auch Karlo es fühlt, spüre ich an der Art, mit der er mich behutsam und schützend an sich heranzieht und sich dabei langsam im Takt bewegt.

Mein Kopf lehnt sich an seine Brust. Vor Rührung rollt klammheimlich eine Träne über meine Wange und versinkt im hellen Stoff seines Hemdes. Mit den Händen streichle ich erst ganz langsam über seinen Rücken und lasse sie schließlich ruhen. Will den Moment speichern. Ihn mit allen Sinnen in mir aufnehmen. Immer wieder darauf zurückgreifen können wie auf ein Polaroidbild, eine Fotografie, an der sämtliche wundervolle Emotionen haften.

Gedankenverloren machen meine Füße ihr eigenes Ding. Schweben über das Kopfsteinpflaster vorm *Vegan Waffle*, das heute Nacht von unzähligen flackernden Kerzen in großen Einmachgläsern umrahmt wird, und vereinen sich wie von selbst zu einem Duett mit Karlos Schritten.

»Judy?«

»Hm?«

»Schön, dass du da bist«, wispert er in meine Haare und ich schließe die Augen. »Bevor ich dich getroffen habe, habe ich Reichtum immer mit Materialismus verwechselt, was ich mir heute kaum mehr vorstellen kann.«

Sicher werde ich nie in Worte fassen können, wie sexy und männlich sein reflektierter, achtsamer Charakter ist.

»Ich danke dir auch, dass du da bist.« Ihm so nah zu sein, wärmt mich von innen. »Du hast mir gezeigt, was es heißt, gemeinsam zu tanzen, einander abzuholen, anstatt ständig zu versuchen, mit jemandem Schritt zu halten. Und das, als ich mich durchs ganze Rennen schon in den Abzweigungen des Lebens verirrt hatte.«

Er lacht liebevoll. Streichelt meinen Hinterkopf, während Schenkers Gitarre das Finale des Songs einfasst. In mir fachsimpeln Parasympathikus und Sympathikus darüber, wer aktuell federführend sein sollte, sie diskutieren, probieren mal dies und mal jenes, erzeugen ein Knäuel aus Durcheinander. In meinem Bauch paart es sich schließlich mit der Wahrheit, die seit dem Morgen in mir tobt und endlich ausgesprochen werden will. Gleichzeitig reißt sie mir fast den Boden unter den Füßen weg, weshalb ich mir auf die Zunge beiße. Irgendwann bekomme ich es aber hin, die Umarmung ein wenig aufzulockern und Karlo anzusehen. Die nervösen Finger suchen Halt im roséfarbenen Stoff meines luftigen Jumpsuits.

»Was ist los?« Dass sich das flackernde Kerzenlicht in seinen Augen spiegelt und die Grübchen aus ihrem Versteck treten, kappt einen Teil der Anspannung.

»Ich liebe dich, Karlo.«

»Und ich liebe dich.« Nun vertiefen sich die zwei Punkte auf seinen Wangen noch weiter. »Heute machst du es aber ganz schön dramatisch. Liegt das an dem Song?«

Gewillt, mich zu überwinden, doch festgebunden von Angst. Weil ich nicht in seinen Scherz einsteige, berührt mich Karlo vorsichtig an der Schulter. Rückt mit seiner Aufmerksamkeit nicht von mir ab, obwohl ich immer wieder aufgeregt zu Boden schaue.

Verdammt, verdammt, verdammt. Emely muss sich bei der Analyse meiner Aura vertan haben. Weit und breit keine Spur von Selbstvertrauen.

Oder?

Angestrengt und hoch konzentriert kratze ich jedes bisschen Furchtlosigkeit zusammen, das irgendwo in meinem Inneren verstreut liegt. Dann nehme ich zitternd seine Hände. Richte mutig den Blick auf und erlaube mir, mich vom Olivgrün tragen zu lassen.

»Ich ...« Weil meine Stimme verwaschen klingt, muss ich mich räuspern und von vorn anfangen. »Ich meine, wir ...«

»Wir?« In seinem Ausdruck liegt so viel Liebe und Verständnis, dass es sich anfühlt, als stünde ich unter einer sanften Dusche und Wasser in genau der richtigen Temperatur fiele perlenartig an mir hinab. Ich mache noch einen klitzekleinen Schritt in seine Richtung und führe ihn, bis eine Hand auf meinen Bauch trifft. Für den Bruchteil einer Sekunde wird Karlos Mimik von einem Schimmern erobert, das ich zuvor noch nie gesehen habe, seine Brauen nähern sich kaum merklich aneinander an.

Er sagt nichts mehr und doch erzählen seine Augen alles.

Schwämmen meine Zweifel davon, als wären sie nur kleine Äste in einem reißenden Fluss.

Ein letztes Mal hole ich tief Luft. »Wir sind schwanger.«

Kaum ausgesprochen, erhellt das Schimmern von eben sein gesamtes Gesicht und ich kann sehen, dass sich Tränen in seinen Lidern sammeln. Ungläubig schaut Karlo auf die Stelle, an der seine Hand mit meinem Unterleib in Verbindung steht, kurz darauf hebt er den Blick erneut.

»Wirklich?« Die Laute, die über seine Lippen kommen, sind eher ein Flüstern.

Ich nicke langsam, woraufhin sich eine Träne ihren Weg über seine Wange bahnt. Dann drückt er mich fest an sich und wirbelt mich schließlich herum.

»Pass auf, du zerquetschst uns noch!« Lachend drücke ich ihm Küsse aufs Haar und sobald wieder fester Boden unter meinen Füßen ist, auf seinen Mund. Diesen wunder-wunderschönen Mund.

»Hätte man mir auf unserem ersten Jahrmarktbesuch prophezeit, welche Berge aus Glück das Leben für mich bereithält, ich hätte es nicht geglaubt.« Mit beiden Händen umschließt er jetzt meine Wangen. Sieht mich an, als wäre ich in einem Meer aus Disteln die einzige blühende Pfingstrose.

»Wie denn auch?« Es misslingt mir kläglich, mein provokantes Grinsen zu unterdrücken. »Für Mister Grumpy waren trübselige Gedanken eben vertrauter als Anhäufungen von Glück.«

»Lach nur. Die Erdbeerflecken auf meinem Shirt haben sehr präzise gezeigt, dass ich schlicht vom Pech verfolgt wurde. Heute ist das anders, siehst du?« Stolz blickt er an seinem heißen Outfit hinab, in dem sein Po ganz nebenbei zum Anbeißen aussieht. »Ich glänze regelrecht!«

»Ja, das tust du.« Wieder koste ich von unserem Kuss. »Aber das mit der sauberen Kleidung erübrigt sich in neun Monaten ganz von selbst.«

Für unbestimmte Zeit stehen wir uns gegenüber. Versinken im Anblick des jeweils anderen. Das Gelächter und die Musik von drinnen immer leiser werdend, realisiere ich, dass ich mit diesem Mann alles schaffen kann. Weil wir einander sehen. Und auf einer tiefen Ebene spüren. Weil unsere Herzen längst erkannt haben, wie es funktioniert, im gemeinsamen Takt zu erstrahlen, ihr vollständiges Potenzial zu entfalten und jeden Tag aufs Neue den Frühling hineinzubitten.

Zärtlich lässt Karlo seine Lippen auf meine Stirn sinken. Gleichzeitig eröffnet sich in meiner Brust die gesamte unendlich weite Galaxie.

ENDE

Danke

Ich trage eine derart große Dankbarkeit in meinem Herzen, dass ich fürchte, sie mit Worten allein gar nicht ausdrücken zu können. Da ist dem Universum gegenüber eine tiefe Ehrfurcht – weil es mir erlaubt, meinen Traum zu leben.

Ein besonderer Dank gilt meinem Agenten. Carsten, du hast einfach all meine Hoffnung, meine Leidenschaft und meine Texte genommen und daraus eine Chance gezaubert. Hast mich entdeckt und ermutigt. Wie selbstverständlich daran geglaubt, dass dieser Traum Realität werden kann. Für deine Herzlichkeit und Professionalität schenken Judy und Karlo dir einen Ehrentanz.

Rahel. Du glaubst gar nicht, wie oft ich in den vergangenen Wochen daran gedacht habe, was es für ein Glück ist, dich kennengelernt zu haben. Ich bin dir so dankbar für all unsere Mails und Gespräche, für deine liebevolle Art und ganz besonders dafür, dass du von Anfang an das in Judy und Karlo gesehen hast, was ich für sie fühle! Seit der ersten Sekunde habe ich mich wohl mit dir und dem zauberhaften Carlsen Verlag gefühlt. Dafür danke ich auf ewig.

DANKE an euch, meine Agenturschwestern, Freundinnen, Psychologinnen, Beraterinnen ... Euch gehört mein Herz. Liebe Alicia, liebe Jenni, liebe Steffi, liebe Anne, liebe Lisa, ihr seid nicht nur großartig, sondern ein riesiger Teil des ganzen Glitzerstaubs und des Konfettis, die dieser Weg für mich bedeuten! Fühlt euch herzlich umarmt und gefeiert!

Arnt, wo soll ich nur anfangen? Die Liste ist lang. Sie beginnt bei unseren inspirierenden »Arbeitstreffen« im Café und endet irgendwo bei »Zauberkaffee« ... Wie schön, dass du mich auf der turbulenten Reise von Judy und Karlo begleitet hast! Danke, dass du bei all unseren buchigen Wetten immer auf mich setzt, während ich zweifle. Fest die Daumen zu drücken, dass du gewinnst, und mir vorzustellen, wie ich dann das Guinness spendieren muss, ist auch eine Art der Manifestation! Danke, dass du mir in Zeiten des Wartens und des Hoffens immer den Rücken stärkst. Mich mit Kaffee und Lieblingseis versorgst – und dafür selbst stürmischen Tagen und Schauern trotzt, was mich sehr berührt … Unsere ganzen Erlebnisse fühlen sich an wie *Silvester im Herzen* und ich freue mich auf jedes weitere.

Ida. Mein herzlichstes DANKE. Dafür, dass du mich niemals anschaust, als hätte ich den Verstand verloren, wenn ich dir von meinen erschreckend großen Träumen erzähle. Dafür, dass du von Anfang an immer daran glaubst, dass ich das schon schaffe. Für dein Mitlachen und Mitweinen. Du hast mein Herz. Hattest du schon immer.

Mama, Papa, Gesa, Pia, Omi und Opi. Ihr seid der ursprüngliche Fanclub. Menschen, die mir so oft gespiegelt haben, dass in mir eine große Kraft steckt, die mich immer wieder aufstehen lässt. Ihr habt selbst in den für mich schwierigsten Zeiten nicht an mir gezweifelt. Liebsten Dank für alles!

Anke. Du weißt, was du für mich bedeutest, aber ich kann es dir nicht oft genug sagen. Du hast mich nicht nur durchgehend angefeuert und während meiner ersten Schritte in dieser Branche meine Hand gehalten (und mir die allerbeste Autorinnentasse geschenkt) … du bist auch jetzt noch da. Lässt mich wachsen. Danke für dein Vertrauen in mich.

Vielen Dank, Sascha. Für die gemeinsamen Nachtschichten diesem Text zuliebe. Dafür, dass du da bist und mich immerzu supportest. Es ist schön, dass du an das glaubst, was ich hier tue. Seit sechzehn Jahren schon? Kommt das hin? Feste Umarmung!

Karin. Was hätte ich in den zurückliegenden stressigen Phasen bloß ohne dich getan? Ich weiß deine Flexibilität, deinen Support, dein Einspringen im Büro, wenn ich mal wieder spontan einen buchigen Termin hatte, sehr zu schätzen. Ohne dich hätte ich vermutlich schon echt viele weiße Haare.

Eva. Du kleiner Schatz, der auf einmal mitten in meinem Leben stand und seither nicht mehr wegzudenken ist. All deine aufbauenden Worte, tröstenden Sprachnotizen und dein Lachen haben mein Herz berührt. Danke für deine spontanen Ideen und Kaffeelieferungen!

Susanne. Ich freue mich, dass uns das Leben praktisch »wieder zusammengeführt« hat, und danke dir für dein offenes Ohr, deine mitfühlende Art und deine emotionale Unterstützung.

Ein großes Dankeschön geht an meine liebe Lektorin Julia. Es hat mir sehr viel Freude bereitet, mit dir zusammen das Beste aus diesem Herzensprojekt herauszuholen. Danke für unsere harmonischen, fröhlichen vergangenen Wochen.

Liebe Inga, es bedeutet mir sooo viel, dass du mich mit deinem Fotografiertalent begleitest und mich sogar spontan in deine vier Wände lässt, wenn draußen gerade unpassendes Wetter herrscht und wir kein Studio zur Verfügung haben. Danke für alles! Besonders für dein Lachen und deine Herzlichkeit.

Danke an meine Testlesenden. Für eure Zeit. Euer Feedback. Euer Mitfiebern. Es war mir eine Freude mit euch!

Und ich danke dir. Dafür, dass du Judy und Karlo diese Chance gegeben hast – ich hoffe, sie konnten dich verzaubern. Ganz viel Liebe an dich.

DIE **MACHT** DER
GEFÜHLE

TAUCH EIN IN ROMANTISCH-FANTASTISCHE
GESCHICHTEN.

I M
P R E
S S

#IMPRESSBOOKS

LIEBE KENNT KEINE GRENZEN

Sabrina Betz
UNTIL WE FALL IN LOVE
ISBN 978-3-551-30530-5
Softcover
Auch als E-Book erhältlich

Felicitas Pomsel
**TOMORROW WE WILL
MEET AGAIN**
ISBN 978-3-551-30568-8
Softcover
Auch als E-Book erhältlich

Leandra Seyfried
DARKEST SUNLIGHT
ISBN 978-3-551-30552-7
Softcover
Auch als E-Book erhältlich

Studentin Nora landet in einer Männer-WG. Dabei ist Elias – ihre Verbindung wird intensiv, leidenschaftlich und trotzdem scheint er sich vor ihr zu verschließen. Ganz anders als der charismatische Tutor Julius, der sein Interesse an ihr offen bekundet. Mit ihm könnte es so einfach sein, doch Elias lässt sie einfach nicht los …

Jenna sehnt sich nach einem Neustart, als sie auf einer Party Dean trifft, ihren heimlichen Schwarm. Leider ist er der Bruder ihrer ehemals besten Freundin und damit eigentlich tabu. Noch wichtiger: Dean erkennt sie nicht wieder! Aus einem Impuls heraus nennt sie ihm einen falschen Namen und stürzt sich damit ungeahnt ins Chaos …

Nach dem Tod ihres besten Freundes Ben flieht Mona aus ihrer Heimat. Als sie ein Jahr später für das Studium zurückkommt, ist ausgerechnet Bens Bruder Lennart ihr neuer Dozent. Er hat Mona die Flucht nicht verziehen. Doch zwischen Wortgefechten und Streitereien kommen verdrängte Gefühle von damals wieder zum Vorschein …

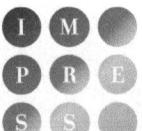

WWW.IMPRESSBOOKS.DE

NEW ADULT
ROMANCE

Karin König
BURN WITH ME
ISBN 978-3-551-30548-0
Softcover
Auch als E-Book erhältlich

Seit einem traumatischen Einsatz plagen die Feuerwehrfrau Kira Schuldgefühle und Angst. Mit Theo bekommt sie auch noch einen neuen ebenso arroganten wie heißen Kollegen – der ungewollte Gefühle in ihr auslöst. Als die Wache für den Einsatz angeklagt wird, der Kira immer noch verfolgt, steht plötzlich alles auf dem Spiel.dem Spiel.

Kalin Liu
MAYBE IT'S US.
JOYCE & JONAH
ISBN 978-3-551-30559-6
Softcover
Auch als E-Book erhältlich

Joyce kämpft täglich mit dem Tod ihrer Mutter und dessen Folgen. Doch ein Neuanfang wartet: In einer neuen Stadt trifft sie auf den unfassbar charmanten Jonah, der sie mit seiner humorvollen Art sogleich in seinen Bann zieht – und von seinen eigenen Dämonen heimgesucht wird. Werden diese die aufkeimenden Gefühle zerstören?

Karuna Nestler
PROMISE ME TO STAY.
JULIE & JAMIE
ISBN 978-3-551-30495-7
Softcover
Auch als E-Book erhältlich

Julie hat die Zusage zu einem Auslandssemester in Schottland erhalten! Doch dieses startet schwerer als gedacht: Bereits am ersten Abend gerät sie mit Jamie aneinander. Zu ihrem Entsetzen stellt sie fest, dass der viel zu attraktive Schotte nicht nur ihr Zimmernachbar im Wohnheim ist, sondern auch ihr Seminarleiter …

WWW.IMPRESSBOOKS.DE

Impress
Die Macht der Gefühle

Impress
Ein Imprint der Carlsen Verlag GmbH
Völckersstraße 14–20, 22765 Hamburg
Juni 2024
© der Originalausgabe by Carlsen Verlag GmbH, Hamburg 2024
Text © Johanna Marquardt, 2024
Dieses Werk wurde vermittelt durch die Textbaby Medienagentur, Wien.
Lektorat: Julia Feldbaum
Umschlagbild: Adobe Stock / © Liliia
Umschlaggestaltung: 100covers4you, Formlabor
ISBN 978-3-551-30573-2
www.impressbooks.de

Werde Teil der Impress-Community, folge uns auf Instagram oder Facebook.
Abonniere unseren Newsletter und erhalte kostenlose Lesetipps per E-Mail!
Unsere Bücher gibt es überall im Buchhandel und auf impressbooks.de.